望月のあと

森谷明子

平安の都は盗賊やつけ火が横行し、乱れはじめていた。だが、そんな世情をよそに、藤原道長は「この世をばわが世とぞ思う……」と歌に詠むほど、栄華を極めていた。紫式部はといえば『源氏物語』の人気に困惑気味の日々。そんななか、式部が訪れたあるお屋敷に、道長が瑠璃という謎の姫君を密かに住まわせていることを知る。式部はこの瑠璃姫と道長になぞらえて物語を書きはじめたものの、次第に現実と物語が重なってきて……。瑠璃姫とはいったい何者なのか？　式部が時の権力者に対して仕掛けた雅な意趣返しとは？『源氏物語』をめぐる謎を解き明かす、平安王朝推理絵巻第３弾！

望月のあと

覚書源氏物語『若菜』

森　谷　明　子

創元推理文庫

AFTER THE HARVEST MOON

by

Akiko Moriya

2011

目次

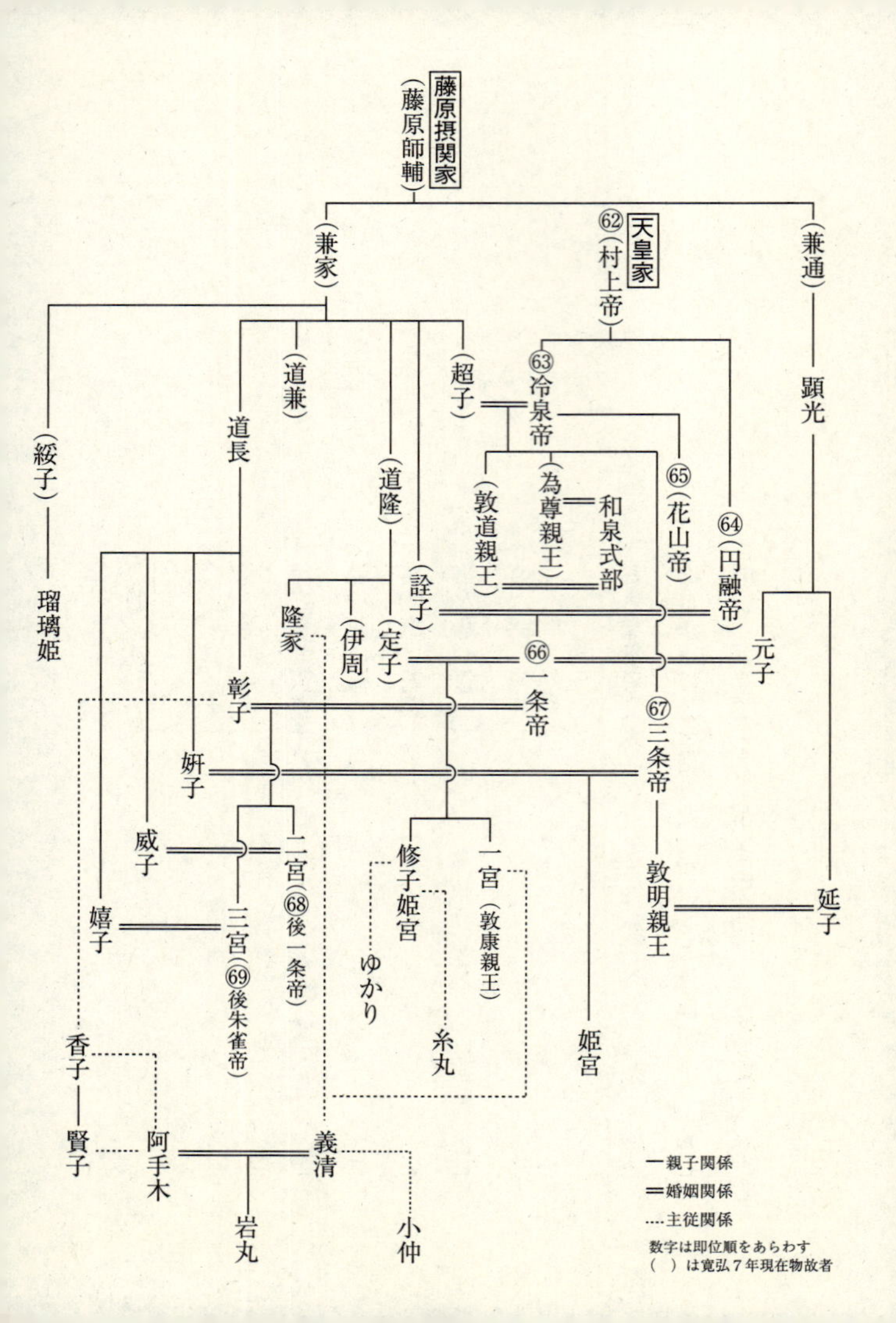

藤原摂関家
（藤原師輔）
（兼家）
天皇家
62（村上帝）
（兼通）
顕光
（綏子）
瑠璃姫
道長
（道兼）
（道隆）
詮子
（超子）
63冷泉帝
（為尊親王）
和泉式部
（敦道親王）
65（花山帝）
64（円融帝）
元子
隆家
（伊周）
（定子）
66一条帝
67三条帝
彰子
妍子
威子
二宮（68後一条帝）
嬉子
三宮（69後朱雀帝）
修子姫宮
ゆかり
糸丸
一宮（敦康親王）
敦明親王
延子
姫宮
香子
賢子
阿手木
義清
岩丸
小仲
─親子関係
＝婚姻関係
……主従関係
数字は即位順をあらわす
（　）は寛弘７年現在物故者

望月のあと

覚書源氏物語『若菜』

第一章　序　寛弘八（一〇一一）年五月―六月

（尚侍）つねよりもうつくしう見えたまふ。（道長）御胸をひきあけさせたまひて、乳をひねりたまへりければ、御顔にさとはしりかかるものか。

（『大鏡』太政大臣兼家伝）

一　一条院内裏中宮御所

「あら」

弾んだ声がした。

眉を寄せて手にした文を読んでいた香子は、顔を上げた。

「どうしたの？　阿手木」

「御主、あれをごらんください」

香子の目の前にいる若女房は、片手をつと上げて部屋の片隅を指さした。

二人の女がいるのは一条院内裏、彰子中宮の女房たちの局の一つだ。まだ日は傾きはじめたばかりだが、光の届かない天井のあたりは、ほのぐらい。その薄闇に、淡い緑色の小さな点が一つ光っていた。

「まあ、蛍ね」

「あたし、今年初めて見ました」

「わたしもそうだわ」

香子は、そう言ってから小さく息をつくと、手にした薄緑の紙を膝に置いた。

「季節が過ぎるのは、早いものね。子どもが成長するのも」

「ええ、賢子姫は、ずいぶん大人びてこられましたよ。不思議なものですね。身のこなしやお背中の伸ばし具合が、時々、父君そっくりに見えることがあります」

　賢子姫とは、香子の一人娘だ。香子は彰子中宮に仕える女房であるので、賢子は生家の堤邸に残してきている。すでに賢子の父――香子の夫――もこの世の人ではないので、一緒に留守番をしているのは、女房として仕えるこの阿手木のほか、数人の童や家人だ。それでも、今のところ、香子は賢子のことでは心配を感じていない。阿手木はまだ若いがしっかりした女だし、家の守りも大丈夫だ。そう、守りと言えば、

「義清にも、変わりはない?」

「はい、おかげさまで息災です」

　義清は、阿手木の夫である。世間の通例のごとく、義清の仕える家――藤原隆家中納言屋敷――は別にあって夜毎に阿手木のもとに通ってくる生活だが、二人の仲はしごくむつまじい。阿手木の手元に、すくすくと育つ一人息子、岩丸がいることも大きいだろう。ともあれ、供回りを連れて夜を過ごしてくれる義清のおかげで、昨今の物騒な都でありながら、堤邸が安全なのは、何よりである。

「御主にお目にかかることがあったら、くれぐれもよろしくと、申しておりました」

「こちらこそよ、それは。父を知らない賢子だから、義清が何かと気にかけてくれるのを、つねづねありがたいと思っているの」

「いいえ、賢子姫こそ、岩丸を弟のようにかわいがってくださいます」

「阿手木たちが、賢子を育ててくれているようなものよ。それに、字もすっかり上手になったこと」

香子は阿手木に笑いかけた。「これも、阿手木のおかげね」

阿手木は謙遜（けんそん）した表情を作ろうとしたようだが、失敗した。

「はい、あたしがお教えする手習いを、日々励んでおられますからね。それに、あたしは今、文机（ふづくえ）に向かって源氏物語の写本をするのに忙しいもので、同じお部屋にいる賢子姫も、つい筆を持っておられる時間が長くなるのです」

女のたしなみとして、字を上手に書き、適切な手紙をしたためる能力は、大変重要である。そして、阿手木の手蹟（て）は、いまや見事なものなのだ。女童（めのわらわ）のころから源氏物語の写本作りに精出してきた賜物（たまもの）である。

「ありがとう。わたしはこうして彰子中宮様にお仕えしてしまっていて、家にいないものね。賢子に何もしてやれない母親としては、嬉（うれ）しい限りだわ。ただ……」

香子が笑みを消して、娘からの手紙を折りたたむ。

「いい返事はしてやれないけれどね」

「また、宮仕えのおねだりですか」

「ええ、そう」

長い手紙だ。続け字もうまくなった。紙の選び方、文字の散らし方、ここ一年ほどの間に、賢子のたしなみの数々は見違えるほど上達した。

一人前の女となるために、母親の香子や教育係の阿手木の言いつけを守って、日々精進していることがうかがわれる。

「けれど、まだ早いわ。やっと十三歳じゃないの。賢子の気持ちはよくわかるけれど」

早く裳着をすませ、一人前の女となって、宮仕えに出たい。華やかな後宮に身を置きたい。

女は、自分の欲を、むきだしにしてはいけない。ましてや、手紙にそんなことを書いてはならない。手紙はついうっかりと使いの者が落としたり、届け間違いをしたり、いや、正しい相手が受け取ったとしても、そのあたりに放り出されれば誰の目に触れぬとも限らないから、最初から用心をして書くべきものなのだ。

そんな言いつけを従順に守る賢子は、この手紙の中でも遠回しに匂わせているだけだ。それでも、娘の性質をよく知っている香子には、賢子の焦れた顔が目に浮かぶ。

「賢子の望みは承知しているけれど、もうしばらくは、家で、阿手木たちとおとなしくしていてもらいたいのよ」

宮仕えがそれほど魅力のあるものでもないと、中に入ってみれば気づくのだろうが、それでは遅いのだ。

「はい、わかりました。賢子姫には、よくお話ししてみます。御主のお気持ちを」

「お願いね。どんな母親もそうだと思うけれど、わたしも、もうしばらくは、無邪気な少女でいてもらいたい。大人になるのに、じっくり時間をかけて……」

言いかけた香子は顔をしかめた。

「どうなさいました？」

「思い出しちゃったわ。今、ちょっと悩まされているの」

「どなたにです？」

阿手木は膝を乗り出さんばかりだ。「お仕えしている彰子様は、ご気性のゆったりとしたお方だから、大丈夫ですよね。ご同輩の、女房のどなたかにですか？　それともまさか、また大殿……」

大殿とは、香子の仕える彰子中宮の父、左大臣藤原道長のことだ。

香子は安心させるように手を振った。

「そんなに、深刻なことではないのよ。ただね、ちょっと源氏物語のことで……」

「余計に大変じゃないですか」

阿手木が詰め寄る。主の書いている物語のこととなると、すぐむきになってしまうのだ。

「大丈夫よ、阿手木。ただ、わたしにたしかめに来た方たちがいてね……。そうそう、阿手木は年立てって知っているかしら？」

「年立て？　いいえ」

「このところ御所の皆様が夢中になっているものなんだけど、つまり、源氏物語の出来事の表ね」

香子もつい最近耳にしたばかりの言葉だが、源氏物語中で何が起きたかを、主人公光源氏の誕生から順番に、年ごとにまとめたのが年立てである。三歳で母に死に別れ、四歳で兄宮が東宮位に、十二歳で元服して葵の上と結婚……。

読んでいるうちに、筋を見失ったり頭が混乱してきたりする読者にとっては、大変ありがたいものらしい。ただし、作者たる香子は、ありがたいとばかり喜んでいられない。

源氏物語が日に日に評判を取っていくのは、もちろん嬉しい。ここ何年も自分がこつこつと書き溜めてきたものが、ようやくある結末までたどりつき、しかも読む者に受け入れられるというのは、書き手にとって何よりの喜びだ。

だが、自分以外の者が読むということは、つまり、自分では気づかない瑕疵を見つけられるかもしれないということでもある。一人の目では見逃してしまうことも、何十、何百という目にさらされれば、おのずと露見の機会が増える道理だ。

「つい先日、この局に来た方たちにもらったのが、これよ」

香子は阿手木の前に、その「年立て」を広げた。

「その方たちの言うにはね……」

「年立てを作りましたらね、『少女』と『梅枝』の間が、どうしてもつながりが悪いのですよ。明石の姫君が養女になりまして、そうして『梅枝』では入内のお支度をしていますでしょ」

「はい」

自分の目の前に並んだ女房たちに、香子は神妙に答えた。

よくわかっている。書いたのは、ほかならぬ、この香子なのだから。

「でも、ほら、子どもはそうすぐに大人になるわけではございませんでしょ。そう思いまして、年立てでたしかめましたの。そうしたら、『薄雲』巻で紫の上に引き取られたとき、明石の姫君は三歳になっていますわよね。それが冬のことですから、明けて『朝顔』巻で四歳。この『朝顔』巻での雪の朝の情景、すてきですわねえ。あ、それはともかく、次の『少女』巻の夏で、光源氏はとうとう太政大臣、明石の姫君は五歳。それから次の年から、いよいよ光源氏が六条に広大なお屋敷を建てますでしょ、明石の姫君は六歳ですよね。お屋敷の造営ですからどうしても一年くらいはかかりますわねえ、とすると、秋に六条院が完成したときに明石の姫君は七歳、その年の暮れるまでに女君たちのお引っ越しもすんだ」

そこまでをほとんど一息にまくしたてたあと、さすがに息が切れたのか、その女房は口をつぐんだ。ほかの者があとを引き取る。

「そこで『少女』巻は終わっておりますでしょ。それで、次の『梅枝』巻は、新年、明石の姫君の裳着のお支度のことで始まりますでしょ。でも、明石の姫君は八歳のはずはございませんわよねえ。裳着に臨めるとなれば、どんなに若くても、十二歳くらいにはなっていなければ」

「あの、つまり……」

「その間には、何があったのでしょう？　明石の姫君が、子どもから少女になるまで。どんどん美しくなってゆくお年頃じゃございませんか。しかも、新築の、すばらしい六条院で。この間、光源氏も紫の上も、明石の姫君も、どうなったのでしょう。いろいろ、楽しいことがあったはずですわよねえ？　豪壮な六条院には、きっと華やかなことがたくさん……」

だ。

そこで口を切った女房たちの、期待をこめたたくさんの目がいっせいに香子に向けられたの

「つまり、その方たちは御主に書けとおっしゃるのですね？　その数年間の物語を」

「そういうこと」

香子は憮然として、ため息をついた。「明石の姫君がきさきとしてふさわしく育てられる間。これから光源氏が栄華の頂点へ向かうまでの年月。その、楽しくて華やかな物語を読みたいと言うのよ」

「ええ、その気持ちはよくわかります」

阿手木はさらに体を乗り出した。「やっぱり、女は華やかな儀式や、おめでたい場面を読むのが好きですもの。いつも屋敷の奥に引っこんでばかりいなくてはいけないのだから、せめて、うっとりできる物語でうさを晴らしたいのですよ。源氏物語に夢中になっているのは、そういう女たちです。そうですよ、御主、書いてくださいな」

香子は肩をすくめた。

「でもね、いいじゃないの、書かなくたって。竹取物語をごらんなさいな。かぐや姫が竹の中から生まれたかと思ったら、あっというまに、五人もの求婚者を手玉に取る話になっているじゃない」

「御主、『手玉に取る』なんて、品のない」

「こんな言葉、阿手木の前でしか使わないわよ。ともかく、物語って、そういうふうに、面白いところだけを抜き出して語るものではないの？」

「御主のお書きになったのは、かぐや姫のようなおとぎ話じゃありません」

阿手木はきっぱりと言った。「生きているあたしたちと同じで、悩みも抱えている、本当の人間。だから、みんな知りたいんですよ、源氏物語の中の人間たちの、何もかもを。どうか、書いてくださいな」

それから、阿手木はいたずらそうな目になった。

「それに、御主、皆様に新しい巻をと催促されて、困っておいでだとおっしゃっていたでしょう？」

「え？」

香子が虚を突かれたような表情になるのに、阿手木はたたみかける。

「ほら、今お書きになっている『若菜』という巻は、ずいぶん長くて、重苦しいお話になるのでしょう？　だから、小出しにしたくはないとおっしゃっていたじゃありませんか。途中で、こんな悲しいお話はいやですなんて、皆様の余計な注文が入ったら、心が乱れてしまうからと。でも、皆様、そうそうおとなしく待っていてはくださらないのでしょう？　だったら、皆様の目をそらす、別のお話も同時に書かれてみたらどうです？　目くらましになりますよ。でなければ、時間稼ぎというか」

「『時間稼ぎ』だなんて、阿手木こそ、品がない」

「大丈夫です、賢子姫の前では絶対に口にしませんから」

香子は唇を曲げた。

「でも、今さら、物語の大筋に関わるような出来事は書けないわよ。光源氏と、その女君たち、子どもたちがたどる栄華への道筋はきっちりと織りこまれていて、これ以上の話は必要ないわ。そんなものを加えたら、ただくどくなるだけよ。だから、書くとしたら……」

香子はそこで言葉を切った。顔に、夢見るような表情が浮かんだ。

「書けるのは、あとに続く筋立にさしさわりがなくて、それだけでまとまっている物語。たとえば、光源氏が思いもかけない新しい恋をしてあげくに成就しなかった、その顚末とか……」

「どんな？」

阿手木は、主を邪魔しないように、だが誘いかけるように、そっと相の手を入れる。

「空蟬が、光源氏を拒んだように。ああ、でも、空蟬はもう出家して、生活上の庇護を受けるだけの境遇になってしまっているわよね」

「末摘花の君も……、もうお年ですね。そもそも、末摘花が出てきても、恋物語にはなりそうもないですし」

「夕顔」

香子は、ふいにつぶやいた。阿手木が怪訝そうな顔をする。

「でも、夕顔の君は、源氏物語の初めのほうで亡くなっていますよ？」

「ううん、夕顔の忘れ形見よ。たしかわたしは、夕顔は女の子を産んだと書いたはず」

　香子はいきなり、二人の間にあった「年立て」をつかみあげた。

「こういうものを作ってくれたおせっかいな方々に、感謝しなくてはね。ええと、夕顔が亡くなったのは、光源氏が十七歳のとき。そして、皆様が物足りないと思っている『少女』巻と『梅枝』巻の間、物語がないのは三年間で、『少女』巻の光源氏は三十五歳。ということは、夕顔が産んだ姫は、『少女』巻の終わりのときに、二十歳にはまだ間がある年。これで合っているわよね？」

　阿手木は几帳面（きちょうめん）に指を折って数える。間違うわけにはいかない。

　それから、顔を輝かせた。

「はい、間違いございません。まあ、新しい女主人公として、ぴったりのお年頃ですね。でも、念には念を入れてたしかめましょうね。その年立てが間違っているということはありませんかしら」

「大丈夫よ。この年立てを作ったのは、わたしじゃないもの。わたしだったら信用できないけど」

　生き生きと断言する主人に阿手木はあきれたようだが、香子は気にも留めない。

「あまり、根（こん）を詰めないようになさってくださいね」

　そう釘をさして、阿手木が主人のもとを辞去しようとしたときだ。

「式部の君、折り入ってお願いがございます」

新しい客がやってきた。

局の外からにこにことのぞいているのは、和泉（いずみ）だった。恋上手、歌詠（よ）みの名手と評判の、香子の親友だ。

「お邪魔をしてしまいましたかしら」

「いいえ、ちっとも」

和泉は笑顔のまま、局にするりと入りこむと、香子の目の前にすわった。身分をわきまえて脇に下がる阿手木にも、にこやかにうなずく。

「式部の君にご足労いただきたいところがございますの。いえ、そんなに遠いところではございません。東三条院の、南殿までですの」

「ええ、わたくしでよろしければ」

「ああ、よかった。式部の君が行ってくださるなら、とてもありがたいですわ」

「はい、わかりました」

答えながらも、香子は和泉の顔を見守った。和泉は、骨惜しみをするような女ではない。何か、自分で出向けない事情があるのだろうが、それはきちんと話してくれるはずだ。

ところが、和泉はにこにこと香子の顔を見守るばかりだ。しかたなく、香子は言葉を続けた。

「それで、わたくしは何をすれば？」

「これを届けてくださいましたら、それだけでよろしいのです」

和泉が取り出したのは、二藍（ふたあい）色――薄い青色――の細長（ほそなが）その他の衣装だった。薄い紗で仕立てられている。これからの暑い季節にうってつけの色合いだ。

「見事な出来ばえでございますね」

「ええ、大殿のお言いつけで、わたくしが用意しましたの」

大殿の。

そのあたりに、鍵がありそうだ。

それに東三条院南殿と言えば、冷泉院（れいぜいいん）――三代前の帝（みかど）で、現東宮の父君だが、少々おつむりに難があるために、世間から離れてひっそりと暮らしているお方――の御所ではないか。

「おいでいただきたいのは南殿の釣り殿です。そこに、先頃からお住まいの方がいらっしゃいまして、大殿がお世話をしておいでですの」

「わかりました」

とにかく、香子は引き受けることにした。

和泉が頼むことなら、否（いな）やはない。気心はよく知っている。和泉が立ち去るのを見送ってから、香子は阿手木を振りかえった。

「阿手木、あなたもそこまで一緒に行きましょうか。今日は、わが家の車で来たの？」

「はい」

「供は？」

「小仲（こなか）です」

「ああ、それなら安心ね」

小仲は、もともと義清に仕えていた童だが、今では阿手木や岩丸の警護を自分の仕事と思いこんでいるらしく、堤邸に詰めていることが多い。

「小仲は、ときどき阿手木の使いでわたしのところへも来てくれるけど、変わりはないようね」

「はい。あたしも安心です。以前のことがあるから、あいかわらず、あまり明るい子ではないですけれど」

小仲は暗い過去を持っている。だが、とにかく阿手木とその夫の義清への、忠実さでは類がない。

「それでは、わたしをあなたの乗ってきた車に乗せてちょうだい。東三条院南殿へ回ってもらうと、少し時間がかかってしまうかしら」

「いえ、それならちょうど、あたしのほうにも都合がよいです」

阿手木が嬉しそうに答える。「実はこのあと、堀河院に回るつもりだったのです。ほら、あのお屋敷の元子女御に仕えていた小侍従という友だちに会いに」

堀河院は、東三条院南殿から町二つほど西に行ったところにある邸宅だ。そこの女主元子女御とは今上のお妃の一人だが、彰子中宮の威勢があまりに強いため、それに対抗して参内することもできずに、実家の堀河院にこもりきりになって久しい方である。

「ああ、小侍従。それもなつかしい名前ね」

香子も、以前に相談に乗ってやったことがあるのだ。

「あの女房は、ずっと元子女御に仕えていたの？」

「いいえ、母親の再婚した相手が東国の受領（ずりょう）で、久しく任国で一緒に暮らしていましたの。つい先日、ようやくその任が明けて、戻ってきたところです」

「堀河院ならば、東三条院南殿とは近いわね。それでは、堤邸の車で一緒にこの屋敷を出ましょう。わたしは和泉の君に頼まれた用をすませたあと、阿手木が堀河院にいるあいだに同じ車でここへ戻り、そのあとで小仲に、空の車を堀河院に引いて行かせるわ。それでいい？」

「はい、まだ早いですもの、どうぞごゆっくり。小仲ならそのくらいの段取りもまかせられますし」

「そう言えば、小仲はそろそろ元服ではないの」

二人して局を出ながら香子がそう聞くと、阿手木は頰をふくらませた。

「そうなんです。でも、いくらあたしが水を向けても、まだ早い、今のままでいいって。いつも、今だけで精一杯だから、なんて逃げるんです」

「まあ」

「御主、今度、あの子たちに説教してやってください。あたしの言うことなど、聞きもしないんですから」

「あの子たち？」

「小仲と、それから糸丸（いとまる）のことですよ。修子（しゅうし）姫宮様のお屋敷で働く糸丸も、小仲の真似をしているのか、いつまでも童のままでいいと言い張っているんです」

糸丸も、小仲と同じく、義清がずっと面倒を見てきている童だ。だから、阿手木も、この二人の親代わりのつもりでいるらしい。

香子は穏やかにとりなした。

「まだいいでしょう。もうしばらくは、好きにさせてやりなさい。子どもが大人になるには、時をかけたほうがよいものよ」

二　東三条院南殿

京の都、条里の最北端には大内裏が威容を見せる。はるか大唐帝国の都にならって造られた、日の本の都の要だ。

数年前に焼けた内裏は現在再建中である。

その大内裏の南、二条大路に朱雀門がそびえ、大路の反対側には貴族の屋敷が並ぶ。内裏の、数々の殿舎を建てる槌音が聞こえるほどのところに、東三条院がある。ここも、左大臣家の所有だ。

和泉の言った南殿は小路を隔てた南に位置している屋敷で、こちらの周囲も、ぐるりと築地塀が守っている。車が中に引き入れられるとき、香子は門を見上げた。新しく修繕した跡がある。縁先へ上がってから振り返ると、塀の色がまだらになっているのも目についた。庭は夏らしくさっぱりと刈りこまれ、池もさらっているのだろう、涼しそうな色合いを見せている面に、遣水のせせらぎが聞こえる。その池のほとりに、母屋から長い渡り廊下でつながった釣り殿があるのが、目に入った。目にしみるような白壁の釣り殿には、人の気配もない。

車を降りたところで、まず、香子と阿手木は無骨な侍に止められた。

「ここでお待ちを。釣り殿にお仕えする侍女の右近が承知している者でなくては、かの御殿に入れられませぬ」

まもなく、一人の老女がその渡り廊下から、車宿へやってくるのが見えた。

「大殿からの、お使いでございますか」

右近も見るからに厳格そうな女だった。陽射しがまぶしいのか、目を細めているために、余計にしわが深く見える。香子が、一条院内裏で見かけたことのない女だ。もともと東三条院に仕えていた女房なのかもしれない。

「はい。こちらへの届け物を、と申しつかって参りました」

香子の後ろから、心得顔で、阿手木が女の衣装ひとそろいをさしだす。

「釣り殿においでになる姫君のお気に召せば、よろしいのですが」

そう言葉を続けた香子に、右近が、眉をきりりと吊り上げた。額のしわがいっそう深くなる。

「姫君？　それは、大殿が仰せになったことですか」

「いいえ」

香子はにこやかに答えた。「ただ、これほどの鮮やかな衣装がお似合いになるのは、さぞかしお美しい方でしょうと思いまして」

そして、年若いはずだ。細長とはそもそも、未婚か、男を迎えたばかりの年頃の女性の衣装である。

そこでつい、いつもの癖で類推したことまで口に出してしまったのだが、相手は出過ぎた無礼と受け取ったようだ。権高な表情が、さらにいかつくなる。

「この釣り殿のことが取り沙汰されるのを、大殿はお喜びにはなりません。こちらの姫はあくまでひそかにお住まいなのです。ご承知くださいませ」

「……叱られてしまったわね」

追い出されるように南殿を出ながら香子が言うと、阿手木も首をすくめた。

「でも御主、面白がっていらっしゃるでしょう？」

「ちょっと、穿鑿したくなるわね」

「はい」

阿手木は目をくるくると躍らせながら、そう答えた。

「いったい、大殿が隠そうとしているのは、どういう人なのかしら」

「それに、御主、気づかれました？　東三条院南殿なんて、今まで世間から忘れ去られたような方のお住まいで、たいして重んじられていなかったのに、急に塀が修理されていたし、あの釣り殿。真新しかったですよね」

「ええ。すべて、釣り殿の住人のためだとするなら、相当の身分ということになる」

「はい。まあ、順当に考えるなら、大殿の想い人……」

「と、いうことになるのかしらね」

阿手木の言葉を引き取りながらも、香子は首をひねった。たしかに、阿手木の考えには、うなずけるものがある。最高位の貴族が大事に隠す女性。若くて、たぶん美しい。何しろ、道長大殿が美貌の女ほど目をかける性分だということは、今までの宮仕えでよく承知しているから。

だが一方で、隠さなければいけない女性とはどういうことだろう？　どんな女と関係したところで、大殿に異を立てることのできる存在など、ほとんどいないだろうに。

門も塀も住まいも新しくつくろい、侍女を召しかかえ、出入りを厳重に見張らせている。そこに、わざわざ用意した最上級の衣を着せたいような女人(にょにん)を住まわせているのだ。ひっそりと。

三　堀河院

御主が車に乗って一条院内裏へ戻るのを見送ってから、阿手木は一人で反対の方角へ歩き出した。西に二町行けば、堀河院である。

夏の長い日は、まだ明るさを残している。一人歩きにも、さしつかえはない。

堀河院の東門は、閑散としていた。いつものことながら、朝堂の第二の地位である右大臣と、当今の妃のお住まいとも思えない。

だが、珍しく、庭の向こうに人声がする。母屋から西へ延びた対の屋の方角だ。元子女御の妹君のお住まいである。どうも、来客らしい。何人もの供回りが、くつろいだ直衣——上流貴族の普段着——姿の公達を、屋敷へとうやうやしく案内していくところだ。そのご一行の邪魔をしないように、阿手木は音を立てずに反対側の東の対、いつもの場所で案内を請おうとした。

ここにも、蛍が飛んでいる。

そのときだ。

一人の殿方が、東の対の濡れ縁を降りてきた。

とっさに、阿手木は腰をかがめた。相手が誰であろうと、こちらも直衣を身につけているというだけで、自分よりは身分が上であることが知れるからだ。身分の低い者は、貴族の屋敷では正装を要求されるのである。

ましてや、相手は阿手木に気づいても、身構える様子もない。どこにいても何をしても許されると思いこんでいるわけであって、それも、貴人である証拠だ。

「見かけぬ顔だが、いずこの者か」

右大臣ではない。阿手木も間近で見たことはないが、堀河院の主、右大臣なら六十を超えているはずだ。この殿方はもっと年が下だ。ただ、若いというほどでもない。四十には間のあるほど、と阿手木は見当をつけた。

「はい、元子女御のおつきの方の局まで、まかりこします。京極堤邸から参りました」

「ほう」

阿手木は顔を上げてみた。美男という顔立ちではない。烏帽子の下の髪には白いものも多い。だが、公卿には珍しく表情豊かな目、そして気持ちのよい響きの声だった。その声に、興味深そうな色が加わる。

「京極堤邸と言えば、藤原為時殿のお屋敷……。では、そなた、為時殿のご息女に仕える者か？　あの、源氏物語を書いている女性に仕えているのか」

「はい」

こうした問いかけには慣れっこだ。阿手木の御主のことを知ると、皆、目の色を変える。この殿方も例外ではないらしく、阿手木に近寄ってきた。

「なんぞ、面白い読み物ができたのか」

「はい……」

実を言えば、元子女御は源氏物語がお好きではない。だから、この屋敷へ広めるつもりはなかったのだが、

「元子女御には、さぞお喜びだと思うぞ」

この殿方はそう言う。阿手木は返事をためらった。

「そうでございましょうか。あの、女御様は、麗しいお方で」

「麗しい」とは、きっちりした、浮いた話など受け付けない、という意味である。

だが、殿方は笑い声を立てた。

「そなた、しばらくこの屋敷に参っておらぬな。元子殿は、ずいぶんとお変わりになられた。おかげで、わしも楽しみが増えた」

元子殿、とは、何と親しげな呼び方だろう。この公卿は、元子女御と近しいのだろうか。阿手木の表情を読み取ったのか、殿方は楽しそうな顔だ。

「それは違う、まだ大それた好き心など、持ってはおらぬ。わしは小心者だ。光源氏のような男には、なれぬよ。だいたい生身の男というものは、出世競争に身を削り、生臭い欲にとりつかれ、保身に汲々としている。武張った田舎者も多い。同じ源氏と言っても、そんなものじゃ」

「源氏？　では、あなたさまも源氏なのですね」

阿手木ははっとした。目の前の、この殿方は、ひょっとしたら……。

もう十数年も前のことで、阿手木もくわしくは知らないが、尚侍という官職をいただいて今の東宮の妻になるべく宮中に上がった女性が、大変な醜聞を起こしてしまったことがあった。なんと、東宮ではない男性と許されない恋をして、子どもまで産んでしまったというのだ。都中が知っている大事件だが、表立っては誰も処罰されることなく、その綏子という女性はもう何年も前にお亡くなりになったはずだ。

そして、その恋の相手として取り沙汰されていたのが、源頼定という公卿……。そうだ、そのお方はのちに、このお屋敷の元子女御とも少々あって……。

それが、このお方なのか。

見つめられた殿方は、おかしそうに笑う。

「そなたも、この頼定のけしからぬ評判は聞いていると見える」

阿手木はあわてて平伏した。やはり、頼定卿だった。

「とんでもないことでございます」

「わしは、悪名高い源宰相だからの。しかし、よいところで出くわした。源氏物語は、わしも好んで読んでいる」

「はあ」

「思い出すぞ」

頼定卿は目を細めて言う。「亡き綏子尚侍殿は、まだ源氏物語の最初のあたりしか読んでいなかったが、ひどくお心を動かされていた。『この朧月夜（おぼろづきよ）は、まこと、わたくしのことのようです』とおっしゃっておられたのが、忘れられぬ」

阿手木は、また言葉に詰まった。朧月夜――くしくも、綏子様と同じ尚侍――は、光源氏の兄帝に侍っていたが、光源氏と恋仲になってしまった女君ではないか。

――それはたしかに、東宮の妻という身分でありながら、この頼定卿と恋仲になってしまった方ならば、そっくりだけど……。

どぎまぎする阿手木にかまわず、頼定卿は屈託のない口調で言った。

「新しい巻があるなら、読みたいな。手に入れてくれ。それを種に、女御殿とよい話ができる」

阿手木はすっかり気圧（けお）された思いでうなずいた。

過去には、東宮妃と浮名を流したほどの洒落人。そして、頼定卿は、実は幼馴染（おさななじみ）の従妹である元子女御とずっと親交を続けていることも、阿手木は知っているのだ……。

頭を下げ続けることしか思いつかない阿手木を尻目に、頼定卿は悠々と立ち去った。

「頼定卿は、女心のわかるお方ですから」

さばけた性格になったのは、元子女御だけではなさそうだ。真面目一方だった阿手木の旧友の小侍従も、よい女盛りになって、頼定卿の訪問くらいではあわてないようになっていた。

「今でも、女御とお話しにいらっしゃるのです。あ、でも」

小侍従は急いで付け加える。「もちろん、お二人は清い間柄でいらっしゃいますから」

「もちろんよ、疑ったりはしないわ」

やはり、さばけたといっても限りはありそうだ。

「けれど、元子女御も源氏物語がお好きになったそうね」

阿手木が、さっき見た頼定卿の顔を思い出しながらそう言うと、小侍従もうなずいた。

「そうなのです。そうだわ、阿手木、元子女御に会っていただけますか」

「え、いいのかしら、あたしなどが……」

たしか、元子女御はかなり引っこみ思案なご性格だったはずだ。だが、小侍従は気安く促す。

「はい。きっと、お喜びです」


「あの、歌のことを聞きたいの」

阿手木が初めて聞く元子女御の声は、いかにも貴婦人らしく、低く穏やかだった。几帳の陰にすわっていらっしゃるのだが、その姿はちらちらと見える。そんなことから推してみても、たしかに以前よりは堅苦しくなくなったようだ。高貴な女性は、みだりに人に、特に男性には姿をさらさない。たとえ実の父親や兄弟であっても。それが第一の鉄則だ。ただし、通常、未婚の女性のほうがその戒めはきつく、男性との経験ができ、そして年齢を重ねるようになれば、ゆるやかになってゆく。

すでに三十歳を超しているはずの元子女御は、かなり熱心に言葉を続ける。

「恋歌とは、どう作ったらいいのかしら」

「さあ、それはわたくしにもむずかしいお問いかけでございますが」

上流の女人ならば、ご自分で歌を詠まなければいけないことも多いが、阿手木ごときでは、そんな機会は少ない。毎夜のように会っている義清にわざわざ歌を贈ることもほとんどないし、だいたい、義清が返歌を寄こすなんて、想像もつかない。義清との間にあるのは、日々の暮しの積み重ねだ。主人を守り家を守る男と、衣食の世話に心を砕く女の、ありきたりの毎日だ。

「けれど、あなたはいつも、源氏物語に接しているのでしょう」

「はい」

そう、阿手木に何か言えるとすれば、源氏物語から得た知識が、誰よりも多いという強みを生かしたことだが。

だが、実は、御主の香子が源氏物語で一番苦労しているのは、登場人物が詠む歌なのだ。それらの歌は、御主が好きな歌、詠みたい歌ではなく、いかにもそれらしい、登場人物らしい歌でなければならない。光源氏は風格を持って、藤壺（ふじつぼ）は気高く、明石は奥ゆかしく、紫の上は可（か）憐（れん）に、でも優れていて……。

——それがとてもむずかしいの。

あの御主でさえ、たいそう苦心するのだという。

とりあえず、阿手木はそんなことを思いつくままに話してみた。それから、こう締めくくった。

「ですが、女御様はご事情が違いましょう。ですから、ご自分のお心のままにお詠みになればよいのではないでしょうか」

それが一番、心を打つ。そのことを、阿手木は、和泉の君から教えられた。

「女御様は、和泉の君という方をご存じですか」

言ってから、これは失言だったかと、阿手木はひやりとした。いくらさばけてきたと言っても、貴公子と次々と浮名を流した和泉の君など、お気に召さないのではないか。

だが、意外な答えが返ってきた。

「もの思へば沢のほたるもわが身よりあくがれ出る玉かとぞみる」

「……それは、和泉の君のお歌ですね」

物思いにふけっていると、沢を飛ぶ蛍も、わたしの身を離れてさまよう魂のように見えてしまいます。有名な和泉の作だ。

「まるで自分のことを言われているようだった。どうしたら、あのような歌が作れるのかしら」

阿手木は返事をしなかった。阿手木などに答えられることではない。

この元子女御が今上帝の後宮に上がったのは、もう十年余りも前のことだ。当時、帝の寵を一身に集めていた亡き定子皇后は、第一皇子を産んでいたとはいえ、父君である中関白を亡くされて、後宮での立場が弱くなっていたところだった。その定子皇后を追い落としたかったたのが、皇后の叔父である道長大殿。だが、ご本人の息女たちはまだまだ幼く、かわりに皇后の対抗者として白羽の矢が立てられたのが、この元子女御なのだ。父君である顕光右大臣は、つまりは大殿の口車に乗せられ、自分でもあわよくばと夢を見て元子女御を入内させた。一度は懐妊の喜びも味わったが、そのお産は惨憺たる結末に終わり、元子女御はわが身を恥じて実家であるこの堀河院にこもったまま、出仕すらしなくなった。そうして月日ばかりがたつうちに、ますます影の薄い身になっていった。

その一方で、大殿のご長女、彰子様は成長されて入内し、中宮に立ち、若い盛りに亡くなった定子皇后と入れ替わるように後宮を独占して、皇子二人を産んだ。

そうなれば道長大殿には、元子女御など彰子中宮への邪魔者でしかない。元子女御を守り立てるべき右大臣には何の才覚も力もなく、だからこうして実家で暮らすしかなく……。

その鬱屈、憂愁を思えば、物思いの限りを尽くして当たり前なのだ。

だが、女御はそれほど暗いお顔をしていない。

「きっと、恋をすればよいのね」

女御はなおも考えこんでいるようだった。

元子女御の御前を去ると、小侍従が改まって切り出した。

「女御は『藤裏葉』までの源氏物語を読まれて、続きをたいそう楽しみにしておいでなのです。そこでお願いなのですが、新しい物語ができたら、いただけないでしょうか」

「ええ、もちろん」

阿手木は、さっきの意気ごんでいた御主の顔を思い浮かべながらうなずいた。

「写本ができたら、届けさせるわ。ただ、少し時がかかっても待っていらしてね」

彰子御所の女房たちをはじめ、そのご実家の女君と仕える女房たち、そのほかの貴族の女君たち、女性との話題に乗り遅れたくない公達も含めれば、源氏物語をほしがる人たちは、昔よりさらに増えている。だが、阿手木の目の届くところでしか写本をするまいと御主と申し合わせているから、なかなかはかどらないのだ。

「もっとお手伝いいただける方がいたらいいのだけれど、これがなかなか……」

そんな愚痴も、小侍従になら言える。気の置けない旧友とのおしゃべりは楽しい。その日も、阿手木はつい、堀河院で長い時間を過ごしてしまった。

その間、元子女御がおいでの座敷は、ひっそりと静まり返っていた。

頼定卿のことを阿手木が思い出したのは、小仲の引く車を堀河院で迎えたときだった。

「あら、あの方は？」

ついつぶやいてしまった独り言に、小仲が怪訝な顔をする。

「どうしましたか、堤様」

「いいえ、何でもないの」

阿手木は小仲に手を引かれて、車に乗りこむ。

「御主は、何事もなく中宮御所に戻られたのね」

「はい。あ、あと、輔殿（すけどの）は今夜、一宮の御所に呼ばれているそうです」

小仲は、義清のことを輔殿と呼んでいるのだ。そして、阿手木のことは堤様と。

「そう」

「でも、きっと、遅くなっても堤邸に来られますから」

そう言葉を足す小仲に、阿手木はほほ笑みかけた。

「大丈夫よ、小仲。そんなに心配しなくても。義清のことで、あたしは気をもんだりしていないから」

「……はい」

小仲は小さく笑って、車の簾（すだれ）を下ろした。

四　一条院内裏中宮御所

「式部の君、東三条院南殿へお使いにいらしたのですって」

一条院内裏へ帰り着いた香子のほうは、すぐさま何人もの女房に取り囲まれていた。

「はあ……」

「ね、どんな方でした？」

女房たちが暇を持て余していることは知っていた。だが、こうもたくさんの女房たちが、同じことを入れ替わり立ち替わり聞きに来るとは……。

「あそこにひっそりとお住まいの姫君は、どんな方でした？」

「さあ、それは何とも。わたくしも、命じられたものを届けただけで、そのお方を拝見したわけではないのですから」

「あら、それでも、式部の君ほどのお目の鋭い方でしたら、きっと何かおわかりになったでしょう？」

「そうですとも。ねえ、本当ですの？　その方が、大殿のお子だというのは」

——お子？

だが、内心の驚きは顔には出さない。香子も、そのくらいの処世術は身につけている。

結局、香子は、自分からは何一つ口にせずに、あいまいに笑ってその場を逃げ出した。否定の言葉を並べても、かえって逆の意味に取られかねないし、さかしらぶって事情を呑みこんでいる顔をすることは、もちろん危険だ。こんな穿鑿がましい女たちにつかまって、あらぬことを言い触らしているように広められてはたまらない。

だが、香子にも人並み以上の好奇心がある。

あの女たちの言ったことは本当だろうか。大殿の、道長左大臣の、隠し子？

香子にわかっていること。若い女。左大臣家が丁重に扱い、費えを――侍女、警護の侍、屋敷の修繕や賄いに至るまで――惜しまない女。御殿の奥にひっそりと暮らす姫君たちは、一人では何もできない。衣食の世話や屋敷の警護に心きいた仕え人は、絶対に欠かせない存在だ。

そのような手がかりから大殿の息女と考えても、たしかにつじつまは合う。道長大殿は、実はあまりたくさんの妻を持たずに来ている。彰子中宮や嫡男頼通卿をはじめ、二男四女を産んだ三位殿、それと競り合うかのように四男二女を産んだ、高松殿と呼ばれている女性。

気まぐれに関係を持った女性ならいくらもいるのだろうが――実は自分もかつてはその一人だったと、香子は苦い思いをめぐらした――、世間に妻として見られているのは、この二人だけだ。それ以外の女性が子を産んでいたとしたら、ああして大事に育てるのだろうか。

だが、しばらく考えてから、香子は首を振った。何かが違う気がする。

それでは、やはり、隠している愛人だろうか。としたら、素姓を知るのは簡単ではない。屋敷の奥に埋もれている女たちがどういう生を送るのかは、なかなか世に伝わらないものだから。

それから、香子は思い出した。

——ああ、でも、釣り殿の住人のことなら、きっとわかるわ。大丈夫。

香子は、確信を持ってうなずく。

——和泉が話してくれるから。


「式部の君、あれは、大殿の姪(めい)にあたる女性ですの」

香子の期待通り、夕刻、和泉が香子の局にやってきた。表向きは、香子に私家集を見せるという口実である。和泉の歌の才については、宮中で知らぬ者がないほどだし、また、和泉はさまざまな家に伝わる家集を手に入れることにも熱心なのだ。それができたのは、和泉の死んだ恋人、帥宮(そちのみや)と呼ばれていた貴公子——当今帝の従弟で、東宮の弟にあたる皇子——のおかげでもある。帥宮は和泉の才能をことのほか愛して、家々に、伝来の家集を書写させてくれるように口添えしてくれたのだそうだ。

だが、二人きりになると、歌のことはそっちのけになった。

「和泉の君、姪ということは……」

「覚えておいでですか、数年前に亡くなった、尚侍の綏子様を」

香子は目をみはった。あの、とんでもない浮名を流した女性か。

よく覚えている。

それは、まだ父親とともに任国越後に滞在していた香子の耳にさえ入るほどの、派手な醜聞だったのだ。

藤原綏子。母は劣った家柄だったが、ときの関白兼家の娘、つまり、道長大殿の、れっきとした異母妹にあたる女性だ。母君は関白の目に留まるほどの美貌で、綏子姫君も生き写しだったという。その美貌を買われ、尚侍の職をもらって、現東宮の妻となるべく入内した。二十年ほど前のことだ。尚侍とは後宮の女官を束ねる役職名だが、夜伽も務める。今の世では、東宮に侍る女性が尚侍になることが多い。帝に侍る女性は律令で位が決まっていても、次期帝たる東宮にはそれがない。その代わりに与えられるのが、尚侍をはじめとする、女官としての地位なのだ。

東宮の夜伽に侍らされた綏子も、だから、いずれ御代替わりがあればきさきにというのが父兼家の心づもりだった。だが、すべてに難のつけようがない女性であった綏子なのに、なぜか東宮との仲はしっくりゆかず、里へ下がりがちだった。

あるとき。東宮が、綏子尚侍の手に氷の塊を置いて、こう言ったのだそうだ。

「わたしのことを、愛しておいでか？　だったら、わたしがよいと言うまで、決して下に置かずに、その氷を持ち続けていらっしゃい」

そうしたら、綏子内侍は本当に、手が紫色になっても氷を放さなかったという。一言の文句も言わずに……。

この話を聞いたとき、香子は、何とも言えぬ居心地の悪い思いに駆られたものだ。

そうこうするうちに、悪い噂が立つ。

綏子尚侍が、東宮ではない男を近づけていると。

相手としてささやかれたのは、源頼定という公卿だった。家柄は悪くないのだが、摂関家に圧倒されている源氏だ。最高位までの出世を望めるような身分ではない。その頼定卿が、一人寝をかこつ綏子にたくみに近づき、とうとう……。

「あの、頼定卿と噂のあった、綏子様ですか」

つい、あたりを見回してしまったが、幸い、香子の局の近くには誰もいないようだ。それに、このところ毎日のことながら、今日も雷鳴が聞こえる。これなら、少々噂話にふけっても、人に聞かれずにすみそうだ。

「少し格子を下ろしましょうか。雨が降りこんでくるといけませんから」

夕暮れの迫る庭には、何匹かの蛍が飛んでいる。

その夕景を締め出して、香子はまた和泉と向かい合った。

香子は、綏子との縁はほとんどない。受領階級の生まれの香子など関われないような高い家柄だからで、しかも綏子は、もう数年前に亡くなっている。ただ、頼定卿のほうには、多少の関わりがある。直接に会ったわけではないが、以前、ふとしたことから、頼定卿が幼馴染の元子女御と文通しているのを突き止めたことがあるのだ。

だが、元子女御とは他愛もない文通らしい。それに比べ、綏子との密通はけた違いの騒ぎになった。

頼定卿は、大胆にも里下がり中の綏子と忍び逢い、とうとう妊娠させたというのだから。

香子ははっとして、和泉を見た。

「それでは、あの釣り殿にいるのは、綏子様がひそかにお産みになったお方……？」

和泉はうなずいた。

「ええ。そして、道長大殿は、どうにかして、その姫君を、わがものにしたいのです。ずっと以前から、綏子様にご執心だったから」

母親が違うとはいえ、父を同じくする妹に？

それは、神代(かみよ)の昔ならいざ知らず、今では禁じられた恋だ。

だが、香子は、自分がさほど驚いていないことに気づいていた。

——そう、そうだったのか。ならば、筋が通る。

綏子尚侍の許されない妊娠を暴いたのは、道長大殿だった。それも、大変な乱暴なやり方で。その話を聞いたとき、本当とは思えなかったほどの乱暴さで、だ。

大殿は、屋敷の奥深くに閉じこもっていた異母妹綏子のもとへ、御簾(みす)を押し開けて迫り、その衣を肩から剝(は)いで、裸の乳房を手に握りしめたというのである。出産が間近に迫っていたのか、その張りつめた乳房からは、さっと白いものが流れ出したと……。

「それで、綏子様のご出産のあとは、どうなったのです？」

「もちろん、東宮様の手前、その赤子を綏子様のお子と公表するわけにはまいりません。ちょうど、そのとき大宰大弐(だざいのだいに)として任じられた殿方が筑紫(つくし)に赴(おもむ)くところに託されて、そのまま筑紫でご成長されました。今から十五年ほど前ですわ」

「その頃の大宰大弐というと、どなたでしたっけ」

大宰大弐とは、筑紫にある大宰府の役人である。大宰府の最高の地位——大宰帥——は皇族が任じられることも多い。たとえば、現在の大宰帥は、今上の一宮だ。役職にちなんで帥宮と呼ばれているが、皇族であるから、大宰府へ赴くことはない。かわりに現地で実質的な指揮を執るのが大弐である。もともと豊かな土地で、しかも大陸からの文物を真っ先に手にできるのだから、大変な富を蓄えられるという。

「源有国殿です。そして、有国殿の任が明けて帰京したときに、姫君もともに都にお戻りでしたが、それからも、あくまでも有国殿の養女として育てられてきました。ですが、その素姓を知った大殿が、手元に引き取ってしまわれたのです」

「それで、その姫君の名は？」

「瑠璃姫、とおっしゃいます」

「道長大殿は、瑠璃姫のことが気になってしかたがないのですね」

わかる気はする。現在、娘を中宮とした上に皇子二人の祖父となった道長大殿には、何の憂いもない。そうした恵まれた地位に落ち着き、初老を過ぎ、ふと、昔因縁のあった女性の忘れ形見、若く美しい姫を手に入れたとなれば……。

——けれど、瑠璃姫のほうはどうお思いなのだろう。生活に不自由はないとしても、あのように厳格な老女に見張られ、お幸せでいられるだろうか。二十歳にも満たない女性が四十歳をとうに過ぎている大殿に言い寄られても、嬉しく思うはずがないのでは？　まして、自分の高貴な生まれを顧みたとしたら。

筑紫と言えば、開けた土地だと聞いている。そんなところで、大事にかしずかれ、のびやかに育った姫ならば、都育ちの深窓の姫君よりも、よほど闊達で、世の中を見る目を備えてはいないか。

いや、そんな女性として像を作っても、無理はないのではないか。

「あら」

和泉が首をすくめた。ひときわ大きな雷が鳴ったのだ。

「近いですね」

香子は上の空で答えながら、頭の中の考えをまとめようとしていた。

――そう、もしもそんな女だったら、どんな行動を取るだろう。たとえば……。

香子の思念は、瑠璃姫の身の上を離れて、ふらふらとさまよいだした。

ふと気づくと、和泉がにこにこと香子を見ている。

「これは失礼しました、和泉の君。つい考えごとをしてしまって」

「いいえ、そんな式部の君を見ているのは楽しいわ」

「からかうのはやめてくださいな」

香子は苦笑して、和泉を見る。「和泉の君、あなたは人の心が読めるのかしら」

「は？　何のことですの」

「まるでわたしが、ちょうど物語の種を探しているところだと、知っていらしたかのよう」

「あら、そうではありませんの。ただ、式部の君ならば、大殿のご機嫌を損じなくてすむと思っただけ」

本心なのかどうか、香子にはどうにもはかりかねた。

「それで、式部の君、物語の種は見つかりましたの」

「はい」

香子は、すでに自分の思いつきに夢中になっていた。

時の権力者の心を動かす、鄙で育った美しい姫君。

そう、その姫君と光源氏の、恋のゆくたてを書こう。善美を尽くした屋敷で移ろいゆく、四季の風物とともに。

自然に、一つの歌が浮かんだ。死なせてしまった恋人、後悔と痛恨をこめて今も恋うている記憶の中の女、その女の忘れ形見と思いがけず再会できた光源氏の驚き、そして喜び。

「恋ひわたる……」

香子は思いつくままに、口に上らせてみる。

「式部の君、それはお歌ですか？」

「歌になればいいのですけれど」

歌詠みの上手である和泉の前では少々恥ずかしいが、香子はすなおに答える。「思いもかけないところから、不思議な因縁のある女性を見つけた。その人のことが気になってたまらない。

そんなとき、光源氏ならどんな歌を詠むかしら、と
もう一度、香子は口ずさんでみる。こういうときはあれこれ考えまわさず、思いつきを次々と言葉にしてみるに限るのだ。

「恋ひわたる身は……。いかなる筋を尋ね来つらむ……」

ずっと恋い続けてきたわたし。あなたはどんな縁をたどって、やってきたのだろう……。

と、和泉が口を開いた。

「恋ひわたる　身はそれなれど玉（たま）かづら　いかなるすぢを尋ね来つらむ」

恋い続けてきた身はそれとして、この玉葛——大切なゆかりの者——も、どんな縁をたどってたずねてきてくれたのだろう。

あっけにとられる香子に、和泉はまた笑いかけた。

「いかがでしょう」

「すばらしいわ」

香子は心から感嘆して、そう答えた。

「和泉の君、今のお歌、使わせていただいてもよろしいでしょうか」

「ええ、嬉しいわ。物語の種は、芽吹きましたの？」

「はい」

香子はしっかりとうなずいた。「巻の名は、『玉葛』」

そう、玉葛だ。それが、夕顔の遺児の名だ。

そのとき、香子は、局の外が騒がしいのに気づいた。

「何でしょう？」

僧を、祈禱を、願文を、と女房たちが入り乱れて騒ぐ声もする。ちょうど局の外の廊下を足音が通り過ぎるところだ。

和泉が縁との境になっている壁代を引きのけると、二人のよく知っている女房が、通り過ぎるのが見えた。香子の局に閉じこめられていた蛍が一匹、ふわりと逃げ出したが、外の女房はそれどころではないらしい。顔が引きつっている。

「大納言の君、何かありましたの？」

和泉が声をかけると、大納言の君はあわてふためいた様子で顔だけこちらに向けた。いつもは礼儀作法にやかましい女房だが、足音も荒く、立ち止まりもせずに去っていく。

その上ずった声だけがあとに残った。

「何ということでしょう、帝が、にわかなご病気なのです」

五　一条院内裏渡殿

どこからか飛んできた蛍が、道長の藍色の直衣の袖をかすめ、夕闇にそまりはじめた庭へ、ふわりと逃げて行った。

目を上げた道長は、しばらくその場にたたずんで、一条院内裏の庭の松木立をながめていた。

今年初めて見る蛍だ。

五月雨の季節が終わる。寛弘八年の夏は穏やかに盛りを迎えようとしていた。

——今年は、宮たちのあせもが重くないとよいのだが。

道長の思い浮かべる宮たちとは、もちろん、今上陛下の二宮と三宮のことだ。二宮が四歳、三宮は三歳。すでに元服を終えている一宮もおいでだが、道長にとっては、血のつながりが遠いお方であり、わが身を分けたかのような気遣いをする間柄ではない。

今のところ、道長の思うままに世は定まっている。

——すべては、わしの尽力と心づくしのおかげ。

娘を後宮に納れ、孫たる皇子を産ませ、自身は人臣として最高の権力を握る。今まで、日本の歴史をひもといても、藤原氏の家伝をたどってみても、今の道長と同じような場所にいた男たちはいくらもいた。

だが、その誰よりも、道長は心優しい為政者だ。胸を張ってそう言える。

陰謀をめぐらして対立者を蹴落としたり、ましてや死に追いやったりもしない。ただ、道長の行く手を遮るすべてのものが、道長の前にはひれふし、おのずと道が開けた結果、今の道長があるのだ。

――わしは、神仏のご加護をいただいている。

また、それにふさわしいだけの仁慈を、道長は施してきたではないか。

たとえば、去年一年のことを振り返ってもそうだ。

昨年正月、前内大臣藤原伊周が病死した。道長の甥――兄道隆の長子――であるが、不本意な死であったことだろう。今際には枕頭に妻子を集め、くれぐれも家門の名を辱めないようにと言い残していったそうだ。

若いうちは、栄華に恵まれていた。父である道隆関白が、長女定子を中宮に、伊周をはじめとする子息たちを目に余るほどに引き立てて、強引に昇進させていったせいだ。兄道隆が死ぬまでの屈辱の十年ほど、道長は十歳近くも若いこの甥に、ずっと出世競争の先を越されていた。

だが、その道隆関白が急死したあとは、支えてくれる者のない定子も伊周もあっけなく凋落し、そして今は、どちらもこの世の人でさえない。

伊周は最後まであとに残す子どもたち、とりわけ娘たちのことを心配して逝ったという。庇護を失い、落魄した結果、劣った身分の男の妻にならぬか、女房となって人に使われる身にならぬか、と。

――哀れな男よ。

道長は、丁重に弔問の使いを送った。遺族にも目をかけてやっている。もはや敵にもならない者にむごい真似をしたりはしない。死者とは、鞭打つ価値もないものだ。

そして、その死の余波がおさまった昨春の盛り、道長は満を持して次女の妍子を世に出した。従三位という高位と、尚侍という役職を与えて。尚侍とは女官の頂点に立つ地位だが、実質は、東宮の妃のようなものだ。妍子に与えられた真の役目は、東宮の寵愛を勝ち取ること。多少の困難はあるだろう。すでに東宮には、藤原氏の別の血筋の娍子という妃がいるのだから。そちらにはすでに四人もの皇子と二人の皇女が生まれているというにぎやかさだ。

だが、妍子も立派な貴婦人に育っている。妍子が皇子を産めば、皇統に連なる道長直系の御子が、さらに増えるのだ。それに――娘たちに言うつもりはないが――、妍子は姉の彰子より顔立ちもよい。あの娘ならば、東宮の心をつかむことができる。

一方で、道長は無用の恨みを買わぬように、細心の注意を払ってもいる。

伊周が最後まで皇位への望みをつないでいた一宮には、道長が尽力して、昨秋に立派な元服の式を執り行った。元服後の官職は大宰帥。大宰府の最高長官であり、舶来の品もかなり自由にできる、旨味のある地位だ。おまけに、実際の仕事は大宰に赴く大弐や少弐が行うから、帥宮は都にとどまったまま、ほとんど何もしなくてよい。

さらに、今年になってから親王として最高位の一品に格上げし、后や東宮と同じだけの待遇もさしあげた。似つかわしい姫君をめあわせることも計画している。

——これで、亡き定子皇后や道隆兄上も、文句はあるまい。下手に悪霊となってたたられては、わが一門に暗い影がさす。

伊周という邪魔者が消え、妍子は無事に成人、そして、年末には前年に焼失した一条院内裏も再建できた。一年余りという短期間での再建は、道長の人徳を慕う各国の受領たちが材や人足を集めて、あっというまに造り上げた結果だ。そしてもうすぐ、本来の内裏も完成する。ことの多さを手際よくさばいた去年の奮闘の報いとして、今年の、安寧(あんねい)がある。

気がかりが若宮たちのあせも程度というのは、満足すべきことなのだろう。健康な若宮たちは、道長の何よりの喜びだ。若宮たちにかわいらしい衣装を着せるのも楽しい。

ふと、若宮たちの衣装にかこつけて、和泉に用意させた細長を思い出した。あの細長の出来もよかった。和泉は、歌を詠むのと同じように、衣装の見立てにも気が利いている。

——あの細長は、さぞかし瑠璃に似合うだろう。今、瑠璃は何をしていることか。抜けるように色が白かった、綏子の肌が目に浮かんだ。あの綏子の忘れ形見というなら、さぞ……。

実は、道長はまだ一度も、瑠璃の顔をはっきりとは見ていない。

瑠璃が筑紫の国から上京したということも、つい最近になって知ったのだ。あの有国が、そんな大事なことを隠していたとは、腹立たしい。

有国は、道長や道隆の父兼家が、たいそう目をかけていた有能な官吏だった。昔、まだ若輩者だった道長の目に、有国は朝廷の権威の象徴のように映っていたものだ。

あれは、父兼家が急な病に倒れたときのことだ。長兄道隆はすでに内大臣、同腹の次の兄道兼も権大納言の要職。病中の父の代わりに政務に忙殺されていたそんな二人の兄には、父を見舞うゆとりもない。枕頭に侍っていたのは、当時権中納言にすぎなかった道長だ。

いよいよ臨終が近づいたかというとき、兼家はふいにかっと目を見開いた。

「父上、ご気分は……」

恐る恐るよびかける道長には答えず、父は一言だけ言った。

「有国を呼べ」

「はい」

内裏から急ぎ参上した有国は、道長への挨拶もそこそこに、兼家のそばへいざりよる。

「道長、さがれ」

また形ばかりの会釈をする有国に、道長は腹を立てることも忘れていた。有国のかもしだす気配——政務を一手に取り仕切る渦中の重要人物としての気配——に圧倒されていたのだ。

父が単刀直入に切り出した最初の言葉は、隣室に下がりかけていた道長にも聞き取れた。

「わが跡を、道隆と道兼のどちらに取らせるべきと思うか」

有国の返事は聞き取れなかった。道長の頭が混乱していたせいかもしれない。

道隆と道兼のどちらに。

父は選択肢の中に、道長の名を入れてさえいなかった。その衝撃が大きすぎたせいだ。だが、

――いや、それも当然か。

すぐに、そんな自嘲の思いにかられたものだ。人を引き付ける大人物の道隆、大胆な策謀をやってのける道兼。その二人に比べて、道長には何のとりえもない。

早々に退出してきた有国の目を、道長は見られなかった。この有能な人物に、凡庸で価値のない自分がどう映るのかと思うと、その場にいたたまれなかったのだ。

しかし、兼家の死後に、有国の境遇は一変する。兼家から後継者について相談されたとき、長兄道隆よりも道兼をと進言したのが災いしたために、道隆に憎まれたのだ。そのせいで、道隆が関白だった時代には、何の役職も与えられず、政界から追いやられていた。

やがて、世も激変する。道隆の死、そしてその直後の道兼の死という形で。

二人の兄を相次いで見送ったあと、道長は自邸に有国を呼びつけた。有国をしばらく待たせたあと、ゆったりとその前に現れた道長が見たのは、かつて眼光の鋭さで道長を圧倒した切れ者ではなかった。そして道長も、卑屈な若造ではなかった。

道長は、優越感に満ちて口を開く。

「そなたも、いろいろと苦労であったな」

「おそれいります」

平伏する有国に、道長は言い放った。

「わしも、そなたには世話になった。そろそろ、しかるべき役目に戻ってもよかろう。このた

び、大宰大弐となって筑紫に行くのはどうじゃ」

大宰府に詰める上級官人は富を約束されはするが、反面、中央から遠ざけられてしまう。例の甥の伊周などは、大宰権帥に任じられたとき、都を離れたくないと愁嘆場を演じて都人の嘲笑を買ったほどだ。だから、有国がどんな反応をするのか、道長にもわからなかった。

しばらくのちにようやく面を上げた有国は、ただ歓喜に打ち震え、涙を流す年寄りくさい人間だった。

「……ありがたき幸せにございます」

また這いつくばる有国に返事も与えずその場を立ち去ってから、道長は気づいた。

もとから、有国はあれだけの人間だったのではないか。あのとき臆していたのは、まだ自分に価値を見出せないでいた道長の、一人勝手な思いこみだったのではないかと。

その有国は、大宰大弐の任果てて帰京ののちも、家柄からすれば順調に出世していた。したがって、有国にも道長の恩は骨身にしみていただろうに。だが、瑠璃については、つい最近まで隠し通していたのだ。大人物ではなくても、やはり腹の底の読めない男ではあったらしい。

道長が瑠璃のことを知ったのは、現在病気療養中の有国の屋敷にやんごとない姫君がいるという噂からだった。家司である藤原保昌が聞きこんできたのだ。

「先の大弐が困り果てているそうでございます。自分の屋敷は手狭なもので、病が癒えるまでどこぞにお住まいを移したいが、ふさわしい場所もないと」

そのときは、適当な女ならば妍子の女房にできると考えただけだった。長女である彰子のもとには、錚々たる顔触れが女房として集っている。源氏物語を書いている式部をはじめ、和歌の名手の和泉、古女房として顔を利かせている衛門……。だが、次女妍子のほうは、これからそろえていかなくてはならない。東宮のお目に、いかに魅力的に映る後宮を作るか。これは大変重大なことなのだ。

「保昌、それはどのような姫君か」

「何でも、有国が大宰府へ下向する際に、養育を任された方だそうでございます。それで、その姫の母君というのが……」

保昌は意味ありげな顔で付け加えた。「すでにお亡くなりになった尚侍だと」

「亡き尚侍?」

とたんに道長はいろめきたったものだ。「それは、わが妹の綏子のことか?」

「はい」

道長はあわてて指折り数えた。有国が筑紫に下ったのは、今から十六年前。そのとき赤子だった綏子の娘と言えば、つまり……。

「あの姫か!」

そのときの、突然の胸の高鳴りは、ひと月もたった今でも鮮やかだ。

綏子。ずっと記憶の片隅に押しやっていたさびしげな面影があざやかによみがえり、不覚にも目に涙がにじんでしまったものだ。あの綏子の忘れ形見の姫が、今頃!

ついに、手を出せずじまいだった綏子。

男の好き心をかきたてる白い肌としなやかな肢体を持った、美貌の綏子。

その綏子のことが頭から離れなくなっていたのは、今から二十年も昔、道長もまだ若かった頃のことだ。若輩者だった道長は、不埒(ふらち)な考えが浮かぶたびに狼狽(ろうばい)して押し殺したものだ。

――綏子を想って、何とする。金輪際(こんりんざい)、手の届かない女ではないか。

母を異にするとは言っても実の兄妹、決して乗り越えてはならない垣で隔てられている存在だ。おまけに、綏子はその美貌を見こんだ父兼家が、尚侍――実質的には東宮の妃――にしたほどの女性だ。そう、東宮のものなのだ。若い道長には、その二重の垣を越えることなどできようはずがなかった。

だが、思えば、綏子も哀れな女性だ。そのまま東宮との仲がむつまじく、そして存命であったなら、今は栄華を誇る至高の女性であったろうに。それなのに、綏子は里下がりがちで、あげくに許されない妊娠をし、そのまま日陰の身となって、短い一生を終えたのだ。

不意に、綏子の、手に吸いつくようなきめこまかな肌の手触りが、鮮明によみがえった。

「尚侍が不都合な体になったらしい」

東宮にそう打ち明けられ、噂の真偽をたしかめに居室に乗りこんだのも、この道長だ。あのときたった一度、道長が触れた綏子の体。綏子の乳房に触れてしまったのは、やり場のない怒りに身をまかせてしまったからだ。

東宮に愛されず、許されない恋に流されてしまった綏子。選んだ男は、それでも、この道長ではなかったことへの怒りに。

不義の胤を宿していたふてぶてしい体は、なお、蠱惑的だった。

今思えば、あれが、道長の、たった一つの秘めた恋だったのかもしれない。

綏子が産んだ子のその後は、ずっと知らされなかった。東宮の手前、表立って都で養育することはできなかっただろうとは想像がついたが、当時、兄道隆の死後、伊周との確執が頂点に達していた道長は、それどころではなかったのだ。

気がつけば、綏子は一人暮らしに戻っていた。妹ではあっても、母が違えば、住む屋敷も別で関わりも薄くなる。醜聞が立つのをはばかる必要もあるから、みだりに住まいに立ち寄るわけにはいかない。

今回、日記をひもといてみてわかったことだが、たしかに綏子の出産は、有国を引き立てて大宰大弐にしてやった頃だったのだ。

あのとき。這いつくばっていた有国は、そのまま綏子の娘を抱いて筑紫へ下ったというのか。まさか、道長の複雑な思いを知っていたわけでもあるまいが……。

頭を冷やして考えれば、有国に瑠璃を託したのは、賢明だったと言えよう。ただそう思う反面、有国の小ざかしい処し方には腹が立つ。そして、今さらながらに綏子への哀れさが募る。東宮をはばかり、自分のもとで赤子を育てることさえ、許されなかったとは。

綏子が世を去ったのは、それから九年後のことだ。道長は、その死も、あくまで妹のそれとして悼むことしかできなかった。すでに左大臣にはなっていたが、あのころまだ道長の地位は盤石ではなく、それに、何と言っても、妹なのだ。妙な噂が立つようなことはできない。

光源氏が、あくまでも、藤壺の死を義理の息子として悼むことしかできなかったようなものだ。

そして、今。道長は、かけがえのない綏子の形見を手に入れたのだ。

今ならばもう、道長に楯突くことのできる存在はない。

それに、瑠璃ならば。伯父と姪の結婚ならば、何の咎めも受けない。ましてやこの左大臣道長、己の欲するところを誰にも禁じられることはない。

だが、実のところ、瑠璃をどう扱ったものか、まだ道長は迷っている。瑠璃を抱くことはたやすい。道長が瑠璃の寝所へ忍んで行けば、おつきの老女は、止めることもせずにひっそりと別室へ下がるだろう。一人にされたか弱い瑠璃には、あらがうすべもない。それだけのことだ。

だが、そのあとはどうする。まだ男を知らない瑠璃は、ことを終えた後、道長をどのような目で見るのだろう。そう思うと、情動に任せることができないのだ。それに、三人目の妻として、瑠璃を表に出すことを考えると、やはり臆してしまう。親子以上に——瑠璃は彰子よりも頼通よりも妍子よりも年下なのだ——年の離れた女を。外聞も悪いし、何より、長年連れ添った倫子と明子、二人の妻に知れても、面倒なことになるだろう。

——わかっている、わしは小心者だ。

小心者だからこそ、人の恨みも買わず無用の敵も作らず、ここまでやってこられたのだ。

それに、瑠璃をわがものにしてしまえば、今の心の昂りも、いくぶんかは醒めてしまわないだろうか。

それも惜しい。

すでに道長も五十の声を聞こうかという年齢だ。若い頃のように、がむしゃらに女を手に入れたいという情動は薄れてきている。

――よいではないか、こうして心の揺らぎを楽しむのも、この年ならではのことだ。若造では、こうはいくまい。

ふと、庭に影がさした。見上げると、厚い雲が天を覆いつつある。このところ、昼は身にこたえるほどの暑さで、激しい夕立が来る日が続いているのだ。

――今日も、降るだろうか。

遠雷が鳴るのも聞こえてきた。と思う間もなく次の雷鳴が近くに聞こえ、やがて、白茶けた庭の面に、雨粒が黒い点を落としはじめる。ひときわ大きな雷鳴が暑苦しい空気を揺るがしたあと、雨脚がにわかに激しくなった。

だが、道長は生来、雷を苦にしない。湿った涼風のここちよさは、ありがたいくらいのものだ。

そうして、どれほどの間、雨をながめていただろう。あわただしい足音が、道長ののんびりした憩いを破った。

目の前にひざまずいた保昌に、不機嫌に問いかける。

「何事か」

「一大事でございます。帝が、にわかにご不例を訴えられ、重篤であらせられるとの由、女官たちが騒いでおります」

夏の風景は、一瞬にして色を失った。

六　一条院内裏清涼殿

一条院は本来の内裏が焼失、再建中のため、里内裏として使用されている大邸宅だが、もともとは、道長が帝の母君のために手を入れた屋敷である。内部の造りは、たなごころをさすように知りつくしている。

女房に案内させるのももどかしく、道長は飛ぶように、帝の御所へ急いだ。

近づくにつれ、読経の声が大きくなってきた。

直衣の下の背を、汗が伝う。暑い。この蒸し暑さは、健やかな者にも厳しい。まして、ご病体には……。

——いや、縁起でもないことを考えるな。

帝は、まだ三十歳を超えられたばかりではないか。病といっても、おそらく、女どもが大げさに騒いでいるだけのことに違いないのだ。

だが、そう思うそばから、不吉な思いが湧き上がる。まだ続いている雷鳴が、今は道長の不安をあおりたてる。

——もし、帝に万一のことがあったら。

まだ、今ではない。まだ、早すぎる。なんとしてでも、帝には、もう少しの間、お元気でいていただかなくては。

今日は昨日までにもまして暑かった。そして昼下がり、ようやく日が陰ってきた頃おいに、帝は突然胸の痛みを訴えられたのだという。

おつきの女官たちが仰天してとにかくもと御帳台へとお連れし、一方で道長はじめ殿上人や、中宮のもとへ使いを走らせようとしたとき、あの大きな雷鳴があった。

たまげた女どもが悲鳴を上げる中、帝は胸をおさえたまま、懸命に皆を落ち着かせようとされたそうだ。それがお体にご無理だったのだろうか、そのまま御帳台にくずおれて……。

道長が駆けつけたときには、帝は臥所に横たえられていた。苦痛をこらえるかのように寄せられた眉。激しく上下する肩。血の気の失せたお顔に、道長も声を呑むしかない。

「ずっとこのようにお苦しみで……」

涙を流してそう話す女官に、帝は片手を小さく上げて合図した。大事ない、そうおっしゃりたかったらしいが、声の出せる状態ではないのだろう。その爪の色が道長の背筋を凍らせた。紫とも青とも黒ともつかない、氷室で一日中氷を切っていたのかというような、不気味な色だ。

そして、息を求めてあえぐ、半開きになった唇も、まったく同じ色だった。

——これは、ただごとではない。

道長の目の前を、多くの顔がよぎる。中宮彰子、孫である二宮と三宮、東宮に仕えてまもない尚侍妍子、朝堂にようやく顔を並べはじめたかという息子たちの頼通、教通、頼宗、能信、みんな、どうなってしまうことか。

すべては、この帝と一緒に歩んできた道ではないか。

顕信(あきのぶ)……。


さいわい、翌日の夜明けあたりから、帝は小康を得られ、ようやく浅い眠りにつかれた。だが、まだまだ油断はできない。熱も下がらず、祈禱僧(きとうそう)が詰めきりの状態だ。

道長は次の間に控え、見舞いに訪れる公卿の相手をしたり、使者に会ったりと忙殺されていた。とりわけ厄介だったのが、彰子からの度重なる使者だ。

「中宮様が、是非にも帝のおん枕元へお渡りになりたいと仰せですが」

そのたびに、道長はこう言って使者を追い返した。

「いや、中宮様にはそのまま、ご自身の御所においでいただきたい」

彰子の気持ちもわかるが、こうした病魔には悪霊がつきものだ。皇統には、長い歴史の中、さまざまな怨霊(おんりょう)がまとわりついている。弱っているときにこそ、そうしたもののけにとりつかれてしまう。

そして、彰子は自分一人の体ではない。今は帝のことよりも、まず、幼い二人の皇子、大事な二宮、三宮をお守りすることこそが、母たる彰子の役目ではないか。

昼過ぎになって、一度帝がお目を開けられた。

女官からその知らせを受け、隣室に控えていた道長が御前に参上すると、帝はかすかな声でささやいた。

「宮たちは、どうしておられる」

「皆様、お変わりなくお過ごしでございます。中宮様も、若宮様がたも」

それから、道長はやさしく付け加えた。「もちろん、一宮様もしきりとお使いを寄こされていらっしゃいます」

帝は満足したようにうなずいて、目を閉じた。道長が、母のいない一宮のことも忘れていないことに、満足されたのだ。

——ご心配なさいますな。

道長は、心の中で語りかけた。

——決して、一宮様のことをないがしろにはいたしませぬから。

七　土御門邸

その日の夕暮、道長は帝の小康を見届けて、ひとまず土御門邸に帰った。昨夜から、ほとんど寝ていない。

だが、自邸に帰っても、道長のもとを訪れる者たちはひっきりなしだ。祈禱僧の手配、あちこちの皇族からの見舞い、朝議はどのように執り行うか……。さいわい、家司の保昌は機転が利く人間であるので、たいていのことは安心して任せられる。

その保昌は、枇杷殿がざわついているという報ももたらした。

「枇杷殿か。さもあろうな」

枇杷殿は、一条院内裏と同じく藤原氏が代々所有してきた邸宅で、現在、東宮御所にあてられているのだ。

――いよいよ、わが世の到来か。

東宮が顔を紅潮させてそうつぶやいたという話も聞いた。

「このような非常のときに、あまりにも心ないお言葉だと世人は申しております」

保昌はそう憤慨してみせるが、無理もあるまい。東宮は帝より四歳年上、すでに三十六歳におなりなのだ。

東宮となってからの二十四年間は、あまりに長く感じられたことだろう。ましてや、当今(とうぎん)が位につかれたときのいきさつを思えば。

先代の帝は、東宮の兄に当たる。その先帝——花山院(かざん)と呼ばれたお方——は、少々軽はずみなご性質を利用され、だまし討ちに近いやり方で退位させられた。

寵愛する妃の死を嘆く十九歳の花山院に、ある公卿が、ともに出家して妃の菩提(ぼだい)を弔(とむら)いましようと誘いをかけ、内裏からひそかに連れ出したのだ。あげくに、さっさと頭を丸めさせ、当の公卿本人だけは出家もせずに、まんまと花山院を寺に置き去りにして都に逃げ戻ってしまった。お供しますと誓った、その舌の根の乾かぬうちに。だまされたと知った花山院は、青々と剃(そ)り上げたばかりの坊主頭で、声を上げて悔し泣きされたという。

花山院を謀(たばか)ったその公卿こそ、道長の兄道兼だ。例の有国が道隆よりも道兼を後継者にと進言したのはこの手柄を買ったためだ。何しろ、この謀略を指図したのは、道兼や道長、道隆の父、時の関白兼家だったから。

父兼家がそこまで汚い手を使ってでも花山院を退位させたのは、当時の東宮——つまり当今——を是が非でも帝位につけたかったからだ。花山院よりも、孫に当たる当今の即位こそが父の望みだったのだ。

こうして謀略の結果即位した当今帝は、当時、わずか七歳。もちろん元服さえすませていない童で、御子などいるはずもない。若かった花山院にもいない。次の東宮は、花山院の弟に決定するしかなかったのだ。

その父兼家も兄道兼、道隆も、花山院も、すでにこの世の人ではない。花山院退位のいきさつなど、世間はとっくに忘れている。

だが、東宮はお忘れではない。

東宮からすれば、当今など、皇位を受け継ぐべきおのが血筋に横入りした、邪魔者でしかないのかもしれない。

ようやくこれでわが天下と、はしゃぎたくもなろうというものだ。だが。

——危ういお方だ。いかに嬉しくとも、それを包み隠し、帝のお体を案じてみせるくらいのふるまいができないのか。次の帝となるからには、それほどの器量がほしい。

ふっと、帝亡きあとのことを考えている自分に気づき、道長はあわてて首を振る。

——いけない。縁起でもないことを考えていると、本当のことになってしまうというのに。

八　一条院内裏清涼殿

一条院内裏の帝の御所には、彰子中宮からひっきりなしの使いが届く。相変わらず、祈禱僧も御帳台の周囲を埋め尽くすほどだ。そのやかましい読経の声に負けず、中宮の使者は道長に食い下がる。

「ですが、中宮様には、どうしても帝にお目にかかりたいとご懇望を……」

「それを聞き分けていただくようお諭し申し上げるのが、おそばの女房たちの役目であろう。中宮様は大切なお身。今はしていただくことがほかにあろう。幼い宮様たちに、万一の累が及んだら、なんとする」

つい、声を荒らげてしまったのは、その使者が式部であったからかもしれない。この女ならば、分別を備えていると思っていたのに、やはり並みの女にすぎなかったのだろうか。

「お腹立ちなさいましたなら、お許しくださいませ」

式部は顔色も変えずに、深々と頭を下げる。

こういうときは、その落ち着き払った顔が、本当に小憎らしい。

道長は式部をその場に残して、帝の御所をあとにした。ここに詰めていても、道長にできることはない。

今は、帝の周囲を騒がしくしないほうがよいのだ。そっとしておくしかないではないか。道長にできることは何もない。病人に対して無力な自分を悟らされるのも、いたたまれない。

そんなことよりも、道長には考えなければならないことがある。

万一……、万一のとき、東宮がご即位あそばしたとして、その次の東宮にはどの皇子を立てるのか？

今上帝が即位されたときには、こんな面倒は起こらなかった。とにかく、当時、直近の何代かの帝のお血筋の皇子としては、先代花山院の弟皇子三人しかおわさなかったのだから、その中で一番年長のお方をというのは、誰しも納得がいったのだ。それが今の東宮だ。ちなみに東宮の弟宮二人は、若い盛りで薨去（こうきょ）した。そのお二人の死が、例の和泉との恋が過ぎて精を吸い取られたためと下世話な噂を立てられたのも、もう数年も前のことだ。

あっけなく世を去った弟宮二人を尻目に、東宮はご壮健で、四人もの皇子がいる。その最年長の敦明（あつあきら）親王など、今上の一宮よりも年長で、もちろんすでに成人している。

そして当今にも、三人の皇子。

つまり、先代の御代替わりのときとはうってかわり、今回は、すぐにも東宮位を望める皇子が七人もおわすのだ。

——いや、東宮の御子のほうはともかくとして、問題は、今上帝の三人の御子だ。

一宮は十三歳、元服後は帥宮と呼ばれている。

二宮、四歳。

三宮、三歳。

この二宮と三宮が、道長の孫である。

今このときも病魔と闘っておられる帝と道長の間では、実は話はついている。

次の東宮は、道長の孫である二宮にと。

だからこそ……、だからこそ、道長は決して今上の長子たる一宮も粗略には扱ってこなかった。元服させ、大宰帥の地位につけ、高貴な妻を探し……。何もかも、一宮を東宮にはしない、その代償だった。

二宮を東宮にすることに、もちろん、反対する者はいるだろう。長幼の序を守るべきと言われたら、反論はむずかしい。

だが一宮の外戚たる伊周は、去年みまかっている。あとの男どもは、官位から言っても物の数ではない。

道長は、朝堂に顔を並べる公卿たちを思い浮かべてみた。理屈を盾に、反対しそうなのは……。

――やはり、あの大納言だろうな。

藤原実資(さねすけ)。

同じ藤原氏とは言っても、すでに別系で、道長には苦々しい思いを抱いているらしい。

しかし、これは、天下の行く末に関わることだ。今さら、後見役もいない一宮を東宮にして、政をどうする。あっというまに、国が乱れてしまう。

道長は顔を引き締めた。

——そうとも。わしは、間違っていない。


道長が帝の召しを受けたのは、その夜、五月二十七日のことだった。

「東宮に、お目にかかりたい。急ぎ、取りはからってくれ」

齢三十二の帝は、静かな声音でそう告げた。

道長は、無言で頭を下げた。

東宮との公式な対面の場を作るということは、つまり、譲位の意思を伝えるということである。

帝は、すでに死期を悟っておいでなのだ。

——お考え直しを。きっと、よくおなりになりますから。

そんな気休めを口に出す場合ではないと、お互いにわかっていた。

道長に言えることはない。

しばらく待つうちに、帝が、再び、唇を動かした。容姿端麗と女たちがほめそやした帝だが、眼窩は落ちくぼみ、唇は色あせてかさかさにひからびている。

「……次の東宮のことだが」

——来たか。

道長は緊張して次の言葉を待つ。

次期東宮は彰子の産んだ二宮。それはすでに、二人の間では同意がなった問題のはずだ。だが、人の心はいつ変わるか、わかったものではない。

帝最愛の、亡き定子皇后。その最後の数年を寂しいものにしてしまったと今でも帝が悔やんでいることを、道長はよく知っている。一宮は、その定子皇后の産んだ皇子なのだ。しかもすでに元服をすませ、その人となりも帝の器にふさわしい。それに比べれば、彰子の産んだ二宮は、まだ小便くさい幼児にすぎない。

帝は、なかなか口を開かない。

だが、道長はいつまでも待つつもりだった。

おつきの者たちを遠ざけているとはいえ、この御帳台を取り巻いている誰もが、国家の大事に耳を澄ませているだろう。道長の一言、帝の表情、すべてが貴族中に広まっていく。それを思えば、うかつなことは口にできない。

今、道長が次の東宮には二宮をと言ってしまえば、左大臣がごり押ししたと世間には受け取られる。と言って一宮を推せば、それはそれで、左大臣は心にもないことを言って帝の機嫌を取ろうとしたと物笑いの種になるかもしれない。

——ここは、あくまでも、帝のお言葉を待つことだ。

道長を見上げる帝の目が、ちらりと笑った。多少皮肉な色合いを帯びていた。

「案ずるな、そなたに荷を負わせるつもりはない」

すでに死相が現れているその頰はこけ、目は濁っている。だが、そこにはたしかに、この世の至高の君がいた。

「次の東宮には二宮を。それが朕の意思である」

道長は、思わず平伏していた。

「……しかと、承りました」

月が水無月と替わった二日、帝と東宮の対面はにぎにぎしく行われた。帝のご病体を気遣って、儀式次第はできる限り簡略にしたが、それでも東宮の待つ席に出ていった帝は、短く譲位の旨を伝えただけで精一杯だったのだろう、半ば失神状態で人に抱えられて、道長の待つ御寝所に戻られてきた。

しばらく苦しげな息をついたのち、帝はとぎれとぎれに、こうおっしゃった。

「東宮は、一宮のことを、何とも仰せられなかった」

「は」

「一宮の将来に、何の気がかりもないように、はからう、と、おっしゃっていただけるかと、思っていたのだが」

——帝は、ご不満を訴えておられる。

そう悟った道長は、声を張り上げて言った。

「一宮様について、東宮様が何もおっしゃらなかったのは、ただ、帝のお体を案ずるあまりに、ご対面を短くなされただけでございましょう。ご案じなさいますな、東宮様も、帝のお心をよくおわかりのはずでございます」

道長の今の声は、御寝所の外にまで聞こえただろう。

そこには、東宮の側近も耳を澄ましていたはずだ。そして、今の帝と道長のやり取りを、早速東宮のところへ注進に及んだことだろう。

道長は、醒めた気持ちでそう考えた。

危篤(きとく)状態でありながらも、自分は誰よりも一宮のことを気にかけていると、今、帝が苦しい息の下から世に告げられたことを。

あんのじょう、帝がようやく息を整えられたころには、東宮御所からの使いの者が馳せ参じていた。

「先ほどは、帝のおん有様(ありさま)に動顚(どうてん)いたしまして、多くも申し上げられずに退席をいたしましたが。どうしてもお願いしたいことがございましたのを、愚鈍(ぐどん)なるわたくしはあとから思い出しまして、気がかりでたまりませぬゆえ、かく、使いをさしむけました」

使いは這いつくばって、うやうやしくそう言上した。

「帥宮様の……、一宮様のおんことにつきましては、別して取りはからわせてくださいませ。お願いいたします」

道長はにこやかに、だが重々しく答えた。

「帝には、お聞き入れになることと存じます。東宮様の格別のおはからい、おやさしさ、このうえないことと存じ奉（たてまつ）ります」

東宮の今の言上について、帝にお伺いを立てるまでもない。東宮にこう言わせるために、帝はあえて先ほどの会見での不満を、遠回しに道長に伝えた。道長はその意を汲んで、帝の発言を、誰にも聞こえるように外へ洩らした。結局は、道長が東宮へ諫言（かんげん）したのと同じことだが、こうしたほうが、東宮の面目（めんもく）が保てる。

そこで、帝の言外のご不満を知ってあわてた東宮側が、遅まきながら駆けつけてきたというわけだ。

――それにしても。

東宮の側から自発的に一宮の処遇について申し出れば、それは東宮の仁慈を示す格好の材料になったものを、これでは、東宮の心の狭さを世間に印象づけてしまっただけではないか。

――いや、心というより、目が狭いのか。

ご自分の見たいものしか見ないお方なのか。

そして、帝亡きあと、道長は、この東宮と政を行わなければならないのだ。

かすかな不安の影が、また道長の胸にさした。

譲位の次第、誰に実務を任せるか。

すばやく考えをめぐらしながら帝の御寝所から下がる渡殿に、平伏している女がいる。

「式部ではないか」

「お伺いしたいことがございます」

「何か」

式部は顔を上げた。

「中宮様が帝のおんもとにお渡りなさいますことを、お許しいただけましょうか」

「今ならば、さしつかえあるまい。ああ、むろん、若宮様たちには、土御門邸へでもお下がりいただけ」

「はい、承知しております。若宮様たちにつきましては、すでに、そのように手はずを整えております」

「よし」

さすが、この女に抜かりはない。

帝の崩御となれば、寡婦たる彰子には、その喪に服する以外の役目はない。だが、若宮たち、特に東宮に内々定められた二宮は別だ。父帝の死の穢(けが)れに触れてしまえば、その後の立太子の儀式に障りが出る。しかるべき禊(みそぎ)や日数の経過によって死穢(しえ)が清められるのを待てばよいというような、のんきなことではないのだ。

二宮の立太子は、まだなされていない。その儀式がすむまでにどのような横槍が入るかもしれない。油断は禁物なのだ。

道長は足早に通り過ぎかけてから、思いついて、振り向きざまにもう一言、言葉を投げかけた。

「若宮様がたのお召し物は、準備をさせているであろうな」

もちろん、喪服のことである。幼い若宮たちには、あらかじめ蔵に用意してある大人の喪服では、役に立たない。

「ご心配なさるには及びませぬ」

式部は静かに答え、なおも深く頭を下げた。

一宮への領地付与、譲位、二宮の立太子。すべてを見届けたのちの、六月二十二日。帝は崩御された。

第二章　玉葛十帖

寛弘八（一〇一一）年六月—寛弘九（一〇一二）年十一月

例の藤原の瑠璃君といふが御ために奉る。よく祈り申したまへ。
その人、このごろなむ見たてまつり出でたる。（源氏物語『玉葛』）

世人がいろいろと取り沙汰しているのは、自然と道長の耳にも入ってくる。

――わが孫である二宮の地位を確かなものにしようと、左大臣は帝にご譲位を促したのさ。

――そうさ、帝がご存命である内に、次の東宮の指名をいただくのが一番確実だからな。崩御のあとで次の東宮を決めようとなれば、新帝のご意向もうかがわなければならぬ。なにしろ、新帝にもご成人した皇子がおわすのだ、亡き帝のご遺志であるという強みがなければ、わが息子を新東宮にという新帝のご意向にはさからえまいよ。

言いたい者には言わせておけばよい。

道長とて、どんなに帝の、末永いご寿命を祈ってきたことか。だが、かなわぬものはしかたがないではないか。うずくまって泣いてさえいればよい女どもとは違うのだ。

後宮の空気は道長に冷ややかだが、これも当たり前のことだろう。帝づきの女房どもは、ご譲位によって職を失ったのだ。ご譲位を早めたと言って道長を責めたくなるのは人の情だろう。結局、女たちには、帝のお心などわかりはしない。ご譲位を自ら告げられたからこそ、帝は次期東宮の決定と、心にかけていた一宮の処遇までを見届けて逝かれることができたのに。帝位ついたまま崩御されては、次の東宮位を定めることができない。旧帝は、そんな無責任なことをなさらぬ賢明なお方であったのに、女たちにはことの本質が見極められぬのだ。

だが、そんなことはどうでもよい。道長には、女たちにかまっている暇はない。

今このとき、なすべきことが山のようにある。一日中、旧帝を慕っていればよい女たちのようなわけにはいかないのだ。

政は、非情なものである。

だから、崩御の直前、道長は御前で泣き崩れる朝臣たちに命じて席を立たせた。

そして、自分も旧帝に今生(こんじょう)の別れを告げた。

ここで死穢に触れた者は、新帝の即位のあれこれにたずさわることができない。今後の朝廷のためを思えば、士大夫(したいふ)たるもの、なすべきことは明らかである。

危篤状態の旧帝のもとには、道長が格別に指名した数名の男のほか、祈禱僧と女たちだけが残った。この者たちは旧帝の側近であり、喪の仕事を行うのだ。

と、目の端に、参議、源頼定が動かないのが目に入った。

立つように促そうとしてから、道長は思い直して口を閉じた。頼定には、臨終に立ち会うほうがありがたいかもしれない。新帝が、綏子にまつわるあれこれのために頼定を煙たく思っていることは、よく承知している。即位の儀式の支度に頼定が立ち働くことを、新帝はいやがるだろう。そうして新帝が露骨に頼定を遠ざければ、頼定の立場はいっそう苦しくなる。

ならば、触穢(しょくえ)のためという、頼定が新帝に関わらずにすむ大義名分を作ってやるほうが親切だろう。

頼定の目が赤い。本当に、旧帝をお慕いしていたのか。そうだ、旧帝は頼定にずっとお目をかけてやっていたのだった。崩御を見届けるのは、その意味でも、頼定のためになるのかもしれない。参議に名を連ねているが、権力争いには加われない源氏だ、好きにさせてやろう。

それから、道長は、謹んで御帳台のそばから去ると、きっぱりと歩き出したのだ。生きている者は、これからのことに目を向けなければならない。

一　玉葛

（巻の名は夕顔の遺児の存在を知らされたときに光源氏が詠んだ歌に由来する）

〈大宰の少弐に養育され、筑紫の国で成長した夕顔の遺児玉葛が上洛する。
夕顔に未練を残す光源氏は、玉葛を六条院に迎え入れる〉

ご葬送の段取り、陵地の選定、東宮の即位の儀式、通常御代替わりとともに代替すべき斎院斎宮についてはいかがすればよいか。道長の判断が必要な事項は山のように積まれ、いくら片づけてもきりがない。

その多忙の中、あの有国も、薬石効なくついにみまかったそうだが、その葬送のことを気にかけてやるゆとりもなかったほどだ。

八月十一日、新帝、新造内裏へ遷御。

そして十月五日、尚侍妍子も厳粛な行列に伴われ、参内した。これからは新帝と妍子が、内裏の主である。二日後、帝が初めて妍子の御所にお渡りになったときには大勢の公卿が供奉し、その後の祝宴も盛大に行われた。あとは、一日も早い懐妊を待っていればよい。

続いて十月十日の吉日には、慣例により、新帝から新東宮へ、代々東宮の守り刀とされている壺切の太刀(たち)が授けられた。

ほかにも、新帝即位にともなう数々の行事が、とどこおりなく行われている。

十六日、新帝のご即位の式。つつがなく執り行うための役目である大将代には、道長の家司保昌も選ばれた。今までの有能ぶりを見こんで、道長が推したものである。

名実ともに新帝が内裏の主となられたのにともない、この夜、土殿(つちどの)で先帝の死を悼んでいた彰子中宮がひっそりと枇杷殿に住まいを移した。道長は供奉しなかった。内裏に残られる新東宮におつきしていなければならない。わずか四歳の新東宮だが、これからは母君と別れて東宮御所にお住まいになる。帝としてふさわしいお方となるために、養育していかなければ。

そして、今後の大きな儀式は、何と言っても大嘗会(だいじょうえ)である。左大臣たる道長は一上(いちのかみ)——筆頭公卿——として、すべてに責任を持つことになる。

こうして道長が多忙を極めていた十月二十四日、思いもよらない事態が出来(しゅったい)した。

秋頃から病床につかれていた冷泉院が、これも崩御されたのだ。ようやく大嘗会御禊(ごけい)の地や、供奉の者たちの選定も整いつつあった矢先のことである。

享年、六十二歳。

——なんと間の悪いことよ。

だが、一度は帝位にあった方の、おまけに新帝の父君の崩御となれば是非もない。冷泉院は物狂いを取り沙汰されて久しく、位を退かれて四十年も半ば幽閉されていたような方だが、その葬送は国家の大事であるし、子たる新帝は孝養を尽くすために一年間の喪に服す必要がある。

間近に予定していた大嘗会は延期し、冷泉院の喪が明けた一年後に執り行うしかない。

「新帝は、少々ご運が悪いようで。ご即位の直後に、父君に死に別れるとは」

「おかげで、御代を新たに開く儀式が滞ってしまう」

気の抜けたような顔で葬送の準備にとりかかりながら、公卿たちはそうささやきあった。

こういうときは、新帝の運の拙さに軽侮の目を向けるのが、世の常である。

冷泉院は、子である新帝のご即位もおわかりになっていたかどうかあやぶまれるような御心の持ち主だった。それでも、ご葬送はご身分にふさわしく、荘重に行わなければならない。

ご臨終の場所は、長年のお住まいの東三条院南殿だった。

ここ数年来、まったく閑散としていた場所に、今は人がごったがえしている。

亡骸の安置、葬送の段取り、すべてを終わったあとになって、ようやく、道長は庭を歩くことができた。供についてくる者も、追い返す。

「よい。わし一人で行く」

同じ邸内とはいえ、この一角に足を踏み入れるのは久しぶりだ。おのずと、足取りが軽くなる。

東三条院南殿、その庭に突き出ている釣り殿。

夏前に新しく設けられた釣り殿は、まだ白木の香りを漂わせていた。奥ゆかしいそらだきものの香もたちこめている。周りに縁をめぐらした、三部屋ほどの建物だ。

喪の色とはいえ、美しくしつらえたそこに、瑠璃はいる。

だが、道長であっても、すぐに対面できるわけではない。深窓の姫は、文字通り、日光を浴びることもほとんどなく、そば仕えの侍女のほかには言葉を交わす人もなく、屋敷の奥で暮らすものだからだ。

「姫君、今日のご機嫌は、いかがかな」

道長が問いかけると、御簾の中で、身じろぎの気配がした。だが、答えはない。

「瑠璃姫、大殿のお越しでございますよ」

道長の顔をうかがいながら、老女の右近がそう促すが、道長はそれを制した。

「いや、よい」

上流の姫君は、むやみに男に声など聞かせないものなのだ。

瑠璃も、鄙育ちとはいえ、血筋を考えれば、妃の地位さえ望める生まれなのだ。卑下する必要はない。大切にしなければ。

こうしていると、道長は、娘をもう一人育てているような感覚にも陥る。

「姫君のお具合は、どうだ」

「はい、このところは、特にお苦しいところもなさそうで。ただ、あまりお召し上がりものが進まずにおいでですが……」

「そうか。このたびのことは、姫にも打撃であったのだろうか」

濃い鈍色の袖で、右近が顔を覆う。

「本当に、姫君にもお悲しみで……。どうして、わたくしどもばかりが、こんなつらい目を見なければなりませんのか……」

道長は、あたりさわりのない慰めの言葉を探した。この右近は、老人の繰り言が多いのだ。

「だからと言って、お体を損じてはならぬ。おそばにいるそなたが、くれぐれも気をつけるように」

なにしろ、瑠璃の母の綏子は、三十一歳という若さでこの世を去ったのだ。悲しい一生だった。何もかも、冷泉院のお血筋の、あの方々のせいで。

瑠璃も、その母の血を受け継いだのか、病弱だ。この屋敷に連れてきたときは、車から降りることもままならずに、有国屋敷からの付き添いの者に釣り殿に抱えこまれていた。その後も何日かは横になったまま頭も上げられず、水もろくにのどを通らないほどで、道長もたいそう心配したものだ。

――だからこそ、放っておけないのだ。

道長は、子を思う父の心になっている。

「瑠璃姫には、何か足らぬものはないか」

「それでございます」

右近が膝を乗り出した。「実は、瑠璃姫のお話し相手になる、お年の近い女がいたほうがよいのではないかと、和泉の君が言っておいでなのですが」

「そうか、和泉が」

たしかに、それはそうだろう。この右近は、あまり人との交わりが上手でない女で、道長の妻の侍女としては立場が浮いていたのを、ここに連れてきたのだ。このような人づきあいのない女なら、瑠璃が噂に立つことを避けられるかと。

だから、若い女の心を浮き立たせるような話など、当然できない性分だ。おまけにこの老齢。

だが、と言って、和泉を瑠璃につけるわけにもいかない。よくも悪くも有名な和泉では人目に立ちすぎるし、第一、彰子が和泉を手放すことを承知しないだろう。

すでに瑠璃がここに暮らして半年近くにもなる。たしかに、こもりきりの瑠璃には気散じが必要だ。

「誰ぞ、和泉に心当たりの女がいるのか」

「はい。先頃亡くなりました有国殿のお屋敷にいた女で、よるべがなくなったと嘆いている者がおりますのだそうです。こちらへ招いてもよいかどうか、和泉の君が殿様にうかがってくれと申しておりまして」

「身元が知れている者ならよいだろう」

道長はこころよく同意した。有国のところから瑠璃を引き取ったために、その女は仕え先を失ったのか。ならば、世話してやってもよい。無用の恨みは買いたくない。

「瑠璃の悲しみを紛らわせるのに、よいだろう」

そのあとも瑠璃をできるかぎり慰めてやってから、道長は枇杷殿に車を向けさせた。旧帝崩御のあと、新帝と入れ替わる形で、寡婦となった彰子の御所に充てられているのだ。即位式のあと、彰子ともほとんど話をしていない。

濃い鈍色の衣に身を包んだ彰子は、少しやつれたようだ。

「あまり、お気を落とさずにな。そなたは、まだ幸せなのだ。かわいいお子たちが残されたのだから」

「承知しております」

声が沈んでいるのは、しかたあるまい。この長女は、初めて身近な人の死に触れたのだ。だが、彰子の身に備わった多くの幸運を思えば、きっと乗り越えられるはずだ。

早々に彰子のもとを辞してのち、道長は和泉の局に出向いた。

「まあ、大殿。わざわざのお運びでございますか」

文机に向かっていた和泉が、姿勢を正して道長を迎える。

「そなたは、どうしておる」

「はい。少しでも彰子様をお慰めできるよう、心を砕いております」

和泉も、やはり重い喪服に身を包んでいたが、気丈な顔をしていた。和泉は出仕して二年ほどであったし、その間、三宮の出産その他で、彰子は内裏にいなかった時期も長い。したがって、先帝に親しく仕えた記憶が薄いのかもしれない。

「ところで和泉、瑠璃のところへやる女に心当たりがあるとか……」

「はい。右近の君から、お聞きになりましたのですね」

「安んじて瑠璃を任せられる女であろうな」

和泉は安心させるように、にっこりと笑った。

「それはもう。さしたる身分があるわけではございませんが、心利いた女で、それと、そうそう、たいそうな字の上手でございます」

「おお、それはよいな」

実は、道長が一つだけ満足できぬ点があるとするなら、瑠璃の手蹟のことなのだ。一度だけ瑠璃の手習いの反古（ほご）を見たことがある。

我が見ても　久しくなりぬ　住之江の
岸の姫松　幾夜へぬらん

古今集の歌だったように記憶しているが、歌の選び方はともかく、あの手蹟はひどかった。そのようなたしなみまで身につけるゆとりがなかったのだろうが、上臈（じょうろう）たるもの、男と気の利いた文のやり取りをしなければならないというのに。あれだけは何とかしないと、道長の恥にもなる。

和泉の返事に満足した道長は、あらためてその手元を見やった。

「ほう、それは何だ。何を書いている」

和泉は文机に一冊の本を広げ、しきりに書き写しているところだったようだ。

「はい。式部の君が、源氏物語の新しい巻をお書きになりましたの。旧帝がまだご存命の頃に書き始めたものでしたが、あれこれの悲しみに紛れ、完成が遅くなっておりました。それが、この枇杷殿に移られてからようやく書き上がりまして……」

「ほう」

道長は取り上げた。

「あ、墨がお手に……」

「かまわぬ」

題は、『玉葛』とある。その題紙を一枚めくると、冒頭から、なつかしい名前が現れた。


年月隔たりぬれど、飽かざりし夕顔をつゆ忘れたまはず。


「これは以前に出てきた、夕顔にまつわる話か」

「はい。夕顔の君の、忘れ形見の姫が登場します」

和泉はにこにことして言う。

「その姫の名が、玉葛か。どれ、読ませろ」

今夜は、ここで物語三昧(ざんまい)に過ごすとするか。ここ幾月も、道長は激務をこなしてきたのだ、このくらいの憩い(いこ)があってもよかろう。

ところが、和泉はきっぱりと首を振った。

「なりませぬ。これはまだ、彰子様もお読みにはなっていない新しい物語でございます。それに、式部の君のご草稿を、まだわたくしが書き写している途中でございますから」

「何を言う。わしが先に読んでも、彰子様は苦情などおっしゃらぬ」

そもそも、式部や和泉が使用している筆も墨も、もとはと言えば道長が与えたものではないか。それに、すぐになくなる上質の紙。道長が逐一目くばりしているわけではないが、相当な量のはずだ。

「そなたは、書写を続けよ。書き上がったものをわしによこせ。それならば、そなたの役目の邪魔にはなるまい」

「……いたしかたございません。大殿のお言葉とあれば」

渋々とだが、和泉は承知した。


翌朝、道長は和泉に揺り起こされた。

「おお。つい寝入ってしまったか」

昨夜は物語に夢中になり、和泉が書写をするのも待てずに、最後には和泉の邪魔をしながら、元の本を読んでしまった。

和泉のほうは、夜明かしをしたのかもしれない。文机の上には、二冊の『玉葛』が並んで置かれている。書写はすんだようだ。

「いかがでしたか、玉葛の物語は」

「いや、面白かった。さすがは式部だな」

母に死なれた玉葛は、大宰府で成長するが、土地の豪族から脅しまがいの求婚を受け、一大決心をして都に上ったのち、夕顔ゆかりの右近という女房に巡り合い、光源氏の屋敷へ引き取られるのだ。

「さようさ、思いもかけぬときに恋人ゆかりの美しい姫が見つかったとなれば、これは嬉しいだろうて」

和泉は目を丸くして、感心したように道長を見る。

「まあ。大殿は、光源氏の心がおわかりなのですね」

照れくさくなった道長は、立ち上がりざま、写本の一冊を取り上げた。

「どうだ、これをわしが持っていきたいのだが」

また和泉は渋い顔をすると思った。式部の新しい物語なら、読みたがる者がいくらでもいるだろう。だが、和泉は思いのほかあっさりとうなずいた。

「はい。お持ちくださいませ。このところ、つらいことが多くございましたもの、瑠璃姫のせめてものお慰みになれば、式部の君も喜びましょう」

道長は意表を突かれた。この巻を手元に置いて読み返したいと思ったまでなのだが、いや、考えてみれば、これほど気散じになるものはないだろう。鬱々としている女なら、絶対に喜ぶはずだ。若い女の機嫌など今まで取る必要もなかった道長だが、たしかに和泉の言うとおりである。

「なるほどな」

そうだ、それに、瑠璃も筑紫の国の育ちだ。あまり鄙の育ちであることを思い知らせるのもいかがかとは思うが、式部のこの書きようならば、不快に思うことはないだろう。格好の慰みものだ。

「おや、土御門邸へお帰りではないので」

供の者が不審がるのにもかまわず、道長は言いつけた。

「気が変わった。今一度、東三条院南殿へ行け」

この物語を持っていけば、どんなに瑠璃が喜ぶことか。

二　初音

（巻の名は、明石の姫君が、「実母明石の君に初音――新年の挨拶――を聞かせよ」と父光源氏に言われ、「鶯は育った松を忘れませぬ」と歌を贈ったことによる）

〈新年、光源氏は六条院に集う女君たちの住まいを、次々と訪ねる。中でも、新しい衣装に身を包んだ玉葛の、若々しい美しさに心を奪われ、声をかける。

「あなたと気楽にお目にかかれるようになって、満足です。あなたも遠慮などなさらないように」

玉葛は奥ゆかしい姫としてふさわしい返事をする。

「仰せのとおりにいたします」〉

「おや、そなたは……」

釣り殿を訪れた道長を出迎えたのは、右近ではなかった。若い女房がつつましく頭を下げている。それを見て、道長は思い当たった。

「そうか、右近や和泉が申していた女というのは、そのほうか」

「はい、昨夜参りました」

女は少しだけ頭を上げて、つつましやかに答える。

「かまわぬ、面を上げろ」

それ以上変に物おじすることなく、女は道長の視線を受け止めた。瑠璃よりは年長だろうが、まだ若い。切れ長の瞳がよく動く、なかなかの美形だ。

「精一杯、瑠璃姫のお世話をさせていただきます」

「本当に、よく気が利く者で、わたくしも大層助かっております」

横から、右近がそう口を添えた。

「名は何という」

若女房は、また平伏した。

「阿手木と申します。なにとぞ、よろしくお願い申し上げます」

釣り殿はしんとしたたたずまいであるが、人が増えたせいか、前よりも寂寥感がなくなっている。

「阿手木、そなたは一人で参ったのか」

「はあ」

阿手木が顔を伏せて答える。その横から、右近が口を挟んだ。

「いいえ、女童を一人、連れて参りましたでしょう」

「そうか、それはよい」

この阿手木という女も、そう卑しい身分ではないらしい。女童を使えるくらいならば。瑠璃のためにはよいことだ。

道長は満足して、庭に目をやった。

先帝崩御後のあわただしさの中、寛弘八年は暮れようとしている。

「瑠璃姫には、お変わりはないか」

霙のちらつくうすら寒い日だ。瑠璃がまた、体を壊し、熱でも出しているのではないか。道長が訪ねてきても、具合がよくないからとあまり声も聞かせないほどの姫なのだ。

「いいえ、大殿、ご心配なさいますな」

右近が上機嫌で答えた。一人で瑠璃の世話をしなくてもよくなり、こちらもだいぶ気が楽になったようだ。これで右近の愚痴が減るなら、何よりである。

「お気持ちは沈みがちでございますが、お変わりなくお過ごしでございますから」

「それはよかった」

右近の報告を聞きながら、道長は濃い鈍色の縁取りがされた御簾の奥をうかがう。瑠璃は起き上がっているようだが、いつものように、言葉を発する気配はない。

「瑠璃姫、今日はよいものをお持ちしたぞ」

道長は、手にした『玉葛』を下へ置いた。右近が首をかしげる。

「あの、これは何でございましょう」

「聞いて驚くな」

道長は、思わせぶりに言った。「源氏物語の、新しい巻だ」

とたんに、右近が顔を輝かせた。

「あの、源氏物語でございますか？　まあまあ、それは大変」

この右近は長年東三条院に閉じこもってきた古参の女であり、土御門邸や彰子御所とのつながりは薄い。それほどたしなみ深い女と思ったこともない。その女にして、このように夢中になるとは、式部の源氏物語の力は、やはり侮れないものがある。

「そうでございますよね、あの源氏物語の作者は、大殿にお仕えする方なのですもの」

「いや、仕えているのはわしにではなく、中宮にだ」

「はあ」

だが、右近には、どちらも同じように見えるのだろう。

「瑠璃姫のお気に召せばよいが」

「はい、さっそくお読み聞かせいたします」

上流の姫たちは、おつきの者に読ませて自らはそれを聞くのがふつうである。

「けれどわたくしは、寄る年波のせいか、声が割れてしまいますし、しばらく読むとのどを痛めてしまいます」

右近はそう言いながらも、『玉葛』をうやうやしく取り上げた。思わず題紙を開きそうになってから思いとどまったのは、女主のいないところで読んではいけないと自制が働いたのだろう。

「そうですわ、阿手木、そなたにまかせましょう。そなたの声はよく通る」

「かしこまりました」

おとなしく控えていた阿手木はつつましく両手で受け取ると、題箋に目を落とすこともなく、そのまま御簾の向こうへ消えた。

それを見送った道長は、声を潜めて右近にたずねた。

「どうなのだ、あの女は」

「はい、なかなか利口で、まあ少々は歌のことなども知っております。そうそう」

右近が顔を輝かせた。「本当に、字の上手でございますのよ。何やらさまざまな手本を持っておりましてね、自分でも熱心に手習いをしております。瑠璃姫にもお教えしているようでございます。おかげさまで、わたくし、楽ができます」

「女童というのはどこにいる」

その童の検分もしておきたかった。だが、右近は恐縮して返事をした。

「それが、もう当屋敷にはおりませんもので。どうも阿手木について参っただけで、ほかに仕え先があるようでございます」

「そうか。ほかに、適当な少女がいればよいのだが」

そこまで言ってから、道長は御簾に向き直る。

「瑠璃姫、今日はお声を聞かせてはくれぬのかな。わしに遠慮することはあるまい」

道長は御簾の奥に声をかけてから、ふと、今自分が言ったのは、どこかで聞いた言葉だと思った。『玉葛』の中でか。もう心に残ってしまったのか。

御簾の奥ではためらうそぶりのようだったが、やがて、かぼそい声が聞こえてきた。

「はい、仰せのとおりにいたします」

道長は、わずかでも声が聞けたことに満足した。いつもは、ほとんど口を開かない瑠璃なのだ。それに、答え方も上流の姫として、不足ない。女というものは、支配する男に従順なのが、肝心である。

「今日は忙しいのでこれで退出するが、ご葬送のあれこれが一段落したら、また来よう」

たったこれだけのやり取りでも、道長は満足した。ずっと身構えていた瑠璃がじかに答えを返すようになったのは、進歩と言える。

——先が楽しみだ。

三　胡蝶

〈巻の名は、六条院の春の盛りに胡蝶装束の女童たちを紫の上が仕立てたことによる〉

〈玉葛の存在は、六条院の女君たちのほか、周囲の貴族たちにも徐々に知れ渡ってゆく〉

十一月十六日。

冷泉院のご葬送当日である。

道長は葬送の列に供奉するつもりであったが、内裏の帝から、急な使いがあったために、まずそちらへ参上した。

「左大臣、折り入って話がある」

ご葬送の日であるから、帝は倚廬(いろ)という小部屋にこもられていた。清らかな存在である帝は、実父の死であろうと、葬儀に立ち会うことは許されない。こうして、遠くから、陰ながら、葬送を見送ることしかできないのだ。

「帝、わたくしは冷泉院のご葬送のお供に参る所存でおりましたが……」

「かまわぬ。朕の相手をせよ」

帝は、気短に言う。しかたなく、道長はやや離れたところに平伏した。こんなことなら、あらかじめ伝えておいてくれればよいものを、どうも、新帝には短兵急なところがある。

先帝は決して、このような癇性なことをなさらなかったものだが。自分の思いつきの言動がどれほど臣下に迷惑を及ぼすか、常にそこまでおもんぱかるのが、帝王にふさわしいのに。

道長の複雑な思いを知ってか知らずか、帝はにやりと笑ってみせた。

「こういうときが、よいのだ」

「は、こういうときとおっしゃいますと」

「ご葬送に皆が供奉するため、そなたと膝を突き合わせていても、聞き耳を立てる者がいない」

「はあ」

いったい、何を言い出すというのか。

「ほかでもない、女御のことだ」

「女御とは……」

「そなたの娘、妍子のことだ。あれを立后させる」

一瞬、道長はあっけにとられたが、すぐに体中がかっと熱くなってきた。

妍子を立后。つまり、最高の地位の后にすると仰せなのだ。

もちろん、妍子を帝にさしあげたときから、道長はそれを夢見ていた。だが一方で、急いてはならぬと自制もしていたのだ。帝には、妍子のほかにも、もう二十年来の御仲で子を四人も産んでいる、娍子という女御がいる。それをさしおいて、まだ入内後二年もたたず、御子の一人も産んでいない妍子を立后させてしまえば、世人はどう思うか。なにより、帝の本意に逆らうことにはならないか。しばらくはそれを見定める時が必要だと思っていたのだ。

それなのに、今、帝はじきじきに道長を呼び出して、みずから妍子の立后を持ちかけてくれた……。

なんとありがたいことか。

――妍子、そなたは姉よりも、さらに運がよい。

彰子は寵愛の后定子に阻まれ、なかなか立后もできず、無理やりに皇后と中宮は別の位ということにして、その片方の中宮に立った。しかも、その後も子に恵まれない数年を過ごさなければならなかった。それに比べて、妍子のときはこうもやすやすと事が運ぶとは。

「まことに、ありがたい仰せにございます」

道長には、それよりほかの言葉は思いつかない。

「年が明けたら、早々に準備をいたせ」

「は」

翌朝、道長は意気揚々と東三条院南殿へ向かった。ご葬送帰りの人々をねぎらい、釣り殿へ向かう。

すると、出迎えた右近が、老いた顔を上気させて言った。

「大殿、あのお話はすばらしいですわ」

話が呑みこめずにいる道長などにはかまわず、右近はまくしたてる。

「わたくしどものことを書いてあるではありませんか。まあ、恥ずかしい、あの作者はどこでわたくしや姫君の名を知ったのでしょう」

そこまで聞いて、ようやく道長は見当がついた。

「それは、あの『玉葛』のことか？」

「はい、もちろんでございます。あの玉葛の君は、まぎれもなく、瑠璃姫のことでございますよ。そして、その侍女が右近」

「待て待て」

道長は苦笑して右近を押しとどめた。

「多少境遇が似ているといっても、そんなものはたまさかの符合であろう。あの源氏物語の作者はそなたらのことなど知らぬはずだし、ましてや決して女君の実名を書かぬのだ」

そうだ。女の名をはっきりと書くことは、あからさまに過ぎ、ぶしつけなことなのだ。だから式部は、源氏物語の中で、女の名を明かさない。藤壺中宮、朧月夜尚侍、秋好（あきこのむ）中宮、いずれも官職名だ。または、巻の名から取られる女君の名もある。空蟬、夕顔、花散里（はなちるさと）、明石……。

だが、右近は不満そうに頬をふくらませて、言い募る。

「ええ、でも、『玉葛』巻には、はっきりと夕顔の忘れ形見の姫君の本名が出てきますのよ。瑠璃と」

「まことか?」

道長は、読み過ごしていたらしい。横で、阿手木がにこにこと聞いている。

「はい、ここでございます」

阿手木がさしだした『玉葛』のある個所を指さす。そこは夕顔に仕えていた女房が長谷寺に願掛けに行くところで、たしかにこう書かれている。

「藤原の瑠璃君という方のために奉ります。よくお祈りくださいませ。その方を、つい先頃、お見つけしたのです……」

怜悧な式部の顔が浮かんだ。

――あの女は、早くも瑠璃のことをかぎつけたのか?

これは一度、たしかめてみなければならないか。

気がつけば、いつもより右近がすました顔をしている。瑠璃への言葉づかいも丁寧だ。『玉葛』巻の中で、女たちがたゆまず玉葛に仕えている、それを真似しているつもりらしい。

――式部の、物語の功徳（くどく）だな。

道長は苦笑をこらえた。

「では、また瑠璃に似合いそうな装束をそろえるとしようか」

そう、『玉葛』巻には、光源氏が女君たちのための正月衣装を用意する場面があるのだ。今は喪服だが、やがてまた色鮮やかな衣を着られるようになる。

「はい。瑠璃姫にも、物語の玉葛姫と同じ、山吹色がお似合いでした。でも、紫の上のような紅梅色のものも……」

「いいえ、右近の君。やっぱり、物語どおりに、山吹と赤の取り合わせがよろしいのではないでしょうか。わたくしも、あの物語の中の女房たちを見習おうと思っておりますの」

右近と阿手木の会話をよそに、道長は御簾ににじり寄った。

「どうかな。不便なことはおありでないか」

「はい。ただ、頼りないこの身が、わけもなく悲しゅうございますが」

「そのようなことをおっしゃるでない。わしがついている」

だが、道長はそれ以上言葉を重ねることはしなかった。瑠璃の身の上を思えば、もっともな言葉ではないか。あさはかに慰めを言っても、実のないものにしか思えないだろう。柄にもなく、この道長が相手の機嫌をうかがっている。こんな相手は、瑠璃しかいない。いつまでもこのまま、若造のような気分にひたっていたい。

——いっそのこと、誰か婿を迎えるか。こうやってわしが瑠璃と語らうのを、とがめ立てできないような、気の弱い、立場の弱い婿を。

そんな考えが浮かんできた。

——うむ、それが妙案かもしれない。表向き誰かの妻にしたうえで、わしが瑠璃のもとへ通えばよい。

四　蛍

〈巻の名は、光源氏が夜、玉葛のいる御簾の奥へ蛍を何匹も放ち、その光で玉葛の姿を浮かび上がらせて求婚者である弟宮の好き心をかきたてたことに由来する〉

〈玉葛への執着をもてあます光源氏は、玉葛を求婚者たちに垣間見させ、彼らの執着心を煽り立てることに屈折した慰めを覚える〉

釣り殿は穏やかな時間の流れる場所だが、道長の周囲は、あわただしさを増した。

さあ、忙しくなる。

年が明けたら、早速に妍子は中宮に立つのだ。

先帝とはご気性が異なるが、新帝もまた、良識をわきまえたお方である。

そう、妍子を中宮に立てるのが一番の良策なのだ。国が乱れずにすむ。二宮を東宮に立てたときと同じだ。とにかく、東宮、中宮となれば、帝に次ぐ尊いお方である。しかるべき後見がいなくては保ちえない地位であり、今の世に一番力のある後見はこの道長なのだ。

先帝もそれをわかっていらっしゃればこそ、一宮を退けて道長の孫の二宮を東宮にとご遺言なされた。

そして今上も、道長の娘を中宮に……。

妍子立后の準備のほか、年内には三宮の着袴(ちゃっこ)の儀もひかえている。それに、道長にはもう一つの心づもりもある。三宮の儀式と同じ日に、倫子(りんし)の産んだ末娘の嬉子(きし)についても、同じく着袴を行おうと予定しているのだ。

なにしろ、嬉子は、ゆくゆくは三宮の妃にと考えている娘だ。同じ日に節目の儀式をし、同じように成長していく一組の少年少女は世間の注目を集めるにちがいない。世の中に、道長の目論見を広く知らしめる絶好の機会なのだ。

――これからは忙しくなるから、瑠璃にもなかなか会えなくなる。かわりに、源氏物語の新しい巻でも、届けさせよう。

式部が道長の栄華をなぞらえて書いている源氏物語は、瑠璃の心にもかなったようだ。あの釣り殿で、瑠璃と、源氏物語の話ができるようになったら楽しいだろう。

家の子女と話せることではない。未婚の娘たちには色めかしい物語を禁じている。そんなもので頭を一杯にして、くだらない色恋に迷うような、ふしだらな女になっては困るのだ。

その点、瑠璃ならかまわない。二人で、光源氏と玉葛のような間柄になれれば、どんなに楽しいことだろう。

道長が上機嫌でいられたのは、新年早々までの短い間だった。

妍子立后の宣旨を正式に整えた後、道長は帝の急な召しを受けた。

「道長、急ぎ参りましたが」

道長の前に着座した帝は、不機嫌この上ない目でにらみつけてきた。

「左大臣、話が違うではないか」

帝が何に腹を立てているのかはわからなかったが、道長は穏やかに受け流そうとした。

「これはこれは、この道長に、何か粗相がございましたでしょうか。帝のご命令は、あまさず承っているつもりでございますが、何分愚か者でして……」

「心にもないことを申すな。あの、立后宣旨のことじゃ」

「何か、不都合でも？　間違いなく、妍子女御を中宮にと……」

「違う」

帝は手にしていた扇を、膝にたたきつけた。「朕は、妍子を皇后にと命じたはずじゃ」

「妍子を、皇后にですと？」

道長は声が大きくなるのをかろうじて抑える。妍子を、皇后にする」

「朕は、妍子の立后と言ったではないか。妍子を、皇后にする」

「いえ、それはできない相談でございましょう」

——落ち着け。

道長はつとめて穏やかに言葉を返す。

「わたくしは中宮にという心づもりでおりましたのですが。なにしろ、帝の最上のおんきさきの名称は昨今では中宮ということに……」

　そうだ、妍子を皇后になどという話には承服できない。

　皇后とは、古くさい、名ばかりの地位ではないか。ここ何代も、最高の后は中宮と呼ばれているのだ。平安の都始まって以来、ごく初期にこそ皇后と名のついた女性はいたが、そのほとんどが皇族の姫だった。それどころか、藤原氏をとってみれば、皇后と呼ばれた姫は、三百年近くも昔、まだ奈良に都があった時代の聖武(しょうむ)天皇の光明(こうみょう)皇后ほか、わずかしかいない。たしかに桓武(かんむ)の帝とその次の平城(へいぜい)の帝には、藤氏の姫が皇后についた。だがそれは平安に都が定まる以前だったり死後の贈位であったり、どちらにしろ誰も覚えていないほどの遠い昔の話だ。

「そんなことはない。現に、先帝には定子皇后がおわしたではないか」

――あれは、違う。

　道長は、その言葉を呑みこんだ。

　娘の彰子を先帝寵愛の定子中宮に対抗させるため、定子と同等の地位につけんがために、中宮と皇后を切り分けて、古めかしい名の皇后を定子に、そして中宮には彰子を押しこんだのだ。やむをえないことだった。

「定子皇后、彰子中宮。いまだかつて例のない二后並立を行ったのは、左大臣、そなたではないのか」

――だからそれは、やむをえない処置だ。ああしなければ、国が乱れたのだ。

　しかし今は、あのときとは事情がまるで違う。帝に妍子を配すれば、それですむことではないか。二人の后をあえて立てる必要など、どこにもない。

そう言いたいところだが、帝に、正面切って異を立てることもできない。そう思って道長が遠慮していると、帝はさらに高飛車な物言いになった。

「左大臣たるそなたの姫には、皇后こそがふさわしい。そして、中宮には娍子を立てる」

道長は怒りで体が震えるのを感じた。

――これが帝の本心か。

最初から、妍子や道長を引き立てようというつもりなどなかったのだ。帝が心にかけておられるのは、長年の寵姫、娍子だけだったのだ。だが道長の威勢を無視はできないから、妍子を名ばかりの皇后という地位に追いやって道長をなだめ、寵愛の娍子は華やかな中宮に……。

――そんな話に乗れるものか。

妍子のために。

道長は大きく息を吸いこんだ。そして言った。

「綸言汗のごとし、と申します。すでに妍子女御を中宮にという宣旨は下りておりますゆえ、撤回はいたしかねましょう」

――今さら話が違うとは言わせない。

帝と道長はにらみあった。それから道長は、表情をやわらげてなだめるように付け加えた。

「それに、娍子女御を中宮にとは、そもそも無理がございましょう。なにしろ、娍子女御の亡き父は大納言。大納言を父に持つお方の立后は、前例がございませぬ」

そうだ、帝が前例を言い立てるなら、こちらにも言いたいことがある。実父が大納言どまりでは、最高の后にはなれないのだ。

——これなら、帝は反論できないはずだ。

思った通り、目をそらしたのは、帝が先だった。

「……そちの思うとおりにいたせ」

御前を下がっても、小さくこぶしが震えていた。これから先が、思いやられる。

二月十四日。妍子は中宮になった。だが、心から喜べないのは、道長に屈託があるからだ。帝との確執はそのまま尾を引いている。妍子を中宮にという宣命がいよいよ正式に下りるとき、帝は慣例に反して、殿上に出御しなかったほどだ。

——かまうものか。もう、妍子は中宮になれたのだ。帝がお一人ですねていたいのなら、そうやっていればよい。

屈託をまぎらわすように、道長は『初音』巻を手に、東三条院南殿に向かった。

この『初音』の巻は、式部がじきじきに届けてきたものだ。

「皇太后には、お健やかにお過ごしか」

「はい。日々、先帝のご冥福をお祈りになっておられます」

「それは何より」

道長は受け取った題紙を開いた。『初音』に書かれていたのは、優雅に新年を祝う光源氏と、彼を取り巻くきらびやかな女君たちの姿だ。彼らには、何の憂いもない。

気晴らしに読むなら、こうした憂いを忘れさせるものがよい。

「式部、この巻の写本はあるか。持ってゆきたい場所があるのだ」

式部はにこやかに答えた。

「はい、それでしたら、ちょうどよろしゅうございました。今お渡しした草子は書写したばかりでございますが、どうぞそのままお持ちくださいませ」

「そうか」

道長は無造作に『初音』巻を懐に入れる。読みたがる者は大勢いるのだろうが、道長が遠慮することはない。

立ち上がりかけてから、道長は、式部に問いただしたいことがあったのを思い出した。

「式部、そなた、前の『玉葛』巻で、一度、玉葛の本名を出しているな。瑠璃と」

式部は目を丸くして、道長を見上げた。

「まあ、わたくしはそんなことを書きましたでしょうか。あの女君のことは、ずっと玉葛と書いていたつもりだったのですが……」

「それより、そなた、どこで瑠璃という名を聞いた」

式部は恐縮したように身を縮めた。

「さあ、どこでございましたか……。どなたかがそんなことを話されていたのを、ちらりと聞いた覚えはございますが、それがどなただったか、もうはっきりとは……。あれはこの御所ででしたでしょうか、それとも、この頃は彰子様のお使いでいろいろな屋敷に参りますから、そういった先ででございましたか。……はっきりと思い出せないのですが、あの、何かさしさわりがございましたでしょうか」

「いや、よい」

式部がよく覚えていないというなら、これ以上穿鑿してもしかたがない。道長が騒いだら、かえっておおごとになってしまう。

「わたくしのところへは、さまざまな方が源氏物語のことで、これは話の種にはならぬかと持ちかけてきてくださいますので」

「さもあろうな」

源氏物語が盛んに読まれているのは彰子の御所だ。すでに寡婦となった彰子に仕え、たいした行事に追われることもなく、気ままな暮らしをしている女たちの住みかだ。くだらない物語の話にうつつを抜かす暇など、いくらでもあるだろう。

「そなたはよいな」

思わず、道長の口から本音がもれた。

「と、おっしゃいますと?」

「いや、このようなのんきな物語を書いていれば、宮仕えが務まるのだからな」

「おそれいります。仰せのとおりでございます」

式部はなおも笑顔のまま、腰を上げる道長を見送った。

冷泉院亡きあとの東三条院南殿は、ひっそりとしている。新年の華やぎもない。だが、瑠璃の住まいである釣り殿には明るい空気が満ちていた。しつらいは鈍色、御簾からこちらへはみ出させている当人の衣も同じようなものなのに、それでも重苦しい気配がないのは、瑠璃の若さのせいだろう。それに、気のせいか、去年よりこざっぱりとしている。調度も増えたようだ。

瑠璃ほどの女なら、何を着ても美しく見えると思う。だが、いつ、日の光のもとで瑠璃をくまなく見ることができるだろうか。

その日を楽しみに、また、和泉にでも新しい衣を用意させるとしよう。右近の色の見立ては、どうも古臭いのだ。

道長には、じきじきに衣配りをするような女性が、瑠璃のほかにいるわけではない。だが、瑠璃だけで十分満足だった。

いつもの縁で咳払いをすると、目をしばたたいた右近が出てくる。釣り殿の奥ではひそやかな話し声が聞こえる。若い女のささめく声は、聞いているだけで心楽しい。と、その声がやんだかと思うと、阿手木がいそいそと出てきた。

「大殿、よくこそお越しくださいました」

「瑠璃姫は何をしておられる」

「はい。お歌の写本をしておいでです」

それだけ答え、阿手木は心得顔で脇へ下がった。

入れ替わりに道長が御簾に近づいて『初音』巻を御簾の中にすべらせると、瑠璃は軽く手に取ったようだが、そのまま読み始めたりはしない。客である、道長に正対している。そんな瑠璃の行儀のよさにも、道長は満足した。

「まことに、そなたの周囲には、暗いところがないな。ここぞ曇れると見ゆるところなくか」

ふと、読んだばかりの『初音』の一節が口をついて出た。

「そうではないか、瑠璃姫」

瑠璃の小さな声が、しとやかに答えた。

「わたくしには、わきまえもございませんもの。けれど、道長様にお教えいただいて、少しは賢くなれますように願っております」

「かわいいことを言う」

道長は笑った。「鶯の初音を聞いたようなよい思いだ。悲しい冬は、もう過ぎ去ったこと。春にもなったのだ、少しは明るい色味の衣を用意させよう」

「いいえ、わたくしは今のままで結構でございます」

思いがけず、瑠璃はきっぱりと断った。「一年がたつまでは、こうして悲しみに沈んでいたいのです。鶯は、育った松を忘れないものでございます」

「これはやられた」

道長はまた笑った。娘より若い女にやりこめられたのが、愉快だったのだ。

――ああ、この時間は何物にも代えがたい。

瑠璃の近くにいるときが、大事な憩いの時になっていた。

帰りがけ、道長は右近に命じた。

「姫君はお気が進まないようだが、春の盛りに備えて、新しい衣の用意をしておけ。手は足りているか」

「はい。阿手木にまかせておりますと、掃除の手も行き届くようになりました。わたくしはそのような下仕えの者とは口を利きたくありませんが、阿手木なら平気ですもの」

「うかつな者は、近づけぬようにな」

「ご心配には及びません。心得ておりますから」

右近が気取って答えた。

「よし」

「それよりも楽しみでございます、今いただいた『初音』の巻」

右近までが、上気した顔だった。「それにまた、この阿手木は、なかなか読むのも上手ですの」

後ろにつつましく控えている阿手木もにこにことしてうなずいていた。

三月。道長は、東三条院を妍子の里第にした。中宮となったからには、里下がりしたときの立派な屋敷が必要なのだ。そうした実家にいるときには、朝廷から警護の衛士も派遣されるから、彼らの手前も貧相な屋敷では恥ずかしい。ただの女御とは格が違うのだ。

それに、こうしておけば、すぐ南にある東三条院南殿の瑠璃のところにも人目に立たずに通える。

さあ、あとは妍子に皇子が生まれればよい。

すべてに不満な点はないと、そのつもりでなくても油断していたのだろうか。

帝への伺候（しこう）がついおろそかになっていたある夜半、保昌が青い顔をしてこっそりとやってきた。

「申し上げます。帝が、立后の宣旨を、再度お出しになります」

最初、道長は笑い飛ばした。

「立后だと？ そんなことができるはずがなかろう。すでに妍子が中宮になっているではないか」

そう言ってから、道長ははっとした。「まさか、本当に二后並立……？ 帝は本気で、中宮とは別に皇后を立てるおつもりなのか」

「はい」

そんな無理押しをしてまで帝が皇后にと考える女性は、一人しかいない。長年妃としてきた娍子だが、

「娍子女御を、皇后にできるはずがないではないか。女御の父は大納言のまま亡くなってい

る」

「死後の贈位として亡き父君を右大臣につけ、その息女だからという格で娍子女御を皇后にすればかまわぬではないかと言い張っておいでのようで」

急いで御前に駆けつけた道長に、帝は冷ややかに言い放った。

「そなたの望みどおり、妍子を中宮とした。これで何も文句はあるまい。あとは、朕の好きなようにする」

道長は唇をかみしめた。

「いかに、左大臣」

道長は面を上げて、帝を見つめた。帝は道長に対峙しているのに、その目は、あらぬ方を向いている。ふと、帝は時々お目が悪くなって細かい字が読めなくなるらしいという噂を思い出した。どうやら、本当かもしれない。

「……帝の、御意（ぎょい）のままに」

道長には、ほかに言える言葉はなかった。

だが、腹の中は煮えくり返っている。

――こちらが、下手（したて）に出ておればいい気におなりか。

帝と娍子女御には、精一杯の我慢をしてきたつもりだ。道長の権力をもってすれば、有無を言わさず、即日妍子の立后もなしとげられたのに、あくまでも帝のお顔を立てて、帝のご発意であると世間には公表したではないか。娍子女御を日陰の身に追いやることもしていない。

いや、そもそも、帝が今ふんぞりかえっている、この内裏にしてからがそうだ。各地の受領を急かし、旧帝崩御の直後に内裏の建造を早々と終わらせて帝を住まわせたのも、すべては、この道長ではないか。

そうしたこちらの配慮を、遠慮を、何も汲み取ってくださらないとは。

この帝は、思いやりに欠けておいでだ。綏子があのような不義を働いたのも、当然であったか。

――帝がそのおつもりなら、こちらにも考えがある。

道長は、娍子の立后については、まったく手を出さず、知らぬふりを決めこんだ。道長の不機嫌をたちまち悟った公卿たちは、娍子の立后儀式については、何も動こうとしなかった。月日ばかりが過ぎ、焦った帝がみずから段取りを決めようとしても、右大臣、内大臣までもが道長の怒りに配慮して、見ぬふりをしている。

やむなく帝はじきじきに暦を調べさせ、吉日を選び、娍子女御の立后の日取りを決めた。

四月二十七日。

それを知るや、道長は家司の保昌に命令した。

「内裏におわす妍子中宮を、里下がりおさせしろ。そして、四月二十七日に、改めて参内していただく」

立后の宣旨は、実家にいて受けなければいけない。つまり、娍子女御も、早々に内裏を出て里下がりするはずだ。それに合わせるように、妍子も里下がりさせる。

慣例として、帝に侍るきさきたちは、交互に里下がりする。一人が帝の近くに伺候するときはほかのきさきは里へ下がり、また改めて参内するときに、それまで内裏にいたきさきが入れ替わりに下がる。

多くのきさきが内裏で顔を突き合わせていると、どうしてもおつきの女房たちが見苦しい争いを始めてしまう。それを避けるために取られた処置だ。もっとも、先帝の御代の後半は、出産にともなうとき以外、ほとんど彰子が後宮を独占していた。したがって、ほかの女御たちは実家にいるしかなかったのだが、まあそれも、道長の威勢を考えれば当然の遠慮だったろう。

だが今、道長は、娍子の去る内裏から、妍子も下がらせようとしている。

侍る二人の女性が二人ともおそばからいなくなったところで、帝は頭を冷やしてお考えになるがよい。この左大臣道長の娘をないがしろにしたら、どんなことになるか。

この国は、立ち行かなくなるのだ。

そのことを、帝に思い知っていただく。

「そう、それから」

道長はもうひとつ思いついた。

「現在進めている、息子の教通の婚儀だが。その披露も、四月二十七日の夜に行う」

五　常夏

〈巻の名は、光源氏が詠んだ歌に由来する〉

〈玉葛にさらに魅かれていく源氏は、自分の心を持て余し、玉葛の身の振り方をいろいろと思案する〉

四月二十七日。

娍子女御の立后の宣旨が下る日である。

二か月前の妍子のときと同じく、娍子の里第には、内裏から宣旨をたずさえた使者が赴く。里第では丁重に使者を迎え、祝宴を張り、しかるのちに行列を仕立てて娍子が内裏へ還るのに従う。

一介の女御ではなく后として、改めて後宮へ乗りこむわけだ。

だが、その内裏還御の行列は、妍子のときとはうってかわってみすぼらしくなるはずだ。

なにしろ、今日は競争相手の妍子も内裏へ還御する日だからだ。そして、右大臣内大臣以下、おもだった公卿は残らずと言ってよいほど、妍子の還御のほうに供奉しようと集まっているのだから。

「おいでになっていない方は、どなたかな」

道長の問いに、保昌がかしこまって答える。

「まず、実資大納言」

あのうるさ型は、かたくなに意地を張り通すつもりか。

と、保昌が声を潜めてつけくわえた。

「その大納言殿からはお知らせがございます。こちらへおいでになろうとしていた矢先、帝から新皇后への陪従を申しつけられ、勅命でございますゆえ、やむなく失礼するとのことでございました」

「なるほどな」

帝も、なりふりかまわず娍子の威厳を取り繕うことに必死らしい。

――見苦しいことだ。帝ともあろうお方が。

参集している公卿の数に安心した道長には、帝のあわてぶりに苦笑する余裕がある。

未の刻、妍子はにぎにぎしく内裏に還御した。

供奉の公卿たちが妍子を御所へ送っていくのを見届けて、道長は保昌に言いつけた。

「さあ、続いて、教通の婚儀じゃ。皆様をお連れしろ。宴は盛大にな。どんなににぎやかにしても、しすぎるということはない」

この日を結婚披露に合わせるため、教通は二日前から妻のところへ通っている。

これで、妍子の供をした貴族たちは、そのまま結婚三日目の披露の宴席に、明日の朝まで連なることになる。

新皇后の御所がどれほど閑散としたことか、それを想像すると、わずかに溜飲が下がる思いだった。

その晩、道長はしたたかに酔った。

——わしを怒らせるとどうなるか、帝も、今度こそ思い知ったはず。

家を、子どもたちを守るためなら、できることは何でもしてやる。

二代の帝引き続き、二后の並立。だが、立ってしまえば、何と言うこともない。帝は表面冷静に、道長ももちろん帝に近づかないから、今のところ波風も立っていない。むしろ、后づきの役職が増えて、貴族たちは喜んでいるらしい。

だが、道長の気は晴れない。おまけに、もとから愚鈍の右大臣が、自分で朝議をしきりたがるくせに、ことごとく失態を犯す。実資大納言が笑いをかみ殺しているのなど見ると、右大臣への監督不行き届きを笑われているようで、道長までが恥ずかしく、不快になってしまう。

そんな面白くない日々が続いていたある日、右大臣にうんざりしていた道長は、そのまま自邸へ帰る気もせず、彰子の御所へと車を向けた。

五月の終わりになっていた。先帝のご一周忌の準備が進められている。道長の機嫌とは裏腹に、その日はよい天気で、彰子の御所も人のざわめきに満ちていた。

いつものように彰子の御前へご機嫌うかがいに出向いた道長は、ついでに和泉の局へ行ってみた。

「暑い盛りの衣の準備も終わったろう。また去年と同様に、釣り殿にも手配りを頼む。そなたの見立ては、たしかだ。もっとも、去年の夏衣は、相次ぐ不幸のためにあまり手を通す機会がなかったがな」

「はい。ですから、今年も瑠璃姫にはあまり華やかな色合いは避けたほうがよろしいかと存じます」

「つまらぬな」

だが、それから道長は思い直した。どうせ、今年は夏衣の瑠璃を見られそうにないのだ。瑠璃はご一周忌が過ぎるまでは喪に服すと、かたくなに言い続けているのだから。

「だが、冬の衣は精一杯美々しく、調えるように」

「はい、それも心得ております」

「よし」

道長は満足して、話題を変えた。

「ところで、どうだ、式部は玉葛の新しい話を書いているのか」

「ええ、次々と」

「そうか」

気楽そうな和泉の笑顔が何となく癪(しゃく)に障って、道長は皮肉を言った。

「そなたらは結構な身分だ。彰子のもとで、物語三昧で日を送っていればよいのだからな。そなたらにそんな暮らしをさせるために、わしは心を砕いているというのに」

「おそれいります」

和泉はおっとりと笑う。

「まあ、よい。ところで、新しい物語の写本は手に入るか」

「はい、書写している人の数が増えたようでございますから。式部の君のご実家でばかりでなく、ほかのところでも誰かが写しているようですの」

「道理で紙や墨の減り方が速くなったはずだ」

その世話をしてやっているのも、すべて道長だ。

「けれども、皆様が大喜びなさっていますから」

和泉はなだめるような口調になった。

「本当は、この御所の皆様も写本のお手伝いをしたいと、いつもおっしゃっておいでですのよ。けれど式部の君は、ご自分が心を許した者だけにまかせておいでですの。勝手にご自分の物語を変えられてはならないと」

「ふむ」

道長は話題をそらそうとした。実は昔、道長は式部の物語を勝手に変えたことがある。だから、面白い話題ではない。だがまあ、あのことは、式部も含めて誰も知らないはずだ。

「それで、その、書写する者はどこにいるのだ」

「よくはわからないのです。ご実家の堤邸のほかの場所は、存じません」

途中で源氏物語が変わってしまった真相を式部は知らないはずだが、用心を重ねているらしい。

「では、その物語の生みの親に会いに行ってくるか」

「大殿、お気をつけくださいませ」

和泉がくすくすと笑って言う。

「何のことだ」

「今ね、皆様が大騒ぎですのよ。玉葛のお話は、きっと、釣り殿の姫君のことが書かれているのだと」

「何だと？」

道長はぎくりとして和泉を見た。「皆、瑠璃のことを知っているのか」

和泉は屈託なくほほ笑む。

「はい。こういうことは、どこからともなく漏れるものですから。そしてね、大殿は、玉葛のようにすばらしい瑠璃姫に、きっと輝かしい身の振り方をお考えなのだろうと噂しておりますわ」

答える言葉も見つからず、道長はさっさと和泉の局を後にして、式部のところへ向かった。

式部が瑠璃のことをどれほど知っているのか、もう一度たしかめようと思ったのだ。

だが……。

「これは何か」

式部の部屋は紙が散らばって、足の踏み場もないほどだった。

「申し訳ございません、取り散らかしておりまして」

恐縮して頭を下げる式部の向こうで、ちらりと、長い髪のはじが隣の局に消えた。誰か、草子を作る手伝いをしていた者が、道長に遠慮して席を外したらしい。式部はそちらを見もせずに、筆を持ったままであたふたと紙をそろえようとしては、余計にまき散らしたりしている。

「そなた、瑠璃のことを知っているな」

「はい？　何のことでございましょう」

式部がきょとんとした顔を上げた。

「いや、玉葛の本名のことだ。そして……」

「ああ」

ようやく合点がいったという顔で、式部は笑う。「はい。鄙にはまれな美女が現れたそうだと」

「誰から聞いたか、思い出したか」

「さあ……。それがわかりませぬ。やはり何か、不都合がございましたでしょうか」

不安げな顔の式部に、道長は矛(ほこ)をおさめるしかなかった。

「いや、もうよい」

「あ、大殿。少々お待ちくだされば、新しい巻をお渡しできますが。ただいま、書写が終わったものを草子に作るところでございます」

「わかった、待とう」

新しい物語は、やはり、誰よりも早く読みたい。そして、瑠璃に持っていってやりたい。

だが、式部の作業はなかなかはかどらない。

「これでよろしいでしょうか」

道長が待ちくたびれたころ、ようやく渡された草子には『胡蝶』と題簽があった。

「時がかかりまして、申し訳ございませんでした」

「まあ、よい。だが。これからはもっと手早くせよ」

道長は不機嫌そうに言い捨てて、背を向けた。今日は式部が、いつになくのろのろとしていたのが心外だったのだ。この頃、年のせいか、思うままにいかないことがあると、我慢がきかなくなる。

「あの、大殿」

式部の局を出てしばらく歩いたところで呼び止めたのは、三宮の乳母とかいう女だ。

「いかがでございました。玉葛の君の、新しい物語はしあがっておりましたか」

「そのようなことは、式部に聞け」

どいつもこいつも、同等の身分であるかのように、物語の話をしかけてくる。身の程をわきまえないのか。

なおさらいらだちが募ったせいで、道長の口調が荒くなったらしい。乳母は身を縮めた。

「けれど、式部の君はできあがるまでは決して見せてくれませんの。でも、大殿になら……」

「式部の主人だからな」

無愛想にそう言い捨てたが、乳母は大きくかぶりを振る。

「いいえ、そんなことよりも、大殿こそが光源氏ではございませんか」

「わしがか」

思い出した。先ほど、和泉もそんなことを言ってはいなかったか。

「ええ、瑠璃姫をお手元で、最高の女君としてお育てになっていらっしゃる。まこと、光源氏そのままではございませんか」

「いやそれは……」

道長にしては珍しく口ごもったが、少し機嫌を直した。自分でもそう思っていたが、光源氏に似ていると言われて、悪い気はしない。

そうだ、たしかに、式部は道長と瑠璃を、そのまま光源氏と玉葛になぞらえているのだ。

「玉葛は、うらやましゅうございます。さしたる後ろ盾もないのに、光源氏のおかげで、しあわせに婿君を迎えられるのですね。いったい、数ある求婚者のうちの、どの公達が婿におなりになるのでしょう」

期待のこもった目を向けられ、こそばゆくなった道長は、さっさとその場を去ろうとした。それなのに、乳母はさらにまくしたてる。

「女の気持ちを大切にして、無理強いをしない光源氏は、まこと、大殿そのままですわ。大殿も、お二人の奥方様をそれは大事にして、ほかの女人には決して目を向けず……」

「わしはそのような、お人よしか」

道長の声が険しくなったのに気づいた乳母は、あわてて手を振った。

「とんでもないこと。でも、女の幸せは、愚直でもよいから自分を大事に想う殿方に愛してもらうこと、みんなそう言っておりますし……」

この言い方では、ますます礼を失すると、遅まきながら気づいたらしい。乳母は、口の中でもごもごと言い訳めいたことをつぶやきながら、逃げ出していった。

道長は憮然として、その後ろ姿を見送った。

――愚直なお人よしか。

思いがけず、言い当てられた気がした。顔が赤いのがわかった。それから、かっと全身が熱くなる。

――わしを、誰だと思っているのか。好きな女に指をくわえているだけの、愚か者だとでも?

道長は『胡蝶』をつかんだまま、大股に歩き出した。

東三条院南殿への道すがら、夕闇に光るものがいくつも飛んでいる。

蛍だ。

もはや、去年、何心もなく蛍を眺めていた道長ではいられない。生きていくとはそういうことだ。

瑠璃の住まいは、いつもと同じように、落ち着いた気配だった。

「これは大殿」

出迎えた阿手木だけは、いつもより赤い顔で息を切らしているようだったが、丁寧な応対ぶりは変わらない。

道長が入ってくるのを見すましたように、瑠璃は御簾の内へ入ったらしい。最近、ますますしとやかになった。

ここでは不機嫌な顔も荒い言葉も似合わない。そう思って少しだけ気分を落ち着けた道長は、御簾の近くに散らばっている紙を手に取った。目を落とし、なかなかの達筆に驚く。

「これは、瑠璃姫の書いたものか」

「お恥ずかしゅうございます」

御簾の内から、瑠璃が小さな声で答える。この釣り殿に住んで一年近く、瑠璃姫もようやく、こうやってすぐに自分の声を聞かせるところまで打ち解けてくれたようだ。

「瑠璃姫、手蹟が上がったの」

去年引き取ったばかりの頃は、どうかと思われるような書きぶりだったのだが、見違えるようだ。

「これは、何を手本にしたのか」

右近が訳知り顔で進み出る。

「古歌ではありませんの。阿手木が近頃の歌をいろいろと知っておりまして」

言われて、部屋の隅にいた阿手木が困ったように笑う。

「それほどの数を知っているわけではございません。けれど、いつも古今集ばかりでは、瑠璃姫も飽きられるか、と」

「なるほどな」

なでしこの　とこなつかしき　色を見ば　もとの垣根を　人やたづねむ

誰の歌だろう、道長にはすぐに思い当たらないが、もともと、それほど歌の道にくわしいわけでもない。

「のどが渇いた。酒を持ってこい」

右近に目配せされ、阿手木が部屋から出て行った。すでに用意させていたのか、時を置かずに戻ってくると、道長に杯をさしだす。

一杯干してから、道長はまた御簾に向き直った。

「しかし、女がこうして歌を書くのはいいものだ。それに瑠璃姫の達筆となればなお興趣が増す」

「嬉しゅうございます」

わずかに声が弾む。いつもはこもってばかりの瑠璃がこれほど嬉しがるのは、珍しい。

その可憐な響きに、年甲斐もなく、道長の心が騒いだ。この声の主は、どんなに愛らしい容姿をしているのだろう。瑠璃姫をこの釣り殿に迎えたときは、夜で、しかも右近に抱えられていた瑠璃姫の顔かたちははっきりとは見えなかった。そのあとも、すでに一年近く、瑠璃姫はずっと御簾の奥にこもったままで、道長には姿を見せない。後ろ姿、袖のはじ、そんな身のこなしから道長は類推するしかなく、心を乱されてきたのだ。

だが……。

――いつまで、こんなことが続くのか。

道長はまた杯を空にすると、阿手木に言いつけた。

「代わりを持て」

それから、手振りで右近も下がらせる。いつにない道長のふるまいに、右近は少し驚いたようだが、道長には、遠慮しなくてはならないことは何もない。

道長と二人だけになったことに瑠璃も気づいたのか、もう少し御簾から遠ざかろうとしているようだ。身じろぎした気配とともに、奥ゆかしい香りが立ち上ってくる。その香りが、さらに道長を誘う。

お人よしの大殿。

そんなことを言われているばかりで、いいのか。男にとって、決してほめ言葉ではない。

つまらない男と、女たちには見られていたのか。道長はこんなに懸命に、情動に耐えていたのに。

——瑠璃の顔が見たい。

酔いもあったのか。不意に、湧き上がる思いをずっと抑えていたたががはずれた。

道長は、心の逸る(はや)ままに、御簾を引き開け、中へと入った。上品な麝香(じゃこう)の香りが立ちこめる中、萱草(かんぞう)色の衣の瑠璃は、おびえたようにちぢこまっている。道長は思わずつばを呑みこんだ。薄闇に浮かびあがる白い顔は、記憶の中の綏子そのままではないか。

——以前にも、こんなことをしたことがある。開けてはならない御簾を引き開けて……。

道長はさらに近づき、瑠璃の肩のあたりに手をかけた。香が高くなる。そのまま手を滑らせる。この衣の内に、瑠璃の体があるのだ。

口の中が渇いている。だが、そこで、手に伝わってくる大きなおののきに、道長の動きが少しだけ止まった。

瑠璃は大きく身を震わせて、すすり泣いていた。

瑠璃は、まだ男を知らないのだ。声高に道長を責めたりはしないが、初めて近づけた「男」に、心底おびえているのがわかる。道長から少しでも逃れようと顔をそむけている瑠璃は、黒髪の陰で涙を流しているようだ。

あえぎのようにしゃくりあげるのも、技巧ではないだろう。

体の中をめぐっていた血が冷えていくのがわかる。道長はため息をついた。いくら逸っても、こうして女にこわがられると、どうしてもその先に進めない。それに、こんなに震えていては、また体を壊してしまうかもしれないではないか。

「そのようにおびえることはない。これ以上、何もせぬ」

ああ、こう言っても、瑠璃には、何のことかもわからないだろうが。

道長の手は、ゆっくりと袖を伝い、ついに袖口から内側へ侵入した。だが、袖の中を探ってとらえた瑠璃の指の冷たさに、思わずその手を引っこめてしまった。

すかさず、瑠璃は後ずさりする。もう一度伸ばした道長の手は、袖の端をとらえるだけに終わった。

「まだ、一年過ぎてはおりませぬ。ご一周忌が終わるまで、お待ちくださいまし」

そう訴える瑠璃の声も、か細く、震えている。

「よるべもないわたくしの、数少ない頼みの綱を失った、その喪でございます。どうかこのまま、弔(とむら)いを続けたいのです」

道長の顔がゆがんだ。

「瑠璃。男に、どれだけむごいことを強いているのか、そなたにはわからないのであろうな」

ここまで来ておいて、このまま、花を手折(たお)らずにすむ男がいるものか。

だが、そこへ明るい声がした。

「瑠璃様、何かお声がしましたが」

あの女だ。阿手木。

道長は舌打ちした。機転の利く女なら、この場の事情を見てとって、座をはずしそうなものなのに、阿手木はそこから動かない。

見られるわけにはいかない。

気の利かない。

だが、道長ほどの身分の者が、女にたわむれかかっているところを、見られるわけにはいかない。

嘆息しながらも、道長はつかんでいた袖を放してやった。それから乱暴に御簾を押しやって、瑠璃を一人にしてやる。御簾の外は明るく、道長は思わず目をしばたたいた。

「まあ、大殿、そちらにおいでございましたの」

阿手木がおろおろしている。

「帰る」

「あの、代わりのお酒を……」

「いらぬ」

そのうちに、この邪魔者を遠ざけて、機会を作ろう。だが今は、しかたがない。

瑠璃の言葉をむげにはできない。

——待とう。暑い季節が過ぎ去るまで。

六　篝火

〈巻名は光源氏が、庭に焚かせた篝火にちなんで詠んだ歌による〉

〈光源氏の、玉葛への思いは募る。それでも、決して無理強いはしない光源氏に、玉葛も徐々に心を解いてゆく〉

暑い季節は苦手だ。六月、道長は、頭痛のため、参内もできずにこもりがちな日々を過ごしていた。若い頃は暑さなど、何とも思わなかったものなのに。

その間も、世は道長を放っておいてくれない。道長の病気さえ、格好の噂になってしまう。いわく、左大臣の病気を喜んでいる公卿が何人もいる、左大臣の屋敷には怨霊の人魂が立つ、病気もきっとそのせいだ……。

道長の屋敷は呪われているというのが、巷(ちまた)の噂だそうだ。ますますやり場のない鬱憤がたまってしまう。

――そんな馬鹿な話があるか。わしはこれほど、周囲の人間に気を遣って政を行っているではないか。

道長に代わって朝堂で首座を務める右大臣の数々の失態も、面白おかしく噂されている。それも道長の頭痛の種だ。

月が替わるころ、道長はようやく体調を回復し、どうにか新しいことを考えられるようになった。

目下の大事は、倫子の産んだ三番目の娘、威子（いし）の処遇だ。妍子が中宮となったために空席になっている尚侍の地位に、威子をつけたい。

尚侍というのは、近年、東宮に侍る女性の最上位となるのが通例なのだ。

だが、妍子と異なり、威子を尚侍とすることには、道長としても若干のためらいがないでもない。

威子は、当年取って十四歳、対して東宮は五歳。年の差がありすぎる。

「いやでございます。あんな幼い東宮にお仕えするなど」

威子は、口をとがらせて横を向いた。

「だって、二年ほど前までは、わたくしは東宮のおむつを替えてさしあげていたのでございますよ。その、自分が世話をした赤ん坊に嫁げとおっしゃいますの？」

「そう言うな。これが、栄華の道なのだ」

威子はそれでも不満な顔を隠そうともしない。

「よいか、威子。東宮とて、いつまでも幼子のままではいらっしゃらぬ。あと数年もしたら、立派におなりだ」

「その頃には、わたくしはおばあさんになってしまいます。いやです、わたくしはもっと年上の殿方がようございます」

「そんなことを言っても、これぱかりは回り合わせだ、しかたあるまい」

道長は懸命に、この強情な娘の機嫌を取る。「かの源氏物語の、秋好中宮を見よ。年下の帝に仕え、寵を集めているではないか」

「あれはお話の中の女君。うつし世に生きている者とは違います」

「いいかげんに聞き入れよ」

さすがの道長も思わず声を荒らげてしまったが、威子は泣きもせず、横を向くばかりだ。

嘆息を洩らして、道長は娘の気を引きそうなことを考えてみる。

「お聞き分けなさるなら、新しい衣装を用意しよう」

とたんに、威子の声が弾んだ。

「まあ、それでしたら、わたくしと、それから女房たちの分もでございますよ」

こちらを向いた顔が、輝いている。

「わかったわかった」

道長はうんざりして、威子の部屋を後にする。

たしかに、この一組の年の差には、道長も、忸怩たるものがある。

彰子と先帝、妍子と今上、嬉子と三宮。この三組は、いかにも似つかわしい年頃なのだが、
威子と東宮だけは……。

しかし、帝に后を侍らせることこそが道長が政権を握る要なのであるから、威子にほかの道はない。

押し切ろう。何とかなるものだ。そうやって、彰子皇太后は二人もの皇子を産み、道長の栄華の礎(いしずえ)を築いてくれたではないか。

「はい、年かさの女人は、お若い東宮のおためになりましょう」

相談した道長にそう応じたのは、参議頼定だった。道長の見舞いに来たのである。

新帝が召すことの少ない頼定は、無聊(ぶりょう)をかこっているのだろうが、ゆったりとした落ち着きぶりだ。このところ、枇杷殿に住む彰子が召すことが多いらしい。寡婦の彰子の、格好の話し相手になっているのだろう。

「参議も、そう思うか」

「とにかく、大殿には、そのご決断をなさるのが何よりかと。なに、男と女の仲は、思いもかけないところでうまくゆくものであります」

「参議が言うと、重みがあるな」

「これは手厳しい」

頭を掻く頼定に、道長は笑って、酌(しゃく)をしてやった。

「参議には、家の女たちがいろいろと世話をかける」

「なんの。こうした役回りが、わたくしには合っております」

「たまには、東三条院南殿にも、顔を出してやってほしい」

頼定の、杯を口に運ぼうとしていた手が止まった。

「と、おっしゃいますと」

「あの釣り殿の住人は、参議のことを頼りにしているだろう」

「はあ」杯が、ゆっくりと干された。

「ところで、大殿。世間では、かの女性のことが噂になっておりますようで」

「何と？」

そういうことは、道長の耳には入りにくい。

「大殿が、たいそう珍重されておる姫君で、いずれ、たいそうなところへ縁づけるおつもりだ、と」

「面はゆいな」

噂しているのは、源氏物語を愛読している女たちだけではなかったということか。たしかに、世間の口というものは、閉ざすことができない。

「いずれにせよ、ご思慮の深い大殿のこと、悪いようにはなされますまい、適当な婿君を品定めされている最中であろう、と」

「これは参った」

道長は、心の内を見透かされた思いで、顔がほてってきた。

結婚をさせて、のち、自分が愛人として通う。

そう決めかけていたところだったのだ。

――やはり、それしかないだろう。瑠璃は、一年の喪が明けるまで、結婚など考えられないと言い張っているが。

だが、それも一年間だけだ。

そしてその一年は、もうすぐ終わる。

瑠璃を手に入れられるときが、近づいてきているのだ。

七　野分

〈巻の名は都を襲った野分――台風――に由来する〉

〈激しい野分のあと、光源氏の子息は、六条院の被害を確かめつつ、女君たちの住まいの見舞いに回る。そして、父光源氏と玉葛の、微妙な関係を目撃する〉

九月。大宰府より急使が到着した。交易の品を携えて大唐帝国から正式の使者が到着したと報告してきたのだ。

――どのように応接すればよろしいでしょうか。お指図をくださりたく……。

朝議は長引いた。

海を越えてやってきたとしても商人ならばよい。だが、国使となれば、対処の仕方が問題になる。本来ならば、こちらからも格式のある者を交易使として大宰府へ送らなければならないところだ。

「ですが、いかがいたしましょうか。今年は旱害（かんがい）がひどく、諸国が疲弊しております。交易使を大宰府へさしむけては、その交易使を接待しなければならなくなる街道沿いの国々への負担が大きくなりましょう」

「しかし、御代替わり後の初めての唐使でありますぞ。簡略な扱いは、新帝をないがしろにすることにつながりませぬか」

「大宰府からは、その後何と？」

「こちらでは決めかねる故、お指図を待つと言うばかりでございます」

「どうしたものでしょうな」

「さて……」

誰もが責めを負いたくないため、決断しようとしない。お互いの顔色を見ながら、時だけが過ぎてゆく。

「いかがでしょう、今日のところはひとまず、帝にここまでのことだけを奏上しては」

「いかにも」

「結論はまた後日ということで」

そんな朝議を何度も行うばかりで何も決まらないうちに、二十日ほどがたってしまった。ここまで待たせると、余計に、使いの派遣がしにくくなる。待たせたことを詫びさせるべきか、そんなことには気づかないふりをさせるか、それも決めなくてはならないからだ。

それから、道長たちは、ようやく、妥協点を見出した。

交易使の派遣は取りやめ、交易の品——唐物——だけを納める。そして、大宰府のしかるべき役人に、都へ運ばせる。唐使はそのまま大宰府で接待させ、唐へ送り返す。

その決定にこぎつけたのが、九月二十二日のこと。

やがて、唐物が到着した。沈香、薬、錦、そして箱に入った何本もの墨。

決定をとどこおらせたことなど知らぬ顔で、公卿たちは唐物の分け前を期待しはじめている。

だが、最初に唐物を検分し、気に入ったものを手元に残すのは、もちろん道長だ。

さすが舶来の品には目をみはるものが多かったが、中でも道長が気をひかれたのは、唐の墨だった。

「この墨が手に入るのは、久しぶりだな」

十年以上前に、当時の大宰大弐が届けて以来ではないのか。李墨と呼ばれる、大変貴重なものなのだ。唐では、金よりも得がたいと珍重されているとか。

その李墨は、しかけのある桐の箱に十本入っていた。

「かようにして開けます」

持参した、大宰府のまだ若い役人が、器用に開けてみせた。都にも縁のある若者なのか、見目よく、聞き苦しい訛りもない。その箱は一見、ありきたりのものに見える。だが、蓋の側面の一つをずらし、反対側の側面を逆の方向にずらさないと、決して開けることができなかった。

「ほほう、面白い」

道長は、李墨を箱ごと自邸へ持ち帰った。

「よいものでございますな。これは、どちらに」

保昌に尋ねられ、真っ先に思い浮かんだのは、癪だが、やはり式部の顔だった。今一番墨を必要としているのは、あの女だろう。なにしろ、長大な源氏物語の書写に必要な墨の量は、他の及ぶところではない。古今集を全巻写すほどの量を、式部のもとの女たちは十日ほどで使ってしまうことさえある。しかも、この一年ほど、使う量が倍加したのだ。玉葛の物語は特に、人気が高いらしい。

「この墨は、彰子御所へお持ちしろ」

そうすれば、何も言わなくとも、彰子は道長の意図を読み取って、式部に墨を与えるだろう。もしも彰子が自分の手元に少しは残したいと思うなら、それもよい。先日、妍子の入内に際して世話を焼いてもらった礼にもなる。

ほかの錦、綾、沈香などはそれぞれの女たちへ。薬は帝へ。あっというまに舶来の珍宝はなくなった。

そんな騒ぎに取り紛れ、気がつけば十月が間近に迫っていた。そして、冷泉院のご一周忌も無事に過ぎた。

八　行幸

（巻の名は、玉葛が帝の行幸を見物することによる）

〈光源氏は、体面を保つために玉葛を尚侍という公職につける一方、自分の愛人にしようと画策を始める〉

閏十月。

一年延びてしまった大嘗会は、いよいよ今月行われる。

これがすめば、新帝即位の一連の行事はとどこおりなくすみ、いよいよ新しい御代が本格的に始まることになるのだ。

だが、道長はすでに、新帝との政に意欲を失いかけていた。

——あの帝とは、うまくやれぬ。

ほかに帝と仰ぐお方がいないとなれば、まだ努める気にもなるかもしれないが、その点、道長にはほかに、ひそかに恃むところがある。

——彰子からお生まれになった東宮が、位につけばよいのだ。

幼いとはいえ、すでに五歳。お年よりも利発で、健康な皇子だ。父君——先帝——が七歳で位についたことを思えば、帝につけたとしても、たいして不自然ではない。

道長は、早くも次の帝の御代を待ち望む自分に気がつくと、あわてて考え直す。

先走ってはいけない。帝をすげかえたら、また、次の東宮をどなたにするかという問題が持ち上がってしまう。

そして、その場合、帝は間違いなく、ご自身の皇子を次期東宮にと言い張ることだろう。元服をすませている皇子が何人もいるのだから。おまけに、そのうちの長子、敦明親王には、あの無能な右大臣の二の姫がめあわされ、すでに子も生まれているのだ。

だがそれは道長の望むところではない。

一方で、妍子と娍子の立后について、これほど溝の深まってしまった帝とは、たしかに早く縁を切りたい。だが、せめて、少しは帝とのわだかまりを解いてからのほうがよいには決まっている。

そんなことを考えると、道長は頭痛がしてくる。

——もろもろを考え合わせれば、やはり、もう少し帝との絆(きずな)を深めたうえで退位を促すしかないか。

道長はため息をついた。年のせいか、気が短くなっているのがわかる。

——ここで急いてはならない。だが、わしの目の黒いうちに、若宮たちのことをしっかりと定めておきたいのだ。

二宮――現東宮――は、お健やかにお育てさえすれば、帝につける。だが、一歳年下の三宮が帝になるためには、並みいる年かさの皇子たちを退けて、まず東宮位を手中にしなければならないのだ。

「やはり、まずは、妍子中宮に皇子を産んでもらうことだな」

道長はひとりごちた。

そう、さほど時間はかからないはずだ。

彰子皇太后を見よ、二宮と三宮を次々に産んでくれたではないか。彰子が二宮を懐妊したのは二十歳のとき、そして妍子ははや十九歳になっているのだ。

まもなく。きっとまもなく、妍子にも皇子が生まれる。そうなれば、帝も、道長の孫の新皇子をさしおいて、娍子皇后所生の皇子を東宮につけにくくなるはずだ。そうなった上で、帝の皇子たちのどれを東宮にしてもさしさわりがあるからまずは先帝の御子をと言い立てて、とにかく三宮を東宮にしてしまえばいい。

――ああ、三宮が東宮につかれる日が待ち遠しい。

もうすぐ、もうすぐだ。

きっと、もうすぐ妍子が皇子を産むに違いない。それまで待っていればよいのだ。

気散じを求めて、道長はまた、彰子の御所へ赴くことにした。大宰府とのやり取りに忙殺されているうちに、物語はずいぶん進んでいた。

『蛍』『常夏』『篝火』『行幸』。

それらの草紙を手に立ち上がったとき、道長はふと、思い出した。

「先日、大宰府から麝香が届いたろう」

「はい、めったにないほどの良いものでした」

「さすが、皇太后はお目が高い」

道長は娘をおだてる。

「あの麝香、中宮のところにも分けてやってくれ」

麝香は、媚薬である。少しでも早く妍子の懐妊を促すためには、まず、帝の好き心を、さらにかきたてなければ。

「承知いたしました」

彰子はおっとりと笑った。「こうしたものは、もらいそこねると、無用の波風を立てるもの。香は分けるほどはございませんが、ほかの唐物を、わたくしから皆様にお分けしてもよろしいでしょうか」

「よいとも。まかせる」

道長は、そんな分配よりも、玉葛にまつわる新しい話を読むのに気を取られていた。

「これは、式部の手蹟とは違うようだが」

「はい、式部が書写用に抱えている女たちの写本でございます」

「なるほどな」

式部も、えらくなったものだ。

「そうだ、李墨はどうした」

一本くらいは、瑠璃にも分けてやろうか。手習いに励んでいることでもある。それに先日、少しは外に出たいという瑠璃の願いを退けた詫びのつもりもあった。

「玉葛の君でさえ、帝の行幸を見るようなときには、お外に出られていますのに」

それでも道長は承知しなかった。安全に守られている釣り殿から出すなど、とんでもない。それに、瑠璃は、遠出すると必ず病気になるではないか。

――そうだ、瑠璃の機嫌を取るのに、あの珍しい墨はよいかもしれない。

だが、道長の思いつきに、彰子はすまなそうな顔で答えた。

「あの墨はすべて、もう手元にはないのですが。父上のたってのご所望でしたら、またどこかからお返しいただきますが」

道長は少し思案してから、首を振った。

「いや、よい」

わざわざ取り返してまで若い女にくれてやると、彰子に知られるのは、やはり面はゆい。

――それに。

道長は、そこで思い直しもする。

――鄙で育った瑠璃には、どうせ、墨の良さなど、わからんだろう。

九　藤袴

（巻の名は、玉葛の意思を探ろうとする夕霧が、玉葛に詠みかけた歌による）

〈玉葛を後宮に上げることには、さしさわりが生ずる。帝の妃には光源氏の養女と太政大臣の息女が上がっており、東宮にはこれまた光源氏も太政大臣も心づもりしている姫がいる。光源氏に養われている太政大臣の娘玉葛は、入内したなら、そうした異母姉妹たちに圧倒され、結局、養父や実父の敵対者になってしまう運命なのだ。

といって、人臣の妻になろうにも、格好の婿が見つからない。光源氏の子息、夕霧には意中の姫がいるし、玉葛のことは兄妹として見ているから、相手にしない。太政大臣の子息たちは熱心に求婚してくるが、実は兄妹であるから結婚自体が不可能なのだ。

光源氏は思案に暮れる。これほど美貌で利発の、貴い血筋の女性でありながら、玉葛の身の落ち着き先を見つけるのは大変なのだ。だが、当の玉葛は、うるさい求婚者たちを、上手にあしらっている。その身の処し方は見事だった〉

その日。道長は、いつになく昂った思いで釣り殿へ向かっていた。道中の景色もひときわあざやかに見えるのは、気が張りつめているせいか。衣も、気を配って新しいものに替えている。何といっても、若い瑠璃が初めて男を知る日なのだから。

ご一周忌が過ぎた。もう、瑠璃にも拒む理由がないはずだ。

——今日こそ、思いを遂げよう。

思いのほか、日暮れが早いと思ったら、空が分厚い雲に覆われている。遠雷も聞こえてきた。

「これは、一雨来そうでございます」

供の者たちが、道長の指図を待つ顔で、振り仰ぐ。まっすぐ帰邸する、道長のその一言を待っているのだ。だが、道長は何も言わなかった。

車はそのまま、東三条院南殿へ向かう。

門をくぐったとき、最初の雷鳴がとどろいた。

「早く、お屋敷の内へ」

「うむ」

道長の胸が高鳴る。

もう、待つ必要はない。今日こそ、瑠璃を抱ける。この一年、待ってやったではないか。

だが、釣り殿に足を踏み入れた道長は驚いた。

——誰もいない。

こんなことは初めてだった。人影のない室内には、一冊の草子が投げ出すように置かれているだけである。

道長の前駆が声を張り上げると、やがて、右近が釣り殿の向こうにある廊の隅から、よたよたと姿を現した。

「何をしている」

「はい、先ほど玉葛の新しい巻が届きましたので、ついあちらで」

つまり、瑠璃より先に読もうとしたわけか。道長は舌打ちしたが、右近に女房の心得を説教するよりも、まず瑠璃のことだ。

「それで、瑠璃はどこにいる」

「お部屋でございましょう」

この一年余り、一度も外に出ない瑠璃がどこへ行くというのだ、という顔で右近が答える。

だが、釣り殿には本当に誰もいないのだ。

「いったい、どこへ行かれたのでしょう」

もたもたしている右近に、いらだちが募る。どこへ行ったか聞きたいのは、道長のほうだ。

「あの、阿手木という女房はどこにいる」

「先ほど、阿手木の使いという女童が参ったのでございます。そう、前にもここへも出向いたことのある童が。ところが、それを迎えるなり、阿手木があわてて、この女童への用を思い出したので少々時をくださいと、釣り殿の外へ出ましたのです。そのあとで瑠璃姫が、右近、さがるがよいとわたくしをあちらの部屋へ……」

「だから、瑠璃を一人にしたというのか」

道長が語気を強めたために、右近は身を縮めた。

「瑠璃姫が、頭が痛いから静かにしてもらいたいとおっしゃるもので」

「まあ、よい」

道長は落ち着こうと努めながら言った。

この屋敷の外へ、足弱の瑠璃が出て行くはずがない。そんな馬鹿なことが起きるはずがないのだ。

あのか弱い瑠璃は、一人では何もできない。

「瑠璃姫をお捜ししろ」

道長は前駆に言いつけた。少し風に当たろうとして、庭に降りただけかもしれない。そうだ、そしてきっと、そのまま雷がこわくて動けなくなったというところだろう。

だが、いくら捜し回っても、瑠璃は見つからなかった。釣り殿の周りの庭。渡り廊下の向こうの、南殿の母屋。

「いいえ、母屋まで行かれたはずはございませぬ。わたくしがその間にある、廊にいたのですから」

右近はそう言い張ったが、古女房一人の目くらいすりぬけたかもしれない。

だが。瑠璃の姿はどこにもない。

道長の胸を、不安が満たしはじめた。

——まさか……、まさかとは思うが、ひょっとしたら、不埒者にさらわれたのだろうか？

「捜せ。邸内を、くまなく」

それから、道長は思いついて叫んだ。

「誰ぞ、瑠璃を連れ出した者がいるに違いない。馬が引き出されてはいないか。車の、轍の跡は残っていないか」

雷が近くなってきたが、うまい具合に、まだ雨は降り出していない。

だが、南殿のどの門にも、馬の足跡もないという。轍も、唯一、道長の乗ってきた車のものがあるだけだ。

「大殿、そもそもこの釣り殿へめったな人は参りませぬ。阿手木が出入りするのと、あとは大殿のお言葉だからと、頼定卿という殿方が一度いらしたくらいで……」

道長は右近の言葉など、ろくに聞いていなかった。

「車でないなら、では、人の足跡はどうか。背負って連れ出したのやもしれぬ」

「いいえ、門のあたりには人の通った跡もございませぬ」

邸内を見回ってきた前駆がそう答える。

「あの、瑠璃姫を負って塀を乗り越えて、とか……？」

右近がまたそう口を出したのも、前駆は退けた。

「この屋敷の塀は、頑丈に、高く作られておりますから、できるはずがないでしょう」

そうだ、いかに小さな瑠璃の体であろうと、背負ったまま塀を乗り越えられる者がいるとは思えない。

「では、瑠璃はどこに消えたのだ？」

瑠璃が今、どこで何をしているのか。道長は体の奥を、冷たい手につかまれたような気がした。深窓の姫を連れ出した者が、何もしないでいるとは思えない。

今頃、あのか弱い瑠璃がどんな目に遭っているか、考えるだけで、道長は怒りで気を失いそうになる。

道長が、一年間も待ったというのに、その結果がこれか。何不自由ない暮らしをさせてやり、大事に守ってやったあげくが……。

突然、激しい雨が降り出した。雨音だけが高い瑠璃の居間には、かすかに墨の匂いがただよっている。

「大殿、まことでございますか、瑠璃姫がかどわかされたと」

しばらくのち、驟雨（しゅうう）が去りかけた頃に乱れた足音とともに切迫した女の声がした。血相を変えて駆けこんできたのは阿手木だ。

「愚か者、そなた、何をしていた。なぜ、瑠璃姫についていなかったのか」

道長は怒りを爆発させる。

「申し訳もございませぬ」

阿手木はその場にひれ伏した。「はずせぬ用事を思い出しまして、少しだけお暇をいただきましたら、その隙に、このような……」

「瑠璃姫をさらうような者に、本当に心当たりはないのだな」

「はい」

阿手木は悲しそうにかぶりを振った後、いてもたってもいられない様子で、また出て行こうとする。

「どこへ行く」

「このまま、ここで待ってはおられません。捜してまいります、瑠璃姫を」

雨がまだ降っていたが、引き止める気も失せていた道長は、阿手木をそのまま見送った。

こうしたかどわかしの場合、真っ先に疑われるのは新参の召使いだが、あの涙、動顛ぶり、あの女房に疑わしい点はなさそうだ。

道長は、がっくりとその場にすわりこんだ。

十　真木柱

（巻の名は、玉葛の結婚相手、髭黒大将の娘が屋敷を去るときに詠んだ歌による）

〈玉葛は、結婚相手の髭黒大将を気に入っていないが、光源氏は今さらどうしようもないと玉葛を慰める。髭黒は先妻を追い出す形で玉葛を屋敷に迎え入れる〉

阿手木は、夜の道を駆けていた。

瑠璃姫がいない！　とんでもないことが起きてしまった。煙のように忽然（こつぜん）と消えた、大切な姫君。この一年で、瑠璃姫は、阿手木にとっても大切な人になっていたのだ。

——それもよりによって、こんなときに。

阿手木が、ほかにどうしようもなくて瑠璃姫を置いて外へ出た、そのときを見計らったかのように。いったい、何が起きたというのだろう。

たしかに、いずれは瑠璃姫を釣り殿の外へ連れ出すはずだったのだ。そのために、阿手木は御主と和泉の君に言い含められ、東三条院南殿へ乗りこんだ。瑠璃姫を守るために。

服喪の間は道長大殿も無体はすまいが、それもいずれは終わる。そのあとはどうすればよいのか、御主の指図を待ちながら、阿手木自身も頭をひねっていたところだったのだ。

——でも、今日がその日になるなんて、全然思ってもいなかったのよ。


今日は思いもよらないことばかりが起きた。そもそもの始まりは、つい半刻ほど前のことだ。

今日に限って、来るはずのない人物が新しい写本を届けに来たのだ。

「阿手木、誰やらあなたのところに人が来ておりますよ。子どものようなので、怪しい者ではないと思い、通しましたが」

右近にそう言われても、初めは本気にしなかった。この釣り殿に阿手木を訪ねる者など、いないはずではないか。だが、本当に現れたのだ。小柄ながら、父君譲りの、背筋の伸びたきれいな後ろ姿。母君自慢の、長い黒髪。阿手木が見間違えるはずがない、その方は……。

「賢子姫！　なぜここに」

「母上の物語を届けに来ただけよ。あたしがうちで書写した分を、持ってきただけ」

賢子姫は生意気な口調で言う。どうせ叱られるのだろうけれど、でも叱られることなど何もしていないように見せていればなんとかなるかも。そう強がってみせるときの、いつもの表情だ。

「いつもなら、小仲に届けさせておいでじゃありませんか。どうして今になってご自分でなんて……」

姫君というものは、みだりに外出をしないものなのだ。たしかに賢子姫の懇望に負け、阿手木は初目見えの際に、一度この釣り殿まで連れてきたこともあった。でも、早々に堤邸に帰した。賢子姫が、阿手木の使う女童と見られるなんて、とんでもない。

さあ、これで阿手木がどんなお屋敷に住まうことになるのかおわかりになったでしょう。ですから、堤邸でおとなしくお留守番をなさっていてくださいね、母上のお言いつけなのですから……。

そう、よく言い聞かせてきたのに。

「どうして、おうちでおとなしくなさっていないんですか」

「あたしだって、少しは外に出てもいいじゃない」

「とんでもない。よい姫君というものは、軽々しく外出をしないものです」

「あたしは、そんなによいおうちの姫君じゃないわ」

「そんなわがままを……」

玉葛の物語の写本作りは、ずっと三つの場所で行われてきた。彰子御所で御主が書いた本を阿手木が出向いて受け取り、東三条院南殿の釣り殿へ持ち帰る。一度阿手木が御主の局にいるところに大殿がやってきて、阿手木はあわてて逃げ出したことがあった。阿手木の顔を知る大殿に、御主との関係を見破られてはいけない。用心の足りない右近は、御主に従って細長を持ってきたときの阿手木などまるで覚えていなかったが、大殿を見くびることは禁物だ。

さいわい、御主が大殿を引き留めてくれたのだろう、大殿が受け取った『胡蝶』巻を持ってこの釣り殿へやってくる前に、阿手木は何食わぬ顔をして戻ることができた。

さて、物語のほうは、釣り殿で阿手木と瑠璃姫が一部ずつ書写する。写本づくりをはかどらせたいなら、最初のうちに書写する人間を増やすことが一番だ。そこで御主と阿手木が思いついたのが、瑠璃姫に写本を手伝ってもらうことだったのだ。瑠璃姫の手蹟も上達するし、退屈もまぎれるだろう。この釣り殿なら、余人は立ち入らないから、不用意にのぞき見されることもなくて安心だ。瑠璃姫も喜んで承知してくれた。

ただ、瑠璃姫が誰よりも早く玉葛の物語を読んでいることは、決して右近に悟られてはならない。瑠璃姫と彰子御所に深い結びつきがあると、道長大殿に気づかれてもならない。だから、最初は右近に書写しているところを見られないように気をつけていた。だが、阿手木はすぐに気づいた。

右近は、老いのためか、字がよく読めなくなっているのだ。物語を読み聞かせられないというのも、声がどうのという理由ではなく、ただ、題字ほどの大きさならともかく、細かい文字が読めないからなのだ。右近はそのことをひた隠しにして、誰にも悟られていないと思っているけれど。ご自分でお読みくださいと勧めると、廊へ下がって読むふりをするが、それも見せかけで、たいていの場合はうたたねをしていたものだ。

それからはずっと気が楽になり、瑠璃姫と二人で写本に精を出せるようになった。

そうやって釣り殿で作られた二部の写本の内の一部と元の本は阿手木が御主に返し、もう一部は堤邸の賢子姫に届ける。賢子姫は自分でも一部を書写して、それを堀河院に送る。熱心な読者、元子女御と小侍従のために。小侍従がさらに書写し終わったころを見計らい、阿手木が賢子姫の写本を受け取りに行く。あとは暇の許す限り、瑠璃姫と写本づくりを続けるだけだ。

釣り殿へ使者を来させるわけにはいかない。門には警護の侍がいるし、右近も目を光らせている。釣り殿から瑠璃姫が出ることも許されない。だが、侍女の阿手木が用足しに出るのは当たり前のこと、寺社への物詣でなどと名目を立てれば右近は何も言わない。

そうやって、彰子御所から釣り殿へ、釣り殿から堤邸へ、堀河院から釣り殿へと、阿手木はせっせと物語を運んだ。ただ、堤邸から堀河院への受け渡しだけは、小仲に任せた。堤邸の賢子姫と堀河院の小侍従の両方が承知していれば、それで何も困るようなことは起きないはずだった。

ところが今日は、元子女御が賢子姫を呼んだのだという。それも、たまたま小侍従が、ここしばらくは実家へ戻っていて堀河院に不在という時に。

「元子女御が、賢子姫を呼ばれたというのですか？　そんな、元子女御がどうして賢子姫のことをご存じなのです」

堀河院と堤邸との間の物のやり取りは、当然、阿手木と小侍従の間でということで、誰もが了解するはずなのだ。二人は十何年来の友人なのだから。

だが、賢子姫宛てに堀河院から、元子女御から呼び出し？

「怒らない？　阿手木」

賢子姫が上目づかいにこちらをうかがっている。

「ええ、正直にお話しくだされば、怒りません」

そう、落ち着いて、落ち着いて。ここで居丈高に叱ろうとしたら、本当のことが聞き出せなくなってしまう。

「この頃あたし、堀河院に源氏物語を小仲が届けるのに、いつも一緒にお手紙を添えていたの。あちらでは、今は女御様ご自身がお読みになるのがわかっていたから」

「女御様へお手紙ですって?」

なんてことを思いつく姫なのだ。

「あら、たいしたことは書かないのよ。玉葛はすてきですねとか、光源氏の子息の夕霧はりりしいと思いませんかとか、そんなこと」

「それで、元子女御もご返事を?」

「ええ。時々は」

賢子姫はすねたように口をとがらせる。「だってあたしも元子様も、毎日退屈なのですもの」

本当に、思いもよらないことをやってのける女の子だ。

「それで、賢子姫お一人で、堀河院に行かれたのですか?」

そんなことは、とんでもない。阿手木は震えあがった。大事な姫を。もう日が暮れるというのに。

「賢子姫、まさか、歩いておいでになったのではないですね?」

「ええ、うちから車に乗ってきたわ」

「小仲がお供をして、ですか?」

「ええ、堀河院のところまで車で連れてきてくれたの」

――ああ、よかった。

阿手木はひとまず胸をなでおろした。小仲が一緒というなら、姫も、それほど無茶をしたわけでもないのだ。

だが、すぐに次の怒りが湧き上がってきた。

どうして小仲は阿手木に一言の断りもなく、そんなことを……。

阿手木の狼狽を知っているくせに、賢子姫がすまして言う。

「阿手木、それよりも、この写本はどうするの」

「ああ、そうでした」

とりあえず、阿手木は物語の入った箱を瑠璃姫のもとへさしだした。この箱に物語を入れるようになって、もう二回ほどだろうか。なじみになった、異国の墨の匂いもする。以前に李墨の入っていた箱だからだ。彰子様から御主がいただいたもので、墨はみんなでありがたく使わせてもらっていた。そして、空になった箱も大変便利なのだ。しっかりした作りで、しかも、どこに仕かけがされているのか見ただけではわからないが、箱の蓋を少しずらしてからでなければ開けられないのである。そういうからくりが施されているのだ。

人にまだ読まれたくない源氏物語の写本を入れるのに、こんな重宝なものはない。

だが、阿手木はちょっと目をみはった。今まではただの白木の箱だったのに、今は蓋の裏に、根元で二股に分かれた松の絵と、一首の歌が書いてある。あまり上手な手蹟ではない。

我が見ても　久しくなりぬ　住之江の　岸の姫松　幾夜へぬらん

これはたしか、古今集の歌。

阿手木は顔を上げて賢子姫を見た。

「この歌を書いたのは賢子姫ではないですよね？」

「ええ、あたしがさっき受け取ったときにはもう書かれていたわ。ちょっと、間違っているわよね。松が歌に詠みこまれているのだから、『いくよ』は松の縁語として『幾世』とするのが本当よね」

「ええ、そうですが、それよりも、この箱を賢子姫が受け取ったとおっしゃいましたね。どこでです」

七日ほど前、阿手木と瑠璃姫が最新の『藤袴』巻を書写していつもどおりに堤邸に送ったときには、蓋の裏には、まだ何も書かれていなかったのだ。

「堀河院からよ。今、寄ってきたところだもの」

「はあ、つまり賢子姫が堀河院へ持って行って、そのままここへも持っていらしたと」

ふと、横を見ると、瑠璃姫が賢子姫の手元をじっと見ている。そして、静かにたずねた。

「では、この歌は、堀河院にいる誰かが書いたのね？」

「ええ、そうだと思います。ただ、元子女御様の手蹟でもないですよね」

賢子姫が朗(ほが)らかにそう答える。「堀河院に新しく来た、家人だと思いますけど」

「家人？」

「ええ、そう言われて……」

阿手木は気もそぞろで、そんな話を聞いていた。とにかく、早く賢子姫を堤邸に返さなくては。堤邸の留守居役、各務(かがみ)にも言っておきたいことがある。ああ、小仲はどこ？

「堤邸に帰りますよ、賢子姫」

阿手木は賢子姫の手をつかんで、庇の間をのぞく。右近は昼寝の真っ最中だった。その右近を起こしてそそくさとことわりを入れ、瑠璃姫に向き直る。

「瑠璃姫、申し訳ございませんが、わたくし、こちらの姫をお屋敷まで送り届けなければなりません」

まだ箱を見つめていた瑠璃姫は、顔を上げてにっこりと笑いかけてくれた。

「ええ、行っていらっしゃい」

阿手木はなおも賢子姫の手を引きながら門まで急いで出ていった。賢子姫が門番にしおらしく挨拶するのも急き立てて、街路へ出る。雨になりそうだ。

そのまましばらく足早に歩いてから、阿手木は大きく安堵の吐息をついた。少し離れたところに、頼もしい小仲が人待ち顔で立っているのが見えたのだ。その向こうには車もある。

「小仲。よかった……」

「どうしたって言うんです」

ただならぬ顔の阿手木に、小仲のほうが戸惑い顔になった。

「どうしたって、いきなり賢子姫が現れるじゃない。あたしはもう、びっくりして」

「え？　堤様が、賢子姫に釣り殿まで来るようにって、お話しになっていたんじゃないんですか？　車で乗りつけては見とがめられるかもしれないから、車は堀河院の近くに停めてって、細かいご指示まで……」

小仲が負けず劣らず驚いた顔になる。「だから、おれは全部堤様のお指図だとばっかり……」

「誰にそう言われたの？」

小仲はうつむいて答えなかったが、首をすくめた賢子姫を見れば、一目瞭然だった。この姫が小仲を言いくるめたのだ。

「姫。お話がたくさんありますよ」

ここで賢子姫を車に乗せて、堤邸まで帰せばいいというものではなさそうだ。雷がどんどん近づいてきていることでもあるし。

そこで阿手木は車中賢子姫に説教しながら無事に送り届け、また小仲に送られながら、歩いて釣り殿へ戻ってきたというわけだが……。

あの、たった半刻ほどの間に、瑠璃姫がいなくなってしまったとは。

この一年ほどの思い出が、とぎれとぎれによみがえる。

手習いをする瑠璃姫。

物語を読む瑠璃姫。

玉葛の息の詰まるような境遇に憤慨する瑠璃姫。

──どうして女は、こんなふうに閉じこめられてしか、生きられないのかしら？

あのとき、阿手木は慰めたものだ。

──たとえ閉じこめられているとしても、でも、思うことは自由です。姫様は、きっとこれから、どんなふうにも、なれますとも。

後ろから、何者かの足音が追いついてくる。阿手木はぎくりとして立ち止まったが、すぐに安堵の息をついた。

「……小仲」

「ああ、よかった」

小仲は、汗びっしょりだ。「追いかけて来たんですよ。堤様が走っているのが見えたので、堤様に何かあったらどうしようかって、心配しました。ほら、このところ火事が多いし。なのに堤様の走るのが速くて、なかなか追いつけなくて」

「あたしなんかより、瑠璃姫を捜して」

阿手木は息を切らしながら、そう抗議すると、小仲はきょとんとした顔になった。

「瑠璃姫って、あの……」

「あたしがいた釣り殿の、姫君よ。ああ、でも、小仲は顔を見たことがないわよね。じれったいったら」

だが、小仲はあっさりと言った。

「そのお姫さんなら、もう向こうの屋敷へ入りましたよ」

「向こうって……」

「ほら、堤様のお友だちの小侍従って人のいる……」

「堀河院のことね？」

阿手木は小仲の腕をつかんだ。「瑠璃姫は、ご無事なのね？」

「え、ええ」

小仲がたじろいでいるが、それどころではない。

「それにしても、どうして堀河院なんて、あんなところに？」

「ああ、堤様は、知らなかったんですか。さっき堤様が賢子様を送ってから戻ってきて、釣殿へ入ったでしょう。それで、おれも帰ろうとしていたときです、もうおれも用はないと思っていたから。そこに……」

黒い人影が東三条院の塀を乗り越えているのが見えたのだという。

「びっくりしましたが、とにかくそっと近づきましたよ。曲者（くせもの）がお屋敷に入りこむところだとばっかり思ったんです」

だが、すぐにわかった。その人影は、屋敷から出てくるところだったのだ。おまけに、髪が長い。なおも用心しながら近づくと、何とそれが……。

「瑠璃姫だったというの？」

にわかには信じられない。

「だいたい、どうしてそれとわかったの？」

「ご自分で名乗りましたから。瑠璃という名だと」

――それであなた、今、東三条院南殿のところから出てきたわよね。阿手木のところの家人なのね？　さっき、堤邸の姫が話していた人なのね？

「そこまで言ってくれたから、本物だとわかったんです。おれにも見覚えのある箱をつかんでおいでだったし。ほら、写本を入れているのにお使いの箱です」

「なら、本当に瑠璃姫だわ……」

そうだ、南殿へ入ってきた怪しい車も馬も人もなく、人を背負ったまま出ていくことも無理だとしても、一人で出ていくのなら、可能ではある。阿手木が大殿のところに駆けつけるまでの間は、ひょっとするとどこかの木の上でも捜索する人々をやり過ごしていたのだろうか。塀の上によじ登れるなら、そのくらいできるはずだ。人々はまさか瑠璃姫がそんな真似をするとは夢にも思わない。

「小仲がそこに居合わせてくれてよかったこと」

どこへ行くおつもりなんです、小仲が仰天しながらそうたずねると、瑠璃姫は息を切らしながらこう答えたという。

――あなたを、塀の陰でずっと待っていたのよ。ね、堀河院って、どこか知っている？

――はい。

——じゃあ、そこへ連れていって。今、出て行くのが一番いいの。

「一番いい？　それ、どういう意味？」

「『抜け出すときに阿手木がいたら、あとで手引きをしたのだろうと疑われる。だから、ちょうど阿手木が釣り殿にいない今が、一番いい』。姫さんはそう言って、さっさと走り出そうとするんですよ。それで、とにかく放っておけないから、歩いてお供してお送りしましたよ。堀河院へ」

「いきなり、堀河院へ？」

「堀河院のご主人がきっとかくまってくださるから大丈夫なのって言ってました」

ご主人。まさか、非常識で有名な右大臣のはずはないから、きっと元子女御のことだ。

今まで、おとなしいだけの女人とばかり思っていた元子女御が、突然意外な人物に見えてきた。

思いもかけないことに、賢子姫と文通までしていた堀河院の女主人。日陰者の女御。

いったい、元子女御はどこまで関わっているのだろう。

今までずっと、阿手木がこのたくらみを動かしていると思っていたのだ。瑠璃姫はほかに頼れるところを見つけるまで、道長大殿の手の内にいるしかない。だからその間に、取り返しのつかないことが起きないようにと、阿手木は御主と和泉の君に仰せつかってきたのだ。

瑠璃姫を守るようにと。

さいわい、堤邸に心配なことはない。賢子姫はしっかりしてきた——と思っていた——し、阿手木の子の岩丸にも各務という乳母がいる。

それに、ずっと堤邸を切り盛りしてきた阿手木にとって、釣り殿での暮らしは面白かった。気の利かない、無粋な女を演じるのも。また、道長大殿ときたら、女は誰でも言うことを聞くと思いこんでいる男にありがちなことに、てんで不器用で見栄っ張りで、女心をとろかしたりなんてできない。しかも、阿手木のような使用人には注意を払わないから、大殿が瑠璃姫に迫るのを邪魔するのも簡単だった。注目されない阿手木は自由に動けた……。

だがそこで、阿手木はまた腑に落ちないことを思いついた。

「だって、瑠璃姫はご自分の足で歩けるの？」

外の風に当たっただけで病気になるような、弱い姫だと、右近からもずっと言い含められていたのに。

「ええ、こんなに近い場所じゃないですか。ほら、堤様だって歩いているくらいで」

「あたしは使用人の身分だもの。自分の足で歩いてどこかへ行かなければならないことだって、たくさんあるわ。でも、瑠璃君は深窓の姫なのよ」

「それでも元気に歩きましたよ。でも、そうですね、たしかにお姫さんらしくはなかったですね」

「まあ、いいわ。あとは瑠璃姫ご本人にお聞きするから。堀河院の元子女御のところにおいでなのね」

うなずきかけてから、小仲ははっとした表情になった。

「そうだ、堤様、今度は堀河院が大変なんです」

阿手木も血相を変えた。

「瑠璃姫が堀河院の誰かに見つかったの?」

「いいえ、そうじゃなくて、でも、家中の者が騒いでいるんです。女主人の女御が、男を引っ張りこんでいるところを大臣に見つかったって」

阿手木は思わず、小仲をにらみつけた。

「言葉に気をつけなさい。何です、その言いようは」

「でも本当のことですから」

「馬鹿を言わないで。あの元子女御が、そんなはしたない……」

そこまで言ったところで、阿手木は気づいた。

「まさか……」

そう、ありえないことではない。そう思ったのはもちろん、遅まきながら、あの頼定卿の顔が浮かんだからだ。

「だって、おれはこの目で見たんですから。女御様の寝所の御簾をくぐって、殿方が縁へ出てきたところを」

阿手木は頭が痛くなってきた。

「どうして今夜に限って、こんなにいろいろと起こるの?」

「とにかく、堀河院に行ってみてくれますか。おれじゃ、お部屋の中まで入れないから、様子がわからなくて」

「そうね、行きましょう。あたしも瑠璃姫をこの目で見るまでは安心できないわ」

阿手木は息を整えると、今度は用心深く歩き出した。雨は上がり、夜風が冷たい。

でも、なぜ、今日だったのだろう？

改めてその疑問が浮かんできた。

この一年、まったく外に出ることもなかった瑠璃姫が、今夜釣り殿を抜け出したのには何かきっかけがあるはずだ。

まさか、御主？

一瞬そう考え、すぐに首を振る。御主香子が、阿手木にそんな隠し事をするわけがない。

「お姫さんに聞いてみればわかりますよ」

二人は、堀河院の北門に着いていた。

小仲が勝手知ったる者という仕草でくぐるのに、阿手木も続く。毎度のことながら、この屋敷には警護の侍もいない。

だが、たしかに屋敷の内はざわついている。

「小侍従は、まだ堀河院にはいないのよね」

「はい」

何か合いすぎている気がする。

賢子姫の行動、元子女御の行動、瑠璃姫の行動。

「まあ、いいわ。とにかく、堀河院の騒ぎがおさまるのを、見届けないと」

案に相違して、堀河院の邸内で愁嘆場が起きているという様子ではない。ただ、屋敷全体が浮足立っているという気配はあった。

元子女御の対とは反対側から、声高な男の声が聞こえてきたので、阿手木はそちらへ足を向けて、木陰からのぞいて見た。小仲もそれに倣う。

「いったい、どういうことなのだ」

濡れ縁に仁王立ちになり、ふっくらした色白の顔に血を上らせて問い詰めているのは、以前にもこの屋敷で一度見かけたことのある貴公子だ。

「あれは、こちらの中の姫の……、元子女御の妹君のところに通っていらっしゃる殿方よね？」

阿手木がそっとささやくと、小仲も声を潜めて答える。

「はい、何でも、今の帝の皇子だとか」

右大臣が、その貴公子の前に這いつくばっている。

「大事ではございませぬ。とにかく、敦明親王様にはお静まりを。延子が、お待ちしておりますゆえ」

「気がそがれた。それもすべて、右大臣、そなたのせいだぞ。あのようにわめき散らすそなたがいる屋敷で、恋など語れるか」

「はい、わたくしのその失態は重々お詫びつかまつります。今は何とぞ、延子のところへ……」

どうにかその敦明親王を座敷へ追いやって、右大臣がくどくどと文句を言っている。

「なんということだ。元子女御ともあろう方が、あのような不埒男を近づけるとは。もってのほかではないか。こんなことで、今上や、敦明親王のご機嫌を損じたら何とする。これからは、今上のお血筋こそが貴くなるというのに」

老いた大臣をそっとやりすごして東の対に行くと、元子女御のお部屋は静かだった。

何よりもまず、御簾の前にすわる瑠璃姫の姿が目に入り、阿手木は安堵の息をついた。くたくたと膝の力が抜ける。

「瑠璃姫、ご無事でしたか……」

「ごめんなさいね、阿手木」

瑠璃姫は無事だった！　それどころか生き生きとした顔をしている。

「そうですよ。まったく、どんなに心配したことか……」

「でも、これでわたしはやっと釣り殿を抜け出せたのよ」

「そんなことより、お体は大丈夫なのですか」

阿手木は瑠璃姫の手を取った。「ご気分が悪いことはないですか？　お熱は？」

瑠璃姫は決まり悪そうに手を引っこめた。

「……怒らない？　阿手木」

「はい」

何だか、ついさっきも誰かに同じようなことを聞かれた気がするが、それはまあ、いい。

「あのね、わたし、そんなに病弱ではないの。あの釣り殿にいて一番気分が悪かったのは、思うように外を歩いたり、風に当たったりできないことだったけど、そのほかには別に……」

「え？　だって、瑠璃姫は風にも耐えぬ弱い方だと、あたしはずっと大殿や右近に言い聞かせられていて……」

「そうすれば、大殿は無体なことをしないでしょう？　だから、弱々しく見せておくに限るって……」

そこまで聞いて、阿手木ははたと思い当たった。

「……というふうに、瑠璃姫に吹きこんだお方がいたのですね」

「ええ」

瑠璃姫が首をすくめる。阿手木は怒る気もしなくなっていた。

「まったく、御主ときたら。あたしにも隠しているなんて」

「あ、式部の君というより、和泉の君よ、わたしにその知恵を授けてくれたのは」

瑠璃姫が小さな声で訂正する。「わたしに何よりも必要なのは、そうやって男をおろおろさせる手管(てくだ)ですって」

「手管！　いけません、瑠璃姫！　よいおうちの姫君が、何という言葉をお使いになるんですか」

いつもの癖で、阿手木はつい説教がましくなる。

「だって、和泉がそう言ったのだもの」

阿手木は急に馬鹿らしくなってきた。

「まあ、いいです。和泉の君のお指図なら、あたしがとやかく言うことではありませんし」

「ほら、それに、わたし、阿手木にも病弱な姫でいないと、とても一年間、そんなお芝居は続けられないもの。わたしがそう言ったら、そこのところには、式部の君も賛成してくださったそうだわ……あ」

「ほらね」

阿手木はため息をついた。「やっぱり、あたしの御主もご承知の上だったんじゃありませんか」

「あ、それからね」

瑠璃姫はまだ首をすくめたまま、おずおずと言い足す。「式部の君はこんなことも言っていたそうよ」

「まだ何かあるんですか?」

「最後には、阿手木にも隠し事をしていたのが知れるでしょうけれど、阿手木ならきっと許してくれるから大丈夫。とても心の広い女ですから、って」

「あああ、わかりました。どうとでもおっしゃってください」

まったく、御主たちにはかなわない。

阿手木の機嫌が直ったのを瑠璃姫は敏感に悟ったらしい。瑠璃姫はまたにこにこ顔に戻った。

「それにしても、こんな騒ぎになるとは思いもしなかったわ」

「そうでした」

阿手木ははっと思い出した。「このお屋敷で、大騒ぎになったそうですね？」

「ええ。ことの起こりはわたしなの、だから申し訳なくて。けれど、元子女御様はかまわないっておっしゃるの」

瑠璃姫が御簾を見る。阿手木は顔を赤くした。今阿手木が騒いでいたのを、御簾の奥で元子女御はずっと聞いていたのか。貴婦人らしく、おしとやかに、身じろぎもせずに。

「女御様、数々の失礼、申し訳ございません」

今さらだが、阿手木は平伏してあやまった。

「かまいませぬ」

御簾の向こうから、ちょっとくぐもった声が聞こえた。阿手木はさらに頭を低くした。

「そして、瑠璃姫をおかくまいくださいまして、ありがとうございます」

そう、とにかくこれで、瑠璃姫は釣り殿を出られたのだ。

「いいえ、こちらこそ。今夜、ようやくわたくしの思いを父上に知っていただけました」

御簾が動いた。女御の意図を察した瑠璃姫が御簾を上げる。現れた元子女御の姿を見て、阿手木は絶句した。

「女御様、そのお姿はいったい……」

元子女御の豊かな黒髪が、肩のあたりでばっさりと切られているではないか。女御は泣いていたような赤い目で、それでも気丈に説明を始めた。

「父上が、わたくしに尼になれとおっしゃって、このように髪を切ってしまわれて……」

「そんな、無体なこと！」

小仲は、元子女御が殿方を近づけていたところを父親の右大臣に見つけられたと言っていた。だが、それが本当だとしても、いきなり娘の髪を切るなんて、あまりにも乱暴すぎる。女の容姿の、第一の条件は丈なす緑の黒髪ではないか。そんな、女たちの自慢の種を無残に断ち切るなんて、父親のすることではない。

だが、元子女御は毅然とした口調を崩さなかった。

「よいのよ、これでわたくしも決心がつきました。それに、頼定卿は、こんなわたくしでもよいとおっしゃってくださるの」

阿手木は大きく息をついた。

「頼定卿。やはり、頼定卿でしたか……」

堀河院の広大な庭の片隅の、雨が乾きかけた松の木の根元に、あの頼定卿が腰をかけていた。

「頼定卿……」

阿手木は駆け寄った。この一年間に、何度もお目にかかっているから、もう臆すこともない。

「おお、阿手木」

頼定卿は、朗らかな顔で手を上げた。「わしはここにいないことになっているのだ。右大臣殿に怒鳴りつけられて、こそこそと逃げ出していったとな。だがまあ、男として、元子殿に今晩これ以上つらいことが起こらぬかどうか、それは見届けぬとならぬからな」

阿手木は頼定卿の前に膝をついた。

「どうして、あんなことになったのです？」

「そもそもは雷のせいだな」

「雷？」

「それで、右大臣殿は、元子殿の居間へお見舞いに来られたわけだ」

――女御、どうなされておる。雷が恐ろしくはないか。

もともとせっかちな右大臣は、少しは遠慮すればいいものを、ずかずかと居間に入りこみ、さらに元子女御のいる奥へと、境の御簾を引き開けようとしたのだという。

ふつうの時なら、それほど困ることでもない。だが、そこには、逃げこんできたばかりの瑠璃姫がいたのだ。もちろん、右大臣に瑠璃姫の姿を見つけられてはならない。

この女は誰じゃ。

右大臣のこと、あたりかまわずそう騒ぎ立てるだろう。同じく御簾の中にいた頼定卿も、どうしたらよいか、とっさには思案に余ってしまった。

そのとき、元子女御がいきなり頼定卿が持っていた扇をひったくって、御簾の下から外に滑らせたのだという。

――ん？　何じゃ、この見慣れぬ扇は。男の持ち物ではないか。

右大臣は引っ張るが、御簾の内で元子女御が飾り紐を放さないため、すぐには取れない。その隙に、瑠璃姫は身軽く隣室に逃げ出し、かわって頼定卿が御簾に近寄った。ちょうどそのとき業を煮やした右大臣が御簾を押し上げ、その頼定卿と顔を突き合わせた……。

阿手木は、またため息をついた。

「それは、大変なことに……」

「何、わしは今さら、このくらいの悪評を何とも思いはせぬ。それに、これでようやく、瑠璃姫に合わせる顔ができたというものだ」

「はあ……」

「ま、ともあれ、このお屋敷に瑠璃姫はいぬほうがよいから、わしがお連れする」

「はい、瑠璃姫もそのおつもりで、今、元子女御がお仕度の世話を焼いておいでです」

「では、待つとしよう」

頼定卿はさっぱりした顔をしている。

「頼定卿、これでよろしかったのでしょうか」

「そうさ。終わりよければすべてよし、と言うではないか」

「いえ、でも、瑠璃姫はともかく、元子女御にはお気の毒な……」

「元子殿がよいとおっしゃるのだ、よかろう」

頼定卿の横顔に、阿手木はそっと言った。

「先ほど、瑠璃姫がお話しくださいました。なぜ今夜突然に、釣り殿を出る決心をしたのかを」

頼定卿が、やさしい目で笑った。

「そうか」

あの、箱の蓋の裏に書かれた歌。

幾夜へぬらん。

「ああして、間違えてあの歌を覚えていた人を、瑠璃姫は知っていたのだそうですね」

昔、その人と二人して、仲良く手習いをさせられたのだそうだ。二人とも得意ではなかったが、特にその人はいろいろな書き間違いをして、もっと幼いころには「住之江」を「墨の絵」と思いこんだりもしていて、瑠璃姫はそれを笑ったものだった……。

「その人こそを、瑠璃姫は待っていた。その殿方が、大宰府から出てくるのを」

大宰府の下級官人なのだという。役目があるから、いくら望んでも、自分の勝手で京に上ることは許されない。その殿方が公式の使いとして上京を命じられるまで、その殿方も、待つしかなかったのだ。一年待てば。一年に一度か二度は、上洛の機会があるはずだ。

「歌を間違えて覚えているというだけなら、待ち人とは限らないかもしれない。でも、瑠璃姫には、確信があった。あの蓋の裏に書いてあるのなら、ほかの人とは考えられないから」

からくりを知らなければ開けることのできない箱。この国にはない、舶来物だと、阿手木の御主が教えてくれた箱。宮中へさしあげるべき唐物として運んできたのは大宰府の役人のはず。

「すべてがその、大宰府からやってきた、瑠璃姫の待ち人をさしていたのですね、頼定卿」

そう、頼定卿は知っている。頼定卿こそが、ことを進めてやった張本人なのだから。便利な箱のことを知った御主と阿手木が、その箱を、源氏物語を運ぶのに使うようになった。一方、数日前から、問題の殿方は頼定卿の引き合わせで堀河院の元子女御のところに身を寄せていた。

もちろん、隙を見て、瑠璃姫を連れ出すためだ。だが、瑠璃姫に知らせる方法がない。番人である右近に悟られてはならないから。

そこで、頼定卿に相談を持ちかけられた元子女御が、堤邸の賢子姫を呼び出した。

――新しい巻の書写が終わったら、いつものように使いに届けさせるのではなく、この屋敷にいらっしゃいな。一度あなたとお話ししたかったのです。

賢子姫なら喜んで飛びつくに違いない、と元子女御にはわかっていたのだろう。そして、思ったとおりに賢子姫がやってくると、持ってきた箱にその人が歌を書いた。箱の蓋の裏に。

――さあ、賢子姫、これを東三条院南殿へ届けてくれるかしら。

「堤邸の姫君には悪かったな。一役買っていただいてしまった。だが、堀河院から釣り殿へ、使者を出すわけにはいかないからな。左大臣殿に気取られてしまう。もともとかわいい少女と文のやり取りを始めたときには、元子殿にもそんなつもりはなかったのだが」

「おかげで、わたくしが賢子姫を送ろうと釣り殿からいなくなったために、よけいに瑠璃姫を逸らせてしまって……」

「そんなことはない。阿手木が瑠璃姫のそばに張り付いていたなら、瑠璃姫は何か口実を作って、阿手木をどこかへ追い払っていただけだろう」

「追い払うなんて」

　阿手木は口をとがらせたが、腹は立たなかった。

「瑠璃姫は、わたくしのような者のことまで、そんなに考えてくださって」

「阿手木には一年、世話をかけ、はげましてもらったではないか」

「それで、相手の殿方はどんな方なのです」

「たいした身分ではないよ。ただ、わしとも、まあ、血のつながりはあるな」

　頼定卿は笑顔のままで答えた。「わしの祖父様（じい）が大宰府へ流されて間もなく、土地の女に産ませた姫の、忘れ形見だそうだ」

「ああ、そうだったのですか……」

　頼定卿の祖父君と言えば、藤原摂関家との権力争いに敗れ、大宰府へ左遷された源高明（たかあきら）大臣だ。かの地で女性と交渉を持つことも、当たり前だろう。そして姫君が生まれた。遠隔の地へ流された貴人には、これもよくある話だ。高明大臣は数年後に許されて都へ戻ったが、その姫君は母君とともに残されたのだろう。

「その殿方も、まるで、瑠璃姫そっくりのご境遇ですね」

「だからこそ、あの二人は心が通じ合えたのだ。有国の任明けに従って一度は二人とも上洛したが、男のほうは役目とあれば、また大宰府へ戻らねばならない」

「どのようなお役目の殿方なのです？」

「左大臣殿なら、吹けば飛ぶような男と言うだろうさ。だが、思い合う二人が結ばれるなら、それにまさるものはないだろう」

「ええ」

二人はしばらく黙った。と、頼定卿がまた口を開いた。

「ずっと、綏子殿のことを気にかけていた。もっとお幸せになれるはずの、何不足ない女人だったのだ。それがあのような……。だから、そう、これはその罪滅ぼしかな」

阿手木は、綏子尚侍のことで、以前に御主が教えてくれた話を思い出していた。

手が紫色になるまで、言われた通り、一言も文句を言わずに氷を手放さなかった綏子尚侍。あとでお相手の殿方——今上帝——は、こう評したそうだ。

——いじらしいとも言えるが、あそこまで従順では、度が過ぎて疎ましい。

どちらも悪くなくても、ただ「合わない」ということはあるのだ。男女の仲だもの。

「綏子殿に教えられたのさ。女人の願いは、かなえてさしあげねばならぬと。だから、元子殿が今夜、わざとことを露見させたのを、止めようとは思わなかった。元子殿のこれからのことなら、わしがすべて引き受ける」

「右大臣様は、頼定卿など婿にできぬと、まだ怒っておいでですよ」

「でも、元子女御は当分、右大臣様に押しこめられそうですよ。それに、あの髪……」

「なに、髪などそのうちに伸びる。それに、早晩、右大臣殿のお怒りは冷めるだろう。とにかく、根気のないお方だからな」

頼定卿はのんきそうに伸びをした。

「そうしたら、元子殿が、右大臣殿の目の届かないところへ逃げる機会もあるだろうさ。そのころには、髪も見苦しくなくなっているだろう」

それから、頼定卿はいたずらっ子のような顔でにやりと笑った。

「阿手木はまだまだ知らぬだろうが、中年男というのは、しつこいのだ」

阿手木はどんな顔をすればよいのか、また困ってしまった。

「ほれ、そんな顔をするでない。女はにこやかなのが一番だぞ、阿手木。瑠璃姫も笑顔がかわいい。いや、しかし、瑠璃姫はよい娘に育ったな」

ようやくくすりと笑った阿手木に、頼定卿が照れくさそうな顔になった。

「そんなにおかしいか？」

「いえ、失礼いたしました。でも、頼定卿が、初めて父親らしいことをおっしゃったもので……」

「ああ、そのことだが」

さらに恥ずかしそうな顔になった頼定卿は、それから阿手木が仰天するようなことを言い出した。

しばらくのち。瑠璃姫と頼定卿の乗った車を見送った阿手木はぐったりと疲れていた。小仲が忠実にあとをついてくる。

「まったく、今日は、いろいろありすぎたわ」

「堤様、これからどうするんです？」

「どうしようかしら」

釣り殿に帰る必要はなくなった。もともとの役目——瑠璃姫の将来を安んじるという——は、果たせたのだから。まあ、瑠璃姫に関わることでは、左大臣や右近に知られたくないことはたくさんあるから、阿手木はまだ当面、女主人がいなくなって泣き騒ぐ侍女を演じなくてはならない。そうそう、最新の物語も誰にも気づかれないうちに隠したほうがよい。さっき、夢中だった瑠璃姫は、恋しいお方が歌を書いた箱は持ち出したものの、中の草子まで気が回らなかったそうだ。そのうえで、もっともらしい作り話をして、東三条院南殿との関わりを断つことだ。だが、今は、女主人を捜し求めて釣り殿に帰るどころではない、という女房でいたほうがそれらしく見えるだろう。

「どちらにしても、あたし、御主にはご報告に行かないと」

「じゃあ、皇太后御所に行けばいいですか」

「ええ、お願い」

御主と和泉の君のところで、まだ混乱している頭をゆっくり休めたい。

頼定卿が最後に言ったことは……、まだ話さないほうがよいのだろうか。

「とにかく、瑠璃姫はご自分の望みをかなえたのだものね。結局はこれでよかったのかしら」

「ええ、そうですよ」

「気安く言ってくれるわね」

「終わりよければ、すべてよし」

けろりとしてそう言った小仲は、阿手木にぎろりとにらまれて、首をすくめた。


ひと月後。今度は、元子女御が堀河院から失踪した。


都に戻ってきた小侍従が、堤邸に血相を変えてやってきたのは、その直後だ。

「阿手木、いったいどういうことですの？　どうして元子様は、堀河院から出て行かれたのです？」

「小侍従、落ち着いて」

阿手木はとにかく小侍従をすわらせ、水を一杯さしだした。

「もとはと言えば、ひと月前、元子女御のお部屋に頼定卿がいらしていたところから始まったのよ」

小侍従は袖で口を覆った。

「ええ……。その一部始終は聞きました。でも、頼定卿もうかつなふるまいはなさらず、ずっと慎重にしていらしたのに」

「それがあの日、大変な雷があって、右大臣様が元子女御のお部屋へ、お見舞いに来てしまったの」

阿手木は瑠璃姫のことには触れず、元子女御と頼定卿のことだけを説明した。

そして、ひと月ほどたち、右大臣の頭も少々冷えて元子女御を責めるのにも飽きたところで、元子女御は敢然と家を飛び出し、頼定卿のもとへ身を寄せたのだと。

——女人であっても思うままに生きてよいのだと、あの嵐の晩に飛びこんできた瑠璃姫が、教えてくれました。

元子女御は、頼定卿に、顔を上気させてそう打ち明けたのだそうだが、それも、小侍従には話さないでおこう。少なくとも今は。

混乱していた小侍従の顔が、だんだん落ち着いてきた。

「ね、阿手木、この歌を聞いたことがあるかしら」

小侍従が口ずさんでみせる。

つゆの身の　草のやどりに　君をおきて
塵をいでぬる　ことをこそ思へ

露のようなはかない身のわたしは、はかないこの世にあなたを置いて、濁世を去ることだけが気がかりです。

「それは……。知っていますとも。先の帝が崩御の直前に詠まれた歌でしょう」

「ええ、この『君』というのはどなたのことなのか、いろいろと取り沙汰されたでしょう。彰子様？　その御子たち？　先立たれていた定子様のお忘れ形見？」

「それは……、やはり彰子様ではないのかしら」

小侍従が少し悲しそうにほほ笑んだ。

「そんなことが世間で評判を取ったときにね、元子様がおっしゃいましたの。ぽつりと」

――どちらにしても、わたくしに詠んでくださったのではないわ。

阿手木は言葉に詰まった。

たしかに、阿手木も、万乗（ばんじょう）の君のこの哀切な歌を詠みかけられた相手として、元子女御を考えたことは一度もなかった。

元子女御だって、先帝のきさきだったというのに。

「もう何年も会うことすらかなわず、ご危篤と聞いてもお見舞いに行くこともできず、ついにそのまま死に別れてしまった帝ですもの、無理もないこと。元子様も、先帝をお恨みするようなことは一言もおっしゃいません。ただ……」

「ただ？」

「このような歌を、死出の旅路につく前にわたくしに詠んでくれる方、またはわたくしが先立つならば、詠みかけてから逝けるような方、そのような方に、この世にいるうちに巡り合いたい、と」

阿手木はまた返事ができなくなった。

自分を愛して、死別を悲しんでくれる相手がほしい。女として、当たり前すぎる、ささやかすぎる望みではないか。

「きっと、元子様はそのような方を見つけられたのです」

小侍従が悩みを消し去ったような顔で言い切った。

「だから、やはり、頼定卿とのことは、いずれ明るみに出る運命でしたのでしょう」

「ええ」

瑠璃姫のことを小侍従に話すかどうかは、元子女御や頼定卿にまかせよう。阿手木がまじめな小侍従を悩ませることもない。

そう、もう、瑠璃姫も元子女御も望んだ運命をつかんだのだから。

第三章　破

長和元(一〇一二)年十二月―長和四(一〇一五)年十一月

（三条院）御前なる氷をとらせたまひて、「これしばし持ちたまひたれ。まろを思ひたまはば、『今は』と言はざらむかぎりは、置きたまふな」とて、持たせ聞こえさせたまひて御覧じければ、（尚侍）まことに、かたの黒むまでこそ持ちたまひたりけれ。「（中略）あはれさ過ぎて、うとましくこそおぼえしか」とぞ、院は仰せられける。

（大鏡　太政大臣兼家伝）

一　猩々（しょうじょう）

（猩々：伝説上の動物。深い紅色の体毛と言われていることから猩々緋という色名ができた）


寒さが身にこたえるようになったころ、道長は、玉葛の物語の、新しい巻が流布（るふ）しているのに、ようやく気づいた。

身の振り方に迷う玉葛は、迷ったままでは終わらなかった。玉葛の賢い身の処し方をよしとして終わったかと思っていたのに、まだ続きがあったのだ。新しい巻『真木柱』の中で、玉葛は、光源氏が歯牙（しが）にもかける価値がないと見下していた男の妻となり、光源氏のもとを去ったことを悲しんでいた。

読んだとたん、大きな問いが道長の頭の中一杯にうずまいた。

――これは、本当にあったことなのか？

それは自然に、次の疑問へつながった。

――式部は、どこまで知って書いているのだろう。もしや……、もしや、瑠璃の行方を知っているということはないだろうか？

だが、そこまで考えてから、道長は首を振った。

いくら式部が怜悧（れいり）な女でも、そんなことはあるまい。昔物語にあるような女のかどわかし。それを予測など、できるはずがない。あんな人寂しい場所に瑠璃を置いておいたのがいけなかったのだ。

瑠璃のことを考えるたび、道長は悔いにさいなまれる。

――夕顔を死なせた光源氏も、同じ思いだったのだろうな。

だが、時がたつにつれ、人は忘れるものだ。どうしても手に入れられなかった、しかもろくに見ることもできなかった瑠璃のおもかげは、だんだん薄れていく。

やがて、風の噂だが、瑠璃も元気ではいるらしいということもわかってきた。

元気とは言っても、もう、道長の住む世界に入れてやることはできない身となって。

――どうやら、これだけの縁とあきらめるよりほかないようだ。かわいそうだが。

しかもそのころ、道長にとって、瑠璃どころではない大事が起きた。

妍子が、とうとう懐妊したのだ。

「でかした！　この日を待ちかねていたぞ、妍子」

だが、考えてみれば、妍子が中宮となってから、まだ半年余りだ。彰子の懐妊を待ち暮らした日々に比べれば、はるかに短い。

――やはり、わしの運は隆盛にあるのだ。

長和元年が暮れようとしている。

そのとき、香子はまた、局に押しかけてきた女房たちに悩まされていた。

「あの、お忙しいのはわかっているのですが、また、お尋ねしたいことができてしまいましたの。『賢木(さかき)』巻のことで。年立てを作っていましたときには気づかなかったような、ささいなことなのですけれども」

――『賢木』?

香子は内心身構えた。実は『賢木』巻には、大変重大な欠陥がある。できればこのまま、誰にも気づかないでいてもらいたい、頭の痛い欠陥が。今まで誰も、香子に面と向かって問いただした者はいないが、とうとう現れたのだろうか。

香子が覚悟を決めるより早く、一人の女房が無邪気に言った。

「あの、兵部宮(ひょうぶ)のことですの。紫の上の父君の」

「はあ、兵部宮」

よかった。兵部宮に関することなら、「あのこと」とは関係がない。肩透かしを食った思いだったが、すぐにまた、気を引き締める。

――兵部宮の書き方で失敗した覚えはないけれども、でも油断はできない。わたしが気づいていないだけかもしれないのだから。

「あの、兵部宮は、光源氏の最愛の妻、紫の上の父親。そうでございますよね」

「はい」

紫の上が初めて登場した『若紫』巻でそういう設定を作り、そのまま書き続けていった。

この兵部宮は、少々性格に難を持たせた。物語は、善良な人物ばかりでは面白くない。ただ、根っからの悪人というわけでもない。時勢に乗っているときの源氏には面白くない思いを抱きながらもその威勢の余禄に与かり、危機にあるときは、婿と舅の間柄ながら露骨に親戚づきあいを避ける。そんな、貴族社会のどこにでもいる小心な男として描いた。

「それで、その兵部宮が、光源氏が一番追い詰められていた『賢木』巻で、落ちこんでいる光源氏のもとを、世間の目も憚らずに訪れて、一緒に気散じに興じておりますね。『理想的な間柄です』と式部の君はお書きになっていて」

――え、そんなことをした?

香子はあわてて記憶を探った。思い出せない。すると、手回しのよい女房が、『賢木』巻をさしだした。

「ほら、あの、ここでございます」

「……ああ」

そこには、たしかにこうあった。

――兵部卿の宮なども、いつもおいでになって、音楽などのたしなみの深いお方ですから、しゃれてすてきな御仲らいでございます。

香子は唇をかんだ。

――こんなところでも、間違えていたとは。

香子としては、ここは光源氏の舅を書いたのではない。光源氏の弟のつもりで書いたのだ。

先代の帝の何人もの皇子や、当今帝の皇子、ごちゃごちゃと入り乱れている皇族を書くのに、便利なのは役職名をつけることだ。常陸宮、式部宮、兵部宮、帥宮、というように。源氏物語の途中から、光源氏の風流な弟宮が登場する。折あるごとに、源氏と仲がよいと印象づけていたのだが、やがて、香子は、この弟宮について「帥宮」「兵部宮」、二種類の呼び名を混同させていたことに気づいた。紫の上の父宮も「兵部宮」としていたにもかかわらず、である。源氏が須磨から戻ってきたあたりのことを書いていたときのことだ。

そこで『少女』巻で、紫の上の父宮は兵部宮から式部宮になり、弟宮のほうは兵部宮になったと明確に断りを入れたのだが……。

——『少女』巻よりもずっと前のこんなところでも、取り違えて、弟宮のことを「兵部宮」と書いていたの？　わたしは。

この『賢木』巻に出て来る「兵部宮」は、紫の上の父ではなく、光源氏の弟宮のつもりだったのに。

——それにしても、『賢木』巻に限って、いろいろと困ったことが出てくるのね。

皮肉なことに、『賢木』巻を書いているときは、とても楽しかったのだ。政敵に追い詰められる光源氏というのは書いていても新味があり、ついぐんぐんと筆が進みすぎて、推敲の際も気づかなかった。まったく、何度読み返しても見落としていたことを、何年もたってから指摘されるとは……。

——しらばっくれるしかない。

「ああ、そこのときは、まだ紫の上の父君も、光源氏とそれほど仲が悪かったわけではないというつもりで書いていたので、光源氏を慰めるために訪問くらいしてもよいかと思ったのですけれど……、それが何か？」

「まあ、やっぱりそうでしたのね」

女房たちが、とたんに恐縮する。

「ほら、わたくしの言った通り」

「あら、あなただって、これはたしかめなくてはと張り切っていらしたじゃありませんか」

「でも、まさか、式部の君が、源氏物語のことで間違いをするわけがございませんものね。いやですわ、わたくしたちったら……」

「恥ずかしいですわ、さかしらぶって大変失礼なことを言ってしまいまして、何とお詫びを申し上げればよいやら……」

香子は、にこやかに女房たちをなだめた。

「いえいえ、何でもないことですもの、お気になさらないでくださいな。そんなに念入りに読んでいただいて、本当にわたくしは幸せ者です」

女房たちは口々に詫びを言いながら、出て行ってくれた。それを見送り、香子は局に残った先客を振り返った。勇んで押しかけてきた女房たちがいる間は、おとなしく隅に押しやられていた女を。

「和泉の君」

香子はすねた声を出した。「お笑いになりたいのなら、どうぞ」

「いいえ、笑うなんて」

そのくせ、和泉の顔は困ったようにゆがんでいた。それから小さくふきだして、あわててあやまる。

「すみません、失礼ですよね。でも、式部の君、今まであそこのところは、お気づきになっていなかったのですか?」

「少しも」

香子は苦い顔で和泉の前にすわる。「和泉の君はお気づきだったのですか?」

「いいえ。今までずっと、何年間も、すなおに、あそこでは紫の上の父宮と源氏が優雅に遊んでいるのだとばかり思っていました」

「あら、だったら……」

「たった今、式部の君の『しまった』というお顔を見るまでは、ですけれど」

和泉がとうとう笑い出す。つられて、香子も笑ってしまった。

「まあいいです」

ようやく笑いがおさまってから、香子は言った。「こうなったら、ずっと、あんなふうに開き直るしかないですよね」

「ええ、そうですとも。ところで、式部の君、失礼ついでにもう一つお聞きしてもよろしいですか」

「はい？」

「今の方々が『賢木』とおっしゃったとき、式部の君は最初から身構えていらしたように思えたのですけれど、ほかにもお気にかかることがおありですの？」

香子は表情に困った。まったく、油断も隙もない。

だが、ふいに香子は、この、察しのいい友だちに打ち明けたくなった。

「実はね、和泉の君、『賢木』巻には大きな隠しごとがありますの」


『賢木』で盛り上がる場面の一つが、重要な登場人物である六条御息所が、光源氏との恋に終止符を打つべく、都を去って伊勢へ向かうところだ。

六条御息所は美貌、教養、出自その他、貴婦人として求められる美点をすべて備えた完璧な女性だ。その麗質を認められてときの東宮の妃になり、一身に寵を集めたものの、その東宮は即位する前に薨去。忘れ形見の姫宮を育てるだけの寂しい暮らしをしていたところに年若い源氏が近づき、御息所は逡巡しながらも、いつしか新しい恋にのめりこんでいく。だが、いつまで待っても、源氏の「最愛の女」にはなれない……。

誇り高い御息所は、ついに、伊勢斎宮となる娘に同行して都から去ることで、源氏との恋を自らあきらめる決心をする。

斎宮の伊勢下向となれば、最後に参内して帝へのいとまごいの儀式がある。御息所も同行する。一度は去った内裏をもう一度目にするのだ。

御息所になりきって昂揚していた香子は、その場面でこう書いた。

——十六歳で東宮のもとへ入内、二十歳で死に別れ、今三十歳になって再び内裏を目にするわたくし……。

あのときの気持ちの昂りを、今でも覚えている。

昂りすぎて、ずっとあとまで気づかなかった。

この『賢木』巻で、光源氏は二十三歳ほど。御息所とは七歳ほどの年の差になる。これはちょうどよい開きだと、香子は満足していた。若い男は年の差など気にする必要はないと言い張れるほどの開き、一方年上の女のほうでは今さらこんな年増がみっともないとためらうほどの、絶妙の差ではないかと。

だが。

そもそも、源氏物語の冒頭の『桐壺』巻で、光源氏が四歳のとき、兄宮が東宮に立てられたと書いているのだ。この兄宮との年の開きははっきりとは書かなかったが、まあ、三、四歳年長としておこう。

問題はそこではない。

光源氏の兄宮が東宮になれたのは、御息所の仕えた東宮が薨去し、東宮位が空いたからだという点だ。話の筋として、それしかありえない。生きている東宮が自ら位を返上することなど、古来一度もないのだから。

そして、光源氏が四歳なら、七歳年上の御息所は当時十一歳。

つまり、十六歳の御息所を妃に迎えた東宮が、御息所十一歳のときにこの世の人ではなくなっていたことになるのだ。

修正しようにも、もう手のつけようがない、決定的な矛盾だ。

香子がこの致命的な間違いに気づいたのは、一度始めた宮仕えを中断し、道長大殿との関係その他、いろいろな悩みに鬱々としていたときだ。この瑕疵は、さらに香子の打撃となって……。

「まあ、本当ですこと」

和泉は指を折って数えてから、面白そうに言う。「今まで少しも気づきませんでした」

「そう、どなたもわたくしに聞いてきた方はいませんの。でももし、そんなさとい方が現れたら……」

「いいではありませんか」

和泉はあっさりと言ってのけた。「物語の根幹は、そんなことでは揺らぎませんもの、何か不都合がありますか？　そうおっしゃればいいだけのこと」

「はあ。それでいいのでしょうか？」

「いいですとも」

きっぱりと言ってのける和泉に、気持ちがほぐれた香子は笑い出した。

「そう。これも、開き直るしかないですわね。書いてしまったものは、もう取り返しがつかないのですから」

　そうして、和泉をつくづくとながめる。

「和泉の君がいてくださると、本当に助かります」

「ありがとうございます。それで……」

　香子は、おやと思った。珍しく、和泉がもじもじとしている。

「そうだわ、わたくし、自分の物語のことばかり話してしまいましたけど、和泉の君、何かお話があっていらっしゃったのではないですか」

「ええ。あの、わたくし、今度大和へ参りますの」

「大和？」

　香子は気づいた。そろそろ県召（あがためし）――地方国守の任命――の時期ではないか。

「もしや、それは、大和の国に任ぜられるどなたかとご一緒に……？」

「はい。藤原保昌です」

　保昌。左大臣家の有能な家司だ。

「そうですか。それは、瑠璃姫のことでいろいろと心を配るうちに……？」

　和泉は照れくさそうにうなずいた。

「最初は、大殿の動静がわかればよいと、保昌に近づきましたの。でもそのうちに、なかなか温かい人柄だなと……」

　いかにも、和泉らしい。

「さびしくなりますね」

「でも、大和は近いですもの。それに、都が恋しくなったら、わたくしだけでも、すぐに戻ってきますわ。保昌を説き伏せて」

たしかに、甘え上手な和泉なら、保昌くらいやすやすと手なずけるだろう。

香子は、この友に、楽しそうに相槌を打った。

「それでは、古(いにしえ)の都のお話を、楽しみにお待ちしていますね」

＊

長和二年七月。

秋に入ったとはいえ、まだ暑さはきびしい。だが、容赦ない陽射しが傾き、あたりの景色が夕闇の色に染められるころには、風が涼しくなってきた。

明日に迫った七夕のために、彰子皇太后の御所では支度に追われていた。大勢の女房たちが忙しく手を動かしている。

明日、二宮と三宮のための星祭を、盛大に行わなければならない。父帝がみまかられて早二年、あどけない二人の皇子に、この御所は救われているのだから。そして、子どもは華やかな祭りが大好きだ。五色の糸、供え物の飾り、飾り壇のしつらい、広間の床には、足の踏み場もないほどに、錦や糸や供え物が散らばっている。

おまけに、昼過ぎになって、妹君の妍子中宮のところからの使いが、縫物の依頼にやってきた。

妍子中宮が、昨夜、産気づかれたのだという。こういうときは、内裏からの使いや各家からの見舞いへの礼物として、女房装束が使われる。華やかな衣装はいくらあってもありすぎるということがない。万一にも不足のないように、そちらでも少し準備してほしいという口上だった。

姉である皇太后としては、尽力しないわけにはいかない。

だが、手と舌を忙しく動かしている多くの女房たちをよそに、別室の皇太后の周囲だけは人も少なく、静かだった。皇太后は、生絹の単をまとったくつろいだ姿で、ゆったりと扇を使っている。その御前には、二人の女房がいるだけだ。

皇太后は、そのうちの一人、和泉に声をかけた。

「久しぶりに、和泉の元気な顔が見られて嬉しいわ」

「わたくしこそ、皇太后様のお元気なお姿が懐かしゅうございます。ますます美しくおなりですこと」

皇太后と名は重々しいが、まだ二十六歳の彰子は、軽く笑い声を立てた。

「どうでしたか、大和の国はよいところだと聞いておりますが」

昨年の暮れ頃、和泉はとうとう一人の男を夫と定めた。名を、藤原保昌。その保昌が今年の初め、大和の国守に任じられたため、和泉も大和へ同行して、このほど一度戻ってきたところだ。

「はい。ですが、やはり都がようございます」

ひとしきり、古都大和の様子を聞き出したあとで、皇太后が思い出したようにたずねた。

「ところで、去年の騒ぎのあと、瑠璃姫はいかがお過ごしですか」

和泉が、にっこりと笑って答える。

「はい。頼定卿にお住まいをお世話していただいて、つつがなくお暮らしです。幼い頃から思い合ってきた殿方と結ばれ、たいそうお幸せそうで。今度、大和にお住まいを用意できないかと、わたくしも考えているところです」

「まあ、よいこと。その殿方とは、どのようなお方なの？」

「瑠璃姫を生涯かけて守れる殿方です。大宰府からようやく都へ戻られたのです。それまでの間、瑠璃姫はじっとお待ちでした」

「気丈な方ね、瑠璃姫は」

「はい。気丈でしたからこそ、たったお一人で塀を乗り越えられ、歩いて、堀河院まで行かれました」

和泉や香子は、瑠璃姫を案じて、何とかしようと心を砕いていた。だが、最後に、瑠璃姫は自分だけの力で道を切り開いたのだ。

手引きするはずだった阿手木のほうが、さっさと一人で消えた瑠璃姫に、大慌てしたほどだという。

「そんなことをして、お体は……？　父上はずっと、瑠璃姫のことを、お弱い方だと心配していたそうだけれど」

「瑠璃姫はご無事でした。そもそも、それほどか弱いお方ではございません」

そう、道長大殿は瑠璃姫の病弱なことをずっと気にかけていたが、瑠璃姫はそんな女性ではない。

ただ、弱点が一つ。乗り物にだけはたいそう弱かったのだ。幼い頃から自分の足で筑紫の浜を走り回っていた瑠璃姫は、乗り物にほとんど乗ったことがなかった。だから、筑紫国から都までの旅は、地獄を連れ回されるようなものだったらしい。船と車に揺られ、息も絶え絶えだったという。

次に車に乗ったのは、養父有国の屋敷から、東三条院南殿に移されたときだった。前回の旅を思い出し、車に乗ることを考えただけで具合の悪くなっていた瑠璃姫は、数町車で運ばれただけで、顔色をなくし、水ものどを通らないありさまになってしまったのだ。

それに、病弱な姫と思わせておけば、道長大殿から色めいたことをしかけられても、やりすごすことができる。一人では何もできない女だと油断させることもできる。神経をとぎすまし、自分の身を自分で守らなければと思い詰めている少女ならではの、賢い判断だった。

だから瑠璃姫はずっと、風にも耐えない風情を装い続けた。

実際は、塀を乗り越えることも走ることも、まったく問題がない。都の深窓育ちの姫君とは比べ物にならない。

香子は、その事実を、あえて阿手木にも話さなかった。日々、瑠璃姫の世話をする阿手木こそ、瑠璃姫を壊れもののような女人だと思いこんでいなければ、この謀りごとはうまくいかない。さとい阿手木はすぐにそのことを悟ったらしく、すべてを知ったあとも、香子に文句も言わなかった。

「ですが、ことがうまく運んだのは、皇太后様のお口添えで、式部の君のご尽力がいただけたからこそです」

和泉がそう言い、皇太后と和泉、二人の視線が自分に向けられたのを待って、今度は香子が口を開いた。

「気になるのは、大殿のご機嫌なのですが」

大殿は気づいたのだろうか。

香子は、大殿と瑠璃をなぞって玉葛十帖を書き上げたのではないことに。途中からは瑠璃に読ませ、瑠璃の身の処し方に助言するために、先取りして書いていたことに。

玉葛十帖の最初の巻『玉葛』は、特別にあの巻だけ写本を頼んだ和泉に上手にじらしてもらい、早めに大殿に読ませることに成功した。だが、そのときでさえ、さらに早く、瑠璃姫は『玉葛』を読んでいたのだ。

香子が書き上げた巻は、阿手木を介して、真っ先に釣り殿へ届けられていたのだから。

ひょっとしたら、瑠璃姫のほうが大殿に先んじている兆候を見せてしまったことも、一度や二度はあったかもしれない。さいわい、大殿のほうは気を取られることがほかにもたくさんあり、最後まで気づかなかったようだ。

香子は瑠璃姫に、都の男たちが理想とする姫君とはどういうものか、玉葛十帖を介して伝授していたのだ。

男が――特に大殿のように、何もかも手中に収めている男が――、どのような女であれば心惹かれ、なおかつ大事に扱おうとするものか。

媚（こび）を売る必要はない。だが、男の存在を頭から否定してもいけない。

男に、無造作に手に入れるわけにはいかない、誇り高い女だと思わせること。そんな憧れの女であり続けること。

そして、時を限ることも重要だ。

どうか、一年お待ちくださいませ。

男は、待つのが好きだ。

待っていれば確実に手に入ると信じている限りは。

香子は時の移ろいの物語を書いた。優雅な背景、みやびな男女の、王朝人なら誰でも理想とする舞台で。そこに自分が乗っていると思ったら、必ず物語にふさわしい役柄を演じたくなるような舞台で。

読んだ誰もが、女心のわかる光源氏は大殿道長様だと思うような物語を。そして、理想的な女房とはどういうものかを誰もに――とりわけ、瑠璃姫の番人である右近に――知らしめる物語を。そう、右近に読ませることも大変重要だった。体面を気にする大殿相手ならば、阿手木にも手の打ちようはある。右近が悪ずれした女房にありがちな所業――つまらない男にそのかされ、そやつを仕える姫君の寝所へ手引きしてしまうような——に走るほうが、よほど危険なのだ。そして大殿はさておき、右近は、阿手木が働きかけなければ最新の物語など読むことができない。

同時に一方で、今までに倍加した速度で、玉葛の物語を世間にも広めた。

——ねえ、式部の君、大殿になぞらえて、玉葛の物語をお書きなのですよね？

そう尋ねてくる女房たちには、意味ありげな微笑を返すだけで、何も言わなかった。それだけで、女房たちは勝手に夢中になり、瑠璃姫と大殿を作中人物のようにあがめるようになった。あがめられた大殿も、ますます身動きが取れなくなった……。

皇太后が、またほほ笑んだ。

「大丈夫。父上は、そんなに女心のわかる方ではないから、深読みなどしないわ。する必要もない」

香子は、慰めるように皇太后を見やった。

先帝の危篤のころ、この皇太后がどんなに悲しい思いをしていたか。

——わたくしの役目は、わかるの。国母として、帝のお血筋の御子たちを守ることだと。でも……、でも、わたくしの愛したお方が病の床で苦しんでいるというのに、わたくしはお目にかかることさえ許されないの？

——わたくしがようやくお会いできたのは、次の東宮のことまで決定して、もう父上が帝に用がなくなったあと。もっともっと、帝と語り合いたかった。今生のお別れを申し上げたかった。なのに、わたくしが帝のおんもとへ行ったときは、もう、お話もできないようなご容体で、わたくしがいただけたお言葉は、今際の際の、たった一首の歌だけだった。

だが、道長大殿はこの出来のよい娘には何の不足もない、皇太后は恵まれている身の上だとだけ思いこみ、新しい世の仕組みを作るのに夢中で、その心のひだまで思いやろうともしなかった。

まあ、それも過ぎ去ったこと。今は、皇太后の胸の内もおさまってきているのだろう。この程度の意趣返し――父君はそれとも気がついていないほどの――で満足できるほどに。

「それにね、式部、『真木柱』巻で、式部が、意に染まない結婚をした玉葛が、しきりと光源氏を恋い慕うと書いてくれたでしょう。あれをご自分になぞらえて、ずいぶんとお胸の内がおさまったようよ。それに何より、妍子の懐妊で、ほかのことはすべて吹き飛んだのね」

香子は、ほほ笑んで皇太后に頭を下げる。

「それを聞いて、ほっといたしました」

そう、『真木柱』では、大殿の心をなだめるために、わざと玉葛の結婚のつまらなさを強調した。現実の瑠璃姫の結婚とは違うが、そんなことはどうでもよい。

そのとき、和泉が珍しく生真面目な顔をして口を開いた。

「本当に、ありがとうございました。こうなったからには、わたくし、お二人に打ち明けなければならないことがございますの」

「なあに？　和泉」

皇太后の問いに、和泉は決心したように続ける。

「瑠璃姫の父君のことでございます」

「あら、父君は頼定卿ではないの？」

皇太后は不思議そうな顔をして、そうたずねる。和泉は表情を変えない。

「世間ではそう取り沙汰していますが、実は違います」

和泉はそこで、首をかしげて香子を見た。

「驚かれませんのね、式部の君は。前からおわかりでしたの？」

香子は和泉に答えて、静かに言った。

「なんとなく、推測はしていました。ずっと不思議に思っていたことがございますから」

皇太后が笑い声を上げた。

「式部が、『ずっと不思議に思っていた』というときには、必ず何か謎があるのよね」

香子は微笑して、かぶりを振った。

「謎というほどのものではございません。ですが、東宮の妃と定まっていた亡き綏子様が不義の子を身ごもられたとき、相手の殿方にはなぜ、何のお咎めもなかったのでしょう。それだけは、あの事件の発端からずっと不思議でした」

「そう……、そう言えばそうだったわ」

皇太后が真面目な顔で考えこむ。「誰もが、相手は頼定卿だと思いこんでいたわよね。でも、そのことで官位や役職の剥奪も受けず、尋常に出仕している。何よりも、あのときの東宮が今、帝となっておいでなのに、頼定卿は今も参議の身。たしかにおかしいわね」

「ですから、考えたのです。綏子様のお相手が、頼定卿よりももっと高い身分だったとしたらどうでしょう、と」

「頼定卿よりももっと高い身分？　式部、それは……」

香子は彰子の問いには答えず、和泉を見た。

「いかがですか、和泉の君」

和泉はうなずいた。

「はい。瑠璃姫の父上は、亡き敦道親王です」

和泉の、若き日の熱愛のお相手の親王だ。

「ああ……。そうだったの」

皇太后がため息を漏らす。

「今の帝……綏子様を侍らせていた方の、弟君です。そしてご存じのとおり、のちにはわたくしの恋のお相手でもありました。帥宮様は、最期のときに、わたくしに瑠璃姫を頼むとご遺言でしたの。配下の大宰大弐に託し、筑紫で養育している姫君がいる、どうか心にかけてやっていてくれと」

「そう……。そういうことだったのね」

香子が気づいたのは、阿手木から聞いた頼定卿の一言のせいだ。

――まこと、わたくしは源氏物語の中の、朧月夜のよう。

綏子尚侍はそう言っていたそうだ。

ならば、あのときはまだ、綏子の恋の相手は身分の低い頼定卿ではなかったのではないか。もっとずっと上の——時の東宮の、血を分けた弟宮ではないのか。それでこそ、光源氏と朱雀帝と朧月夜、三人の関係とぴったり一致する。そして、頼定卿が朝廷や大殿から不思議に目こぼしされていたことも腑に落ちる。

瑠璃姫が逃げ出したあと、阿手木は御主にだけはと断りを入れて、頼定卿からの話を聞かせてくれた。そして香子は、自分の推測が正しかったことを知ったのだ。

香子はまた口を開いた。

「だからこそ、大殿も去年の冬の初めまで待ったのです。瑠璃姫のお望み通り、ご一周忌が過ぎるまで。その『ご一周忌』とは先帝の喪でも、養い親の有国殿の喪でもなく、瑠璃姫にとってはおじい様にあたる、冷泉院のご一周忌です」

皇太后が納得した顔になった。

「もちろん、父上もその事情をご存じだったのね。だから、最初から和泉を相談役にしていたのね。敦道親王との縁で」

「わたくしにとっても、願ってもないことでした。宮様がずっとお気にかけていらした瑠璃姫のことでしたから。ただもちろん、頼定卿も綏子様を愛しておいででした。だからこそ、瑠璃姫が逃げるお手伝いをなさったのです。あまりわたくしを関わらせないように、今自分が通っている堀河院の、元子女御のところに瑠璃姫を誘導して。元子女御もすべてご承知の上で」

そこまで言ってから、和泉は顔を曇らせた。

「でも、元子女御にだけはお気の毒なことをしました。まさか、頼定卿とのことが、あの同じ日に、右大臣に露見するとは」

香子が、そんな和泉を慰める。

「元子女御も強いお方ですから。瑠璃姫をかくまったことを隠すため、わざと自分の恋をあらわにされたのですよ。とっさに、思い当たったのだそうです。『賢木』巻の、朧月夜と右大臣の場面を。あれをそのまま、ここで演じればよいと」

そう、源氏物語の『賢木』巻には、あの雷雨の日、右大臣と元子女御と頼定卿の間で起こったことと、そっくりの出来事が書かれているのだ。

「では、元子女御も、式部の物語に導かれていたというわけね」

皇太后が感心したように言う。「源氏物語の効きめは、すばらしいこと」

「おそれいります」

香子は頭を下げた。

「わたくしも、瑠璃姫に導かれて新しい物語を紡ぎだすことができました」

阿手木や女房たちにそそのかされて書いたような『玉葛十帖』だが、得たものは大きかった。阿手木の言うように、『若菜』を世に出すまでの時間稼ぎができただけではない。いくら望んでも想う人の心が手に入らない口惜しさ、どうしても抑えられない自身の愛欲、誰もがもてますそうした心の重さを、香子は今、存分に書いている。

——さあ、そろそろ御前を下がってもよいかしら。続きを書きたい。

そのとき、あわただしい足音が近づいてきた。

「申し上げます。妍子中宮様には、平らかにお産をなさいましたとのこと、ただいま使いが参りました」

「まあ」

「おめでたいこと」

香子と和泉が口々に言う中、皇太后はゆったりとたずねた。

「それで、生まれたのはどちら？　男御子ですか、姫御子ですか」

「姫宮様とのことです」

「まあ」

——姫宮様。

香子は、ゆっくりとその事実をかみしめた。

脳裏に、皇太后の使者として見舞いに参上した際に見た、妍子中宮のお顔が浮かんだ。

「ねえ、式部。わたくしも、男御子が産めるわよね？　姉上のように」

輝く笑みを浮かべる中宮に、香子ははっきりとは答えなかった。

「たくさんのお方が、中宮様のご幸福をお祈り申し上げております。その祈りは、きっと聞き届けられますでしょう」

中宮は、香子の用心深い答えなど聞いてはいなかった。

「きっと、大丈夫よね。父上も帝も、是非とも皇子を産んでほしいと、切にお望みなのですもの。きっと、男御子が生まれるわよね？」

今頃、妍子中宮はどのようなお気持ちだろう。落胆されてはいないだろうか。

香子の思いをよそに、皇太后はゆったりとほほ笑んでいる。

「それは、さぞお美しくおなりになるでしょうね。行く末が楽しみだわ。妍子はね、わたくしたち姉妹の中で、一番顔立ちがよいのですもの。父上はいつもご満悦だったものよ」

香子はまじまじと皇太后を見た。

ここで生まれる御子が男であったら。帝と道長左大臣はほっと胸をなでおろすだろう。だがそのとき、皇太后には別の思惑が生まれないだろうか。

当今と、左大臣の姫との間に生まれた皇子。それは、亡き先帝の皇子――皇太后の大事な御子――を脅かす存在にもなる。

「式部？　どうかした？」

「いいえ」

香子は笑みを浮かべて答えた。「喜びのあまり、ぼんやりしただけでございます。本当に、おめでたいこと」

二　蜻蛉

（蜻蛉：カゲロウ目。はかないもののたとえ）

女の人の、泣き声がする。

糸丸は、使いの役目も忘れて、じっと耳を澄ました。とても悲しそうな泣き声だったから。気になって、そちらへ近づくと、今度は泣きじゃくりとともに、低い、気弱そうな声が聞こえた。

「姫宮であるからと言って……」

今度こそ、気になってたまらなくなった。

都で姫宮と言えば、糸丸の仕える修子様のことのはずだから。

この屋敷は、枇杷殿という。去年の春、またも内裏が焼けてしまったため、ここが今の帝のお住まいになっているのだ。

糸丸がこんな大層な場所に足を踏み入れたのは、ご主人である姫宮からのお祝いの品を届けるように言いつけられたからだ。届ける相手は、中宮の妍子という女性。糸丸風情がじかに中宮御前に行けるはずがないから、お庭先に回って、誰か、取次の女房に渡せばよいと言い含められていた。

「わたしが行って、いやな相手に会ってはいけない」

お屋敷のゆかりの君はそう言って、自分では出向こうとしないのだ。

「もう、このいでたちを変える気もしないのだ」

ゆかりの君は、女人だ。だが、いつも髪をきりりと高く結い、水干を着ている。貴族様を警護する侍のような恰好なのだ。何枚もの衣を重ね、髪を長くたらすふつうの女房の姿とは、全然違う。

ゆかりの君の名を呼ぶのも、糸丸だけだ。竹三条のお屋敷には、ほかにはほとんど人もいないのだから。表向き仕えている者は、もっといるのだそうだ。だがそういった者たちも、さびしい暮らしを嫌って里下がりと称して出て行っては、戻ってこようとしない。竹三条邸にいつも住まうのは、姫宮のほかには、ゆかりの君と、年寄りの厨女(くりやめ)と、糸丸くらいのものなのだ。

だが、姫宮は何も気にされていない。

「人が少なくても、かまわないではないの。仕える気のない者など、いないほうがよいわ」

いつもそう言っている。ただ、困るのは、こうしたたまの使者にふさわしい者がいないことだ。だから、分不相応の糸丸が駆り出されることになる。

「もうすぐ、中宮様のお産みになった若宮様の着袴の儀式がある。やはりお祝いだけは申し上げておかないといけない」

そこで使いを言いつかった糸丸なのだが、迷いながら、いつのまにかずいぶん奥まで来てしまっていたらしい。

どうしようか。なんだか、ここはもう、いてはいけない場所のようだ。

迷っているうちに、籬(まがき)に足を取られて、萩の茂みを囲う竹に足をつっこんでしまった。がさりと音がした。とたんに、

「誰じゃ」

鋭い声が飛んできた。糸丸は、あわてて這いつくばる。

「あ、あの、若宮様のお祝いに、竹三条邸から……」

縁先に立ちはだかった女房が、こわい顔で糸丸をにらみつけた。

「下賤の者が、中宮様のお居間近くまで迷いこむとは、何たること。早々に下がるがよい」

糸丸はあわてて、ひざまずいたまま後ずさりする。それから気がついて、またおそるおそる這い出ると、持ってきた紙包み――たぶん中身は何かの衣、綴じ糸に姫宮の手紙も結びつけられている――を女房の足元に置き、もう一度、できる限りの速さで遠ざかった。

「何だったの」

さっきのか細い声が尋ねている。

「中宮様、何ということもございません。先帝の姫宮様からのご挨拶があっただけでございます」

今の女房が、打って変ったやさしい声で答えた。「そんなことよりも、さあ、もうお嘆きなさいますな。お産みになったのが姫宮だからと言って、誰も中宮様を責めたりはいたしませぬ。

それに、じきに、今度こそ男宮が生まれましょう。姫宮ではなくて」

──なんだか妙な慰め方だな。おれの姫宮様のことじゃないのは、わかったけど。

糸丸は帰る道々、考えた。でも、どこが妙なのか、うまく説明できない。自分でもよくわかっているが、糸丸は、頭が働くほうではないのだ。

だから、何が妙なのか思い当たったのは、もうすぐ竹三条邸と呼ばれる修子姫宮の御所へ着くというときだった。

──姫宮を産んだからと言って、誰も責めない。

あの女房はそんなことを言っておきながら、すぐに、こう慰めたのだ。

今度こそ、姫宮ではなく男宮が生まれるから、と。

つまり、姫宮を産んでもかまわないと言った同じ女が、男宮の生まれることを望んでいることになるではないか。

──変だ。

どうして、姫宮ではいけないんだろう。

糸丸は首をひねった。

姫宮がいけないというなら、糸丸が仕える修子姫宮はどうなっちまうんだろう?

糸丸のご主人の修子姫宮は、とても身分の高いお姫様だ。何しろ、父君は先代の帝だったのだから。

その竹三条邸に帰ってみると、一台の車が出て行くところだった。

珍しいことだ。このお屋敷に、お客なんて。

それに、車を引いている童に見覚えがあった。左大臣家の童だ。

——左大臣家から、何の話だろう。

姫宮はさびしい暮らしだ。訪れる人もほとんどいない。だから、どんな客人であろうと、歓迎したいところだけど。

あれこれ考えるうちに、糸丸は思いついた。

——ひょっとしたら、姫宮にも、縁談だろうか。

つい、一年余り前のことだ。左大臣はいきなり、この屋敷から一宮を——姫宮の弟君を——連れ去ってしまった。一宮はおきさきを迎えられて、新しいお屋敷へ移ってしまったのだ。その結婚をおぜん立てしたのも高倉第というお屋敷を準備したのも、左大臣だった。おきさきというのは、ついこの間亡くなった具平(ともひら)親王という格式の高い皇族のご息女で、だから、お迎えするにも立派なお屋敷でなければならなかったのだそうだ。

「めでたいことなのじゃ」

古女房の清少納言の君は、そう説明してくれたが、糸丸は、竹三条邸に住まう人が少なくなることが悲しかった。

「だって、一宮様がよそへ行ってしまったら、姫宮様は、今度こそたった一人になってしまいます」

五歳で母君に、十三歳で妹宮に、そして四年前、十六歳のときには父帝にまで死なれてしまった姫宮なのに。

「宮様方は、そのようにお一人で凜(りん)としてお暮らしになられるのが、当たり前のこと」

その清少納言の君も、今はいない。一宮についていったからだ。あれ以来、竹三条邸はさらに静まりかえってしまった。

そうだ、だから、糸丸のような身分の低い童くらいしか、竹三条邸にはいない。ゆかりの君も、ほとんど外に出ないし、誰かと手紙のやり取りをしたりということも、ほとんどない。姫宮のことを気遣ってくれるのは、離れて暮らすようになった一宮くらいだ。

これでは、まだ二十歳の姫宮は、さびしくて退屈でたまらないだろう。

もしも姫宮にも婿君ができるのなら、こんなによいことはないのだ。

左大臣家の車と、おつきの者たちの行列が三条大路を曲がって見えなくなったのを見届けてから、糸丸は姫宮の居間の近くへ走って行った。

姫宮と同じ座敷へ入ることなんてできないから、その座敷につながった縁の、さらにその前の庭まで。

「姫宮様、おいでですか」

「ええ」

答えは意外に近かった。座敷は、奥の間と庇の間に分かれているが、庇のほうにおいでらしい。

「あ、あの、中宮御所へお使いに行ってきました」

「そう」

姫宮じゃなく男宮のほうが、なんて話を聞いてしまったことは、黙っていよう。あとでゆかりの君に話せばいい。

「それで、あの、左大臣、様は、どんな御用だったんですか」

ゆかりの君とは、いつも左大臣と呼び捨てにしているから、様をつけるのを忘れそうになった。

「どうしてそんなことを聞くの？　糸丸が気にするなんて、珍しいこと」

「あの……、ひょっとして姫宮様の縁談ですか？」

庇の間から、息を呑んだような気配が伝わってくる。糸丸はひやりとした。やっぱり、こんなことを聞くのは失礼だったんだろうか。

だが、すぐに、姫宮ははじけるように笑い出した。

「糸丸、何を考えているの」

「だって……」

姫宮が怒らないでくれたのは嬉しいが、笑われるなんて。そんなに変なことを聞いたのだろうか。

「馬鹿なことを言わないの。わたくしには、絶対に嫁ぐことなんてありえないのだから」

「どうしてですか」

「糸丸などの、知ったことではないわ」

姫宮はぴしゃりと言う。「それから、左大臣は、もうすぐ行われる賀茂のお祭りのとき、斎王行列の見物をしないかと誘いに来ただけ。特別の桟敷を用意するからと」

姫宮の返事は聞かなくてもわかった。そんな、大勢の人が集まるところに行くはずがないのだから。姫宮は、決してこの屋敷の外に出ようとしない。ゆかりの君も勧めない。

だから、糸丸は、ただあやまった。

「すみません」

少しは外に出て気晴らしをすればいいじゃありませんか、などと出過ぎたことを言ってはいけないのだ。昔はそんなこともわからなくて、姫宮の機嫌を損じたり、悪いことには泣かせたりしてしまったこともあるが、糸丸もその辺の加減はようやく心得るようになった。

糸丸は顔を赤くしたまま、逃げるようにその場を後にした。

結局、叱られてしまった。

――縁談じゃなかったのか。

だが、糸丸はふと、自分の心が軽くなったことに気づいた。

どうしたんだろう？　姫宮のお幸せだけを願っているのは、本当なのに。

翌日、糸丸は、高倉第に呼ばれた。弟君である一宮のお住まいだ。

「姉上はお元気か」

「はい」

結婚された一宮は、とても落ち着いて見える。糸丸とは、たいして年も違わないはずなのに、元服をすませてからは、ぐっと大人っぽくなった。

「糸丸、姉上へは手紙に書いたことだが、そなたにも承知しておいてほしいことがある」

「はい、何でしょう」

「隆家中納言が、都を離れる」

「何ですって？」

思わず、糸丸は聞き返してしまった。「中納言様が、どうして？」

糸丸のような者が、失礼な言葉遣いなのだが、かまってはいられなかった。

隆家中納言という方は、一宮や姫宮の叔父君だ。もう一人の伯父君は五年ほど前に亡くなってしまったから、今は、この隆家中納言が、一宮や姫宮が一番頼りにしている身内の方なのだ。

「どうして、いなくなってしまうんです」

一宮は糸丸をなだめるように手を上げた。

「そう悪い話ではないのだ。中納言は、大宰権師となって、筑紫に下る。これは、中納言自らが望んだことだ」

「都を出ることを、望まれたって言うんですか？」

糸丸は、都しか知らない。都ほどよいところはないと思っていた。それなのに、どうしてわざわざ、その都から……。

「このところ、中納言が目を悪くしていたことを知っているか」

「は、はい」

そう、目がかすんだりすることがあるのだと、小仲殿が心配していた。小仲殿というのは、糸丸が大変信頼している、年上格の童である。今は、お仕え先が別になってしまっているけれど。小仲殿が直接お仕えしているのは、中納言殿の家来で、源義清という武士なのだ。小仲殿や糸丸は輔殿と呼んでいる方だ。

「大宰府には、海の向こうの大唐帝国から、さまざまな宝が届く。錦や綾織や書物。その中に、薬もあるのだ。わが国ではいかようにしても調えられない薬が」

「じゃあ、中納言様はその薬を手に入れるために……？」

「そういうことだ。糸丸は知らないだろうが、中納言は道長左大臣や実資大納言にも相談を持ちかけ、大宰府に行けるように取り計らってもらったのだ。陰ながら、わたしも口添えした。中納言にも、これからは、自分の心配をしてもらいたい」

それから、一宮は糸丸を見て笑う。

「そう、心細そうな顔をするな。姉上には、わたしがついている。そうそう、それから、義清も都に残るからな」

「輔殿がですか？　ああ、よかった」

輔殿は、身分は高くないが、とても頼りになる方なのだ。

「義清は、このままわたしの屋敷に詰めてくれることになった。わたしや姉上が都にいる以上、中納言も安心できる守人(もりびと)を残しておかなくてはならないからな。清少納言も、それで納得した。あとは中納言が珍しい文物を送ってよこすようになれば、機嫌よくしていてくれるだろう」

そこで一宮は言葉を切ると、あこがれるような声音になった。「ああ、行けるものなら、わたしも行きたいのだが。このように窮屈な都を離れたい」

「一宮様は、都がお嫌いなんですか」

都のほかの世界なんて、糸丸には考えもつかない、恐ろしい場所なのに。そんなに都がいやなのだろうか。糸丸は、どんな顔をして聞いていればよいか、わからなくなってしまった。

一宮は、また笑う。

「だから、そんな顔をするな。わたしは都から離れられぬよ。これ、もっと朗らかな顔をしていないと、姉上を心配させてしまうぞ」

帰り道、糸丸は考えることがありすぎて、ついぼうっとしていた。だから、突然大路の角のところで何かがぶつかってきたときは、不意を突かれてひっくりかえりそうになってしまった。

「おい、何だよ」

糸丸の横を、小さな人影がすり抜けていくところだった。子どもだ。糸丸が塀の角から頭を突き出してうかがうと、向こうから、物売りらしい男が追ってくる。だが、太っているせいで、息を切らしているから、なかなか速く走れないようだ。

糸丸は、首を引っこめると、とっさに手を伸ばして、その子どもの腕をつかみ、塀の崩れに足をかけさせて上へ登らせてやった。

骨ばかりの、今にも折れそうに細い手首だった。

それからすまして、塀を曲がり、物売りに近づいていく。

物売りは、糸丸の風体を見て良家に仕える童と悟ったのだろう、丁寧に脇へよけた。糸丸は何食わぬ顔をしてすれちがう。

しばらく行ってから振り返って様子を見てみると、盗人を見失った物売りが、苦りきった顔で引き返してくるところだった。それをやり過ごしてからもう一度角を曲がり、なおもしばらくじっと待っていると、塀の上から、さっきの子どもがするすると降りてくるのが見えた。

「追っ手は行っちまったぞ」

糸丸がそう声をかけてやっても、むすっとした顔で手を払い、黙って突っ立っている。糸丸も声をかけにくくなってしまったが、黙っているのも気づまりだ。相手のぼろぼろの衣の懐のあたりは、妙な具合にふくらんでいる。

「お前、何を盗った？」

子どもは糸丸よりも少し年下だろう。黙ったまま、餅を三つ、懐から取り出した。

「かっぱらったのか、それを」

子どもはなおも無表情のまま、そのうちの一つを糸丸にさしだした。

「馬鹿」

糸丸は思わず腹立ちのあまりの声を上げ、それから顔を赤くした。この子どもは、逃げるのを手伝った糸丸が、乏しい獲物の分け前をせびっていると思ったのだ。

「誰がほしいもんか、そんなちっぽけな餅なんか。さっさとしまえ」

糸丸は、あたりを見回した。二人を見ている者は、誰もいない。

「早く、帰れよ」

それだけ言って、糸丸も背中を向けた。

盗みをとがめるつもりはなかった。清少納言のおばさんなんかには、絶対にわかってもらえないだろうけれど。

でも、数年前までの糸丸は、あんなふうに骨と皮ばかりの、飢えた子どもだった。糸丸の母親は何人もの子を抱え、始終どなりちらしてばかりいた。いったいどんなところに住んでいたのか、その記憶もおぼろだ。いつも風が、吹きすさぶような場所。そしてあるとき、髭だらけの男に手を引かれ、そこから連れ出されたのだ。

「お前は売られたのだ」

糸丸がこのことを話したとき、竹三条邸のゆかりの君は、吐き捨てるようにそう言ったものだ。

「お前の母親は、子どもたちを養いきれなくて、その髭男にお前を売ったのだ」

——ああ、そうだったのか。

やっと得心がいった。

そんな糸丸を、ゆかりの君は不思議そうに見つめたものだ。

「恨まないのか？　ひどい母親を」

「だって、いつもどなられたり、たたかれたりしていたから、生まれたうちから出て行けて、ほっとしていたし。あ、もちろん最初は、母と妹たちと離れるのがこわかったし、いやだったけど。でもその男は、おれにひどいことをしませんでしたから」

そう、男は糸丸を連れてあちこちを歩き回ったが、食いものはくれたし、傷が残るほどひどくたたいたりもしなかった。だから糸丸は、じゅうぶん幸せだったのだ。

「清少納言が言っていた。お前は、さる貴族の落し胤というふれこみで実家の走り使いになっていたのを、手元に連れてきたのだと」

「はい、ありがたいです」

なんだか、ゆかりの君の笑みが苦いような気がしたが、糸丸はすぐに忘れた。

糸丸は、気が利くほうではない。だから童や郎党がたくさんいるお屋敷では、いつもぐずだのろまだと言われてきた。

でも、竹三条邸では、下働きは糸丸一人だ。失敗をしても、こっそり後始末をしておけば、誰かに見つかって馬鹿にされたり、叱られたりもしなくてすむ。

「おれは、ここにいられて、幸せです」

ゆかりの君は、また、何とも言えない顔で笑った。

夏の初めの、ある夜更けのことだ。

門の脇の、自分の小部屋で眠っていた糸丸は、きなくさい匂いに、いち早く飛び起きた。

「ゆかりの君！　火事です」

姫宮のお部屋に駆けつけると、ゆかりの君は庇の間に寝ていたのを、起き上がったばかりのところだった。

「姫宮様」

ゆかりの君が奥の部屋に声をかけると、かすかにいらえがある。落ち着いた声だ。よかった、姫宮はそんなにこわがっていないようだ。

「ゆかりの君、よければ、おれ、どこが燃えているのか、見てきますが」

庇の間にこもっている汗や肌の香りにどぎまぎしながら、糸丸がそう言うと、ゆかりの君がうなずいた。

「頼む、糸丸。姫宮様、わたしがいればご心配はいりませんから」

その声を背に、糸丸はもう駆け出していた。

だが、たいして走る必要もなかった。

三条坊門大路の反対側、東洞院大路との角。火が出ていたのは、すぐそこのお屋敷だったのだ。炎は真っ赤に夜空を焦がし、火の粉がはぜる音まで聞こえる。

塀の向こうでは、何人もの怒鳴り声が聞こえる。ここまで燃え盛った火の手を止めることは、もう誰にもできない。屋敷の人や牛馬を逃がしつつ、せめて貴重な財宝を運び出すこと。いくら人手の多い屋敷でも、できるのはそのくらいのものだ。

糸丸は動悸をおさえながら、じっとあたりの様子を見てとろうとした。

通りは八丈の幅がある。火は大きく見えるけれど、大路のこちら側まで燃え広がることもないだろう。糸丸は、頭の中で燃えているあたりの地形を思い浮かべてみた。たしか、左大臣のご子息の屋敷だったはずだ。その見立てが間違っていないとしたら、なおさら心配はいらない。大貴族様のお屋敷は御殿の四方に広い庭が広がり、木立も深いから、たとえ御殿は燃え落ちてしまっても、お屋敷の塀の外にまで燃え広がることは、まずないのだ。

しばらく見るうちに、糸丸が思った通り、火の手は小さくなって見えなくなった。さっきまで赤々と照らし出されていた御殿は、黒い影さえ見えない。屋根が焼け落ちたのかもしれない。だが、ほかに燃え移ることはなかったのだ。

そこまでを見届けて、糸丸は竹三条邸へ戻ってきた。と、向こうから車がやってくる。豪華な飾りつけをしているわけではないけれど、見事な牛が引いている。脇で手綱を取っていた牛飼い童が、声をかけてきた。

「姫宮様の、竹三条邸のお方ですか」

こんな丁寧な問いかけをされるのにも、糸丸は慣れた。竹三条邸に来た客へは、最初に糸丸が応対しなければならないから、物おじしていてはいけないのだ。

「はい。どちらのお方ですか」

ゆかりの君のしつけで、こんなふうに正しい挨拶（あいさつ）も板についた。

「枇杷殿の彰子皇太后様から、火事のお見舞いに参りました」

「は、はい」

先に立って、手近な縁へ車を案内する。それから急いで座敷に上がってゆかりの君を連れて戻ってくると、横付けされた車から、一人の女房が降り立つところだった。

「ああ、これは」

ゆかりの君が、わずかにはずんだ声を上げる。ふりむいたお客人の女房のほうも、顔をほころばせた。

「お久しゅうございます、ゆかりの君」

「わたしはまったく外に出ないもので、これは嬉しい。お顔が見られるのは何年ぶりでしょう」

ゆかりの君がさしだした手燭に浮かび上がったのは、糸丸にも見覚えのある顔だった。

「あ、お方様」

堤様の――輔殿の奥方の――ご主人だ。そうだ、この方は、皇太后御所に仕えていたんだった。

「糸丸も、元気そうだこと」

「はい！」

自分を覚えてもらえていたことが嬉しくて、つい、糸丸の声もはずむ。

「たいそう賢い童になりました。どこのお屋敷へのお使いも任せられる」

ゆかりの君が、そう口を添えてくれた。「今夜の火事に、真っ先に気づいたのも、この子でした」

糸丸は照れくさくなって下を向いた。

「おれ、鼻だけはいいから。犬みたいって、からかわれたこともあるくらいに。あ、燃えたのは、左大臣のご子息の屋敷です」

ゆかりの君の声が真剣になる。「あのあたりというと、教通様のお屋敷が？」

「ええ、そのとおりです」

答えたのは、糸丸よりお方様が早かった。「たいそう火の回りが早く、代々の宝もほとんど持ち出せなかったとお嘆きでした」

ゆかりの君は、小さく鼻で笑った。

「そんな宝なんて。新しい貢物(みつぎもの)で、いくらでも蔵が埋まるでしょうに。お屋敷だって、左大臣をとりまく受領たちが、すぐに建て直すだろうし」

「ええ、そうでしょうね。でも、書物だけは……」

「書物も焼けてしまったと？」

「お家に代々伝わる殿様たちの日記だそうです」

お二人のそんな話を聞きながら、糸丸はお方様の乗ってきた車の御簾を巻き上げた。自分は、お客様といつまでも話をしていてはいけない。お見舞いなら、姫宮だって早く会いたいだろう。

お方様のお供をしてきた牛飼い童と一緒に牛の手入れをしていると、早々とお方様は戻ってきた。

「今日の火事の因は何だったのか、糸丸は知っている?」

「はい。それが……、つけ火だと噂が立っていました」

「どこで聞いたの?」

「さあ。あの、燃え広がり具合を見極めているときに、往来で聞いた噂だから、それ以上のことは」

お方様は嘆息した。

「たしかに、このところつけ火が多いものね」

「はい」

そのまま皇太后御所へ帰るのかと思ったが、車の中から、お方様は別の指図をされていた。

「次は、小南第へ」

小南第。そうか、左大臣のお屋敷だ。左大臣は皇太后の父上なのだから、きっと、姫宮がどんな様子だったか、報告に行くのだろう。

——お方様は、えらくなったんだな。

そう思いながら、糸丸はぼんやりと車を見送っていた。

翌朝。糸丸は、高倉第へ出かけた。昨日一宮のところから来た火事見舞いへの返事を届けるためだ。

「姉上は、心細がっておいでではないか」

「はい、少し。でも、ゆかりの君がついているから、大丈夫です。昨日は、皇太后御所からもお見舞いが来ましたし」

「われらのことを忘れぬお方がいてくださるとは、頼もしいな。あとで、清少納言にも話して安心させてやろう。そうだ、糸丸、大宰府より届いた、珍しい香油を分けてもらっている。姉上にさしあげてくれ」

一宮が手を打って現れた女房に言いつけると、やがて、小さな瓶が運ばれてきた。

「これは、大宰府に行った中納言様が届けてきたのですか」

糸丸がそう聞くと、一宮は笑った。

「いやいや、隆家中納言は、まだ大宰府に出発しておらぬ。これは、隆家中納言の前任の、現大弐がよこしたものだ。わたしは今でも大宰帥だからな」

「だざいのそち?」

「大宰の最高の長（おさ）ということだ。ただし、皇族は、自分ではかの地には赴かぬ。遠い昔には、そうでもなかったようだが」

そうか、だから一宮は大宰府というところに行きたいのかもしれない。

「ほら、よい匂いがするだろう」

「わあ、本当だ」

一宮が手の中にすっぽりとおさまってしまうような銅の瓶の蓋をあけると、今までかいだことのない香りが部屋中にただよった。

「これは、唐の国で、女人方が白粉(おしろい)を溶くのに使う香油だそうだ。それに、顔に塗ると目への効用も期待できるとか。わが国では作ることができぬものだから、姉上にもお珍しいだろう」

「はい」

まもなく糸丸は高倉第を後にした。もらった駄賃を袖の中に、香油の瓶は懐に入れて、気をつけて歩いているうちにふと、大路の向こうを歩いている人影に目を留めた。

「あれ?」

どこかで見たような背中だ。

小さい。肩が薄くて骨が飛び出している。大げさに言っているのではない。衣に開いている穴からとがった肩がのぞいているのだ。

こんなにみすぼらしい子どもを、一宮のお屋敷でも三条のあたりでも、見たはずがないのだが……。

その人影は、二条大路を西へ進み、内裏の手前で大宮大路へと曲がった。その横顔を見て、思い出した。

——あのこそどろの、子どもだ。

このあたりに住んでいるのだろうか。

内裏を左に、一条院内裏を右に見る陽明門の向こうから、さかんに木槌の音がする。去年、また焼け落ちた内裏を再建しているのだ。荷車に山と積まれた材木が、どこからか、きりもなく運ばれるのも、都の者にはすっかり見慣れた光景だ。

門の向こう側は、普段なら貴族たちの場所だが、今は、あやしげな人間も出入りする。これほど大きな建物を建てるのは、修理大夫（すりのだいぶ）――再建のお役人――の配下だけでは間に合わない。だから、近在の民がたくさん、下働きに駆り出されるのだ。今も、木材を運ぶ者、土を運ぶ者、大勢の行き交う姿が見られる。

陽明門をくぐるところで、あの子どもが振り向いた。中の作事の光景に気を取られていた糸丸は、まともに目が合ってしまった。

「……ここにいるのか」

何と声をかければよいのかわからなくて、糸丸はもごもごとつぶやいた。子どもは仏頂面のまま、背を向けて、ぶっきらぼうな言葉を投げつけてくる。

「ここは、お前のような者の来るところじゃない」

「お前のようなって、どういうことだ」

「そんな、よい着物を着て、ふんぞりかえっているような奴らのことだ」

糸丸は、むっとした。馬鹿にされるいわれはない。だが、どうしてついてきたのかと言われたら、たしかに返事ができない。

糸丸は、とっさに、袖の中から小さなものを一つ取り出した。笹の葉に包まれた餅。さっき、一宮のお屋敷でもらったものだ。

「これをやろうと思っただけだ」

子どもは、馬鹿にしたように鼻を鳴らした。

「へえ。施しか」

「違う」

どうしてすなおに受け取らないんだろう。きっと腹がすいているだろうに。子どもはそのまま陽明門の内側に入る。屋根の下に、むっとする匂いが立ちこめていた。茵のようなものが敷いてある。ぼろぼろで、ところどころ焦げているが、もとは上等の品だったようだ。

「……ここに、住んでいるのか」

大きな屋根のついた門だから、雨は防げる。もちろん壁などないから、風は容赦なく入りこんでくるが、町方には、家がなく、こうしたところに軒を借りて住みつく者もいる。

「お前、一人で暮らしているのか」

子どもの目が鋭くなった。

「余計なお世話だ」

子どもの言葉はどこまでも糸丸を拒んでいるのに、それでも、立ち去りかねてしまった。自分の身の上と比べてひどすぎる住みかに、胸が痛くなったのだ。最初は一つだけのつもりだった餅を、洗いざらいつかみ出して、茵のはじに置こうとする。

「やるよ、これ」

「いらない。持って帰れ」

「やるってば」

いらだちながら、一歩踏み出したときだ。糸丸はみぞおちを固いもので殴られ、一瞬だが息が止まった。不意打ちに膝をつきそうになるところを、なんとか持ち直す。だが、その拍子に懐から何か重いものが落ちた。

「あ」

大事な香油の瓶だ。割れはしなかったが、栓がはずれて中の油が茵に飛び散った。

糸丸は泣きそうな顔で、足元にこぼれた香油を見つめる。呆然としているうちに、香油はあっというまに茵にしみこんでしまった。

「……畜生」

あいつが、糸丸を殴ったのだ。そして、さっさと門の内側の、暗がりの中へ姿を消してしまっていた。

糸丸が追いかけようかと迷っていると、近くに置かれていた黒い大きな箱のようなものの陰から、小さな人影が出てきた。

「何事じゃ、あきつ」

しわがれた声だけ聞いたときは、ずいぶん年寄りだと思った。だが、日に照らされた顔を見れば、まだそれほどでもない。小柄で痩せこけている女だった。

「おお、これはどちらの若様か」

女は糸丸を見ると、猫なで声を出した。糸丸の風体がこざっぱりとしていて、ご大家に仕えているように見えたからだろう。

こんな下々の者に声をかけられることの少ない糸丸は、言葉遣いに困った。丁寧に応対してはいけない気がするし、かといって居丈高な態度も取れない。

結局、糸丸はそのまま立ち去ろうとした。と、その女の声がさらにねっとりと湿り気を帯びた。

「そうお急ぎになるものではない、若。このかげろうが、辻占をして進ぜよう」

「辻占?」

辻占とは、もともと、思案に余った者が夕暮れに町の四つ辻に立って、通りすがりの見知らぬ者がつぶやく言葉から、おのが行動を決めるというものだった。だが近頃は、そういった占をしたい者を狙って、さもそれらしい言葉を持ちかけ、代価を要求する輩が現れた。そのくらいのことは、糸丸も知っている。そういった辻占師とは、得体のしれない曲者だということも。

だから糸丸は踵を返した。それなのに、女はすばやく腕をつかんでいる。

「そう、つれなくするな。こんなにかわいいお顔の若から代を取ろうとは思わぬ」

じっと糸丸を見つめる女の目はわずかに血走り、ろくに体も洗えていないのだろう、独特の臭気がある。竹三条邸では、絶対にかいだことのない匂いだ。なのに、不快なだけでもない。何かを思い出させる……。

と、いきなり突き放された。はずみで、そこに置かれていた大きな箱に、頭がかすった。黒くすすぼけた箱だが、さわると細かい彫り物があるのもわかる。

「何をするんだ」

何とか立ち上がった糸丸に、女はまた荒い言葉を投げつけた。

「おお、こわやこわや。この童は滅びのしるしを持っている」

糸丸はむっとした。自分から近づいてきたくせに。

「無礼を言うと、お屋敷に言いつけるぞ」

「ほう、お屋敷とはどこじゃ」

「……三条」

はっきりと姫宮の御所のことを口に出さなかったのは、用心しなければと知恵が働いたからだ。

そのまま、今度こそ糸丸は立ち去った。背後で、女の、何だかおびえた声が聞こえた。

「よいな、あきつ。あの童と関わり合うな」

香油をこぼしてしまったことは、たいして叱られなかった。

「白粉？　わたくしには、そんなものは無用だから」

御簾の向こうの姫宮はそう言っただけで、それよりも糸丸の様子に興味をひかれているようだった。

「そんなことよりも、糸丸、お前、その顔はどうしたの？」

「顔、ですか？」

「ほら、何か黒いものがついている」

あわてて頬をこすってその手を見ると、本当に黒いすすがついている。

「ああ、きっと、さっき倒れそうになって箱にぶつかったときだ」

姫宮の御前を下がったとたん、糸丸はゆかりの君につかまり、顔をこすられた。痛いのを我慢していると、改めてくやしさがこみあげてくる。

「あきつとかげろう。もっともらしい名だ」

腹が立った糸丸が何もかもぶちまけると、ゆかりの君はそう言って笑った。

「かげろうはわかるか？　あきつも同じようなものだ」

ゆかりは手元にあった紙に、「蜻蛉」「秋津」と書いて見せてくれた。ゆかりの君は、お屋敷からほとんど出ないけれど、いろんなことをよく知っている。

「秋津のことは、とんぼうとか、とんぼ、とも言う人がいる。どちらもはかない虫のことだ」

「虫かあ」

いかにも、ああやってどこかから湧いてきたように暮らしている者たちにふさわしい。門の陰にひそんで雨露を避け、口に入れるものは盗んだり物乞いをしたりして手に入れるのだろう。水から生まれ、あっけなく死んでいく生き物のように。水に落ちたら魚の餌食(えじき)になるだけの命。そのかわり、あとからあとから、同じような命が湧いてくるのだ。

「それにしても、糸丸、身をつつしめ。姫宮様のことがある。あまり下賤の者に関わりあうな」

ゆかりの君にぴしりと言われ、糸丸は頭を下げて身を縮めた。

「すみませんでした、もう、しません」

そう、ゆかりの君の言いつけをちゃんと守るつもりだったのだ。なのに、糸丸はまた、大路で見つけてしまった。女のほう――蜻蛉――を。

そのとき糸丸は、また、高倉第へ、物を受け取りに行ったところだった。

「今度は、無事に大宰府に着いた隆家中納言から、珍しい錦が届いたのだ。姉上にお渡ししたい」

大事にその包みを抱えて朱雀大路を南へ下る。早く帰って、薫物（たきもの）を梅の木の下から掘り出さないといけない。姫宮は、香の調合がお好きで、たくみなのだ。そうやって姫宮が砕いたり混ぜたりして作った合わせ薫物を寝かせておく間、土の中に埋めたりするのは、糸丸の役目だ。

もう夕刻で、夏の日も暮れかけている。

すると、小さな人影が行く手に見えたのだ。

――あの、女だ。蜻蛉。

蜻蛉は三条の小路を西へ向かっている。

糸丸はそっとあとずさった。あの女は苦手だ。

ただ、秋津のほうは、やっぱりちょっと気になる。蜻蛉がいないのなら、秋津と話せるかもしれない。

陽明門までは、遠くない。

ぐずぐずしながらも、結局糸丸は陽明門のほうへ足を向けた。秋津に会うだけならいいだろう。あいつ、ちゃんと食いものはあるんだろうか。

と、陽明門の陰から、誰か出てくる。

だが、それは下卑たにやにや笑いを浮かべた、どこにでもいるような男だった。すれちがったときの生臭い体臭に、糸丸は顔をしかめた。

その後ろから、ちらりと門の向こうに消える影がある。

——あれが秋津だ。

すると、その白い衣を被った秋津がふっと振り向いた。

「……あ」

思わず声を出したのは、相手が秋津ではなかったと、そこで初めて気がついたからだ。

違う。よく似ているけれど。これは女の子だ。

表情がわからないほど濃い化粧をした顔は白く、唇は赤く、とき流した髪は濡れ濡れと黒い。

自分がまじまじと見つめてしまっていたのに気がついて、糸丸は赤くなった。

少女は目をそらさない。糸丸は口ごもりながら言った。

「……失礼を」

すると、少女がかん高い声で言った。

「今、蜻蛉はお相手できないぞ」

「え?」

「蜻蛉を、買いに来たのだろう? そんなに若いのに」

少女の声音に、嘲笑うような響きが加わる。糸丸は当惑して、それから、少女の言葉の意味に気づいた。それに、たった今すれ違ったあの男が、ここで何をしていたのかも……。

顔がかっと熱くなるのがわかった。

「買うなんて……。ち、違う」

「あとでまた、来ればよい。今蜻蛉は、ほかの殿方のお相手中じゃ」

嘘だ、糸丸はそう思った。だって蜻蛉は今、ここにいるはずがない。じゃ、さっきの男の「お相手」をしたのはこの少女なのか……？

糸丸はくるりと背を向けて、逃げ出した。いつまでたっても動悸はおさまらなかった。

走りつづけて、二条大路の近くまで戻ってきたときだ。またきなくさい匂いがした。目を上げると、行く手の空が赤く染まっている。

——これは……。また火事だ。それも竹三条邸のほうじゃないか。

そのとき、細い人影が火の出ている方角からすごい勢いで走ってきて、闇へ消えた。場違いな芳(かぐわ)しい匂いが、鼻をついた。

前方から叫び声もする。

「つかまえろ！　今、怪しい人影が逃げていった！」

糸丸は、あわてて物陰へ隠れた。殺気立った武者たちが、ばらばらと走ってくる。

こんなところを見つかっては、はずみで、糸丸まで怪しまれてしまうかもしれない。一度あの武者たちにつかまったら、言い開きを聞いてもらうのも、面倒そうだ。こういうときは、関わり合いにならないのが一番だ。

糸丸は少しずつ後ずさりして、手近にあった楠(くすのき)に登った。葉がこんもりと生い茂っているので、糸丸を隠してくれる。

葉隠で武者たちの声も少し聞き取りにくくなるかと思ったが、じりじりと梢(こずえ)のほうへ登っていくと、少し葉の隙間が開いてきた。武者たちは逃げた曲者を追うのに夢中で、自分たちの頭上に糸丸がいるのには気づかない。

「くそ、どこへ行った」

「あの小童(こわっぱ)が」

盗み聞きをしている糸丸の鼓動が速くなった。小童? まさか……

「子どもだったのか?」

「あの小さな体であのすばやさだ、子どもにちがいない」

「お屋敷に火をかけるとは、なんと大胆な」

「見つけ出したら生かしてはおけぬ」

「しかし、どうしてあんなに短い間に燃え広がったのだ?」

「あの小童、ぼろの筵(むしろ)か何かの切れ端に火をつけて、屋根に投げ上げたのだ。いったい何がついていたものか、そのぼろ、水をかけても容易には消えず……」

それから、少し離れたところで、別の声がした。

「おい、向こうに何かいたぞ！」

武者たちはわれがちに走り出す。全員がその場から立ち去ったのを見て、糸丸はようやく滑り降りた。

足ががくがくと言うことを聞かないのを励ましながら、どうにか竹三条邸へたどりつく。

この間の火事よりも竹三条に近いところだったが、お屋敷には、火はかかっていない。

とにかく、姫宮の無事をたしかめるのが第一だ。糸丸は、お屋敷に駆けこむなり、ゆかりの君を捜した。

「ゆかりの君、姫宮様はこわがっていませんか？」

「大丈夫」

ゆかりの君の目が厳しい。「それよりも、糸丸、お前こそどうした」

たしかに、糸丸は普通の顔色ではなかったのだろう。

黙っていられずに、糸丸は武者たちに出くわしたことを打ち明けてしまった。

「そんなこわい思いをしたのか。それでも、その殺気立った武者たちにつかまらずにすんでよかった」

糸丸は、まだ動悸(どうき)と恐怖がおさまらなかった。

「どうして、屋敷に火をつけたりする奴がいるんだろう。一歩間違えば、つかまって、なぶり殺しにされかねないのに」

京の都は美しく穏やかなところだと人は言うが、一皮むけば追剝(おいはぎ)も盗人も出る物騒な場所だ。

だから、みやびな貴族様たちはやさしくお暮らしでも、主人を守るためなら血を流すことなど何とも思わない武者たちが、その暮らしを守っている。

「それなのに、どうして……」

「糸丸、何をそんなに気にしている？」

ゆかりの君に尋ねられ、糸丸ははっと我に返った。

「まだ、隠していることがないか？」

「……いいえ」

何もはっきりした証があるわけではない。

火をつけたと追われていたのが子どものようだったこと。

だからと言って、あれが、秋津だと決まったわけではないのだ。たしかに、糸丸が一瞬そう思ってしまったのは事実だが、よくよく考えてみれば、そこには何の理由もない。

ただ、嫌な感じに鼓動が速くなっているのは、ずいぶん長い間、鎮まらなかった。

夏の初めの、左大臣家ご子息の家の火事のときよりも、今度のは、さらに竹三条邸に近かった。だから、お見舞いの数も多い。特に、左大臣家からは、警護として武士の一団まで送られてきた。棟梁は、源頼光という、とても有名な武士だ。遠い国で何とかいう化け物を退治したとか、いろいろと勇ましい話が伝えられている。

耳障りな甲冑の音を立て、無表情な面に白く光る目をした武士たちは、物を言わない。ただ、竹三条邸を取り巻いている。その光景は、頼もしくはあるが、不気味だった。

その武士たちに守られて、無事に一夜が明けた朝。皇太后御所からもお見舞いがやってきた。今回も、お使いはお方様だった。

「あの、お方様……」

「なあに？　糸丸」

「ゆうべの火事も火つけだと言われていますが、その、誰か、怪しい奴はつかまったんですか」

「いいえ。そんな噂はないようよ」

「そうですか」

なんとなくほっとした糸丸を、お方様がじっと見つめている。

「糸丸？　何か気にかかることがあるの？」

糸丸は、しばらく迷っていた。

このお方様は、とても賢い人だ。昔、糸丸が内裏にお住まいの人への呪いという、大変な陰謀に巻きこまれそうになったときも、お方様が乗り出してくれたら、糸丸をからめとっていた綱がするするとほどけるように、謎が解けたことがあったのだ。

――火つけのことも、相談してみようか。でも、何もはっきりしたことを知っているわけでもないから……。

「いいえ、何もありません」

「そう」

お方様はゆかりの君に促されて、お部屋へ入っていってしまった。

糸丸の迷いなど知らない香子は、姫宮にお見舞いを言った後、縁先まで送りに出てきたゆかりの君に相談を受けていた。

「わたしは、外に出ないようにしているもので、都の情勢に疎い。でも、姫宮様を守るためにはいろいろと知っておかなくてはならない。先帝が崩御されてから、なんだかいやなことばかり起きている気がするから」

「ええ。わたしで知っていることなら、お話ししておこうかしら」

香子は声を低めた。「たとえば、昨夜、大殿のお屋敷でこんなことを聞きました。大殿はお見舞いに来ようとして床から起き上がったとき、めまいに襲われたそうで」

「お年のせいか」

ゆかりの君は笑った。

「それで、お出ましは、おやめになられて。代わりに、警護として源頼光をさしむけられたのです」

「ああ、なるほど。頼光に、左大臣が目をかけてやっているのは聞いている。そうやって左大臣が各国の国守に任じてやっているうちに財を蓄え、また、子飼いの武士を増やしていった武家の棟梁(とうりょう)だと」

「ええ、今では都の警護を実質的に任せられるほどの手練れの集団を抱えています」

だから、頼光が馳せ参じるなら、何よりも安心なのだ。

「それで、お体の具合が悪かったせいでしょうね、大殿もつい、愚痴めいたつぶやきを洩らされたのです」

――まったく、つい先月には地震があったばかりではないか。それに重なっての火事。帝が即位されてすぐに完成した内裏さえ、三年ともたずにまた焼けてしまった。おまけに、今年の疫病もひどかった。

――さようで。

――また、近頃はあちこちの屋敷や、それどころか内裏にまで、死人が捨てられているそうだな。

――嘆かわしい限りでございます。

――それもこれも、天下が乱れておるのだ。火事が頻発するのも、人の心が荒れている証拠。そうは思わぬか。

――御意。

――このまま、天下が治まらなければ、帝にもお考えあるべきだと思うが。

そんな会話だった。

「それで、最後の言葉には、頼光は何と返事を？」

ゆかりの問いに、香子はかぶりを振った。

「何とも答えておりませんでした」

「それは、そうか。そのような重大事には、頼光風情では口は出せないとわきまえているはず」

「わたしはそこで立ち去りました。気づかれそうになったので」

二人の女——一人は男装、一人は礼儀にかなった女房姿——は、暗い顔を見合わせた。

やがて、ゆかりの君が言った。

「左大臣は、帝の御所への伺候も怠りがちで、ご命令にもなかなか応じないとか」

「ええ。ほかにも、いろいろと帝の御意に反対することがあるようです。たとえば、大殿は、内裏へのお帰りの期日を先に延ばすようにと、帝にも申し上げたそうです。作事が進んでおらぬため、お帰りになることができませぬ、と。きっと、帝としては、天下が治まらないのは、場所が悪いせいとおっしゃりたいのでしょう。一条院のような間に合わせの里内裏ではなく、正式に朝廷と卜定(ぼくじょう)された内裏で厳粛に遷御の儀式も行い、心も新たに自分の世を始める。そうすれば天下もきっと治まると、思っていらっしゃるのでしょうね。今の世の乱れは自分のせいではなく、早く内裏を完成させない臣下のせいだと」

「帝は、追い詰められているのか。近頃、お目はますます悪くなっているというし」

「こんなことを言ってはいけないのかもしれませんが」

香子の声が、さらに低くなった。「帝の側近たちは、妍子中宮のことをお嘆きのようですよ。どうしてお産みになったのが、姫宮だったのかと」

「つまり、妍子中宮が男御子を産んでくださっていたら、亡き一条帝と同じように、左大臣から重く扱われたのに、と？」

「ええ」

二人はしばらく黙った。それから、同時に言った。

「情けない」

二人は顔を見合わせ、今度は同時に笑い出す。

しばらくして、ようやく笑いやんだあとで、ゆかりの君が吐き捨てるように言った。

「でも、本当に情けないこと。お后様の産んでくれる子が男か女かによって左右される？　帝というのは、そんなに軽いもの？」

「ゆかりの君」

たしなめながらも、香子も否定しようとはしない。「わたし、妍子中宮にお目にかかったことがありますの。今年の夏、お産みになった姫宮の着袴のお祝いのときに。いたたまれない様子なのが、お気の毒でした。針の筵にすわらせられておいでのようで。とてもおきれいな方だったから、よけいにおいたわしくて」

「そう」

「それで、つい、出過ぎたことを言ってしまいましたの」

「何と？」

「女こそ、国を保つ礎。中宮様は、まこと、ご立派ですと」

「式部の君に言われたら、さぞ嬉しかったろう」

「ええ。ちょっとお顔の色が戻ったような気がしました。そしてお返事くださったの。そなたのような者がこの世にいるだけで、嬉しい、とね」

——そなたの物語に、わたくしはどれほど助けられていることか。子の産めぬ紫の上と、姫しか産めぬ明石の君。結局はその二人が光源氏の栄華を助けている、あの物語に。

妍子中宮のあの声は、忘れられない。

——わたしはそこまでの深い意味を持って、光源氏の息子を産んだ二人の女君を、早々と亡き人にしたのだったろうか？

自分でも、たいした狙いはなかったと思う。ただ、あったとすれば。

息子を産んだ女は、ままもてはやされる。だから、たとえば夕霧を産んだ葵の上が息災だったら、光源氏の妻たちの序列は動きようがなく、物語も動かなかっただろう。ましてや、冷泉天皇を産んだ藤壺は、生きてさえいれば最高の女性であり続ける。それでは面白くない、とは考えていたのかもしれない。

——まったく、わたしは底意地の悪い女だこと。

香子の思いなど知らぬゆかりは、帝のことのほうが気になるようだった。

「とにもかくにも、ご自分のあとのことが定まるまで、帝は譲位など、決してしないと思うが」

香子はうなずいて、答えた。

「それに対して、大殿のお望みは別のところにある。今の帝が譲位すれば、ご自分の孫が帝になれるのですから」

三　ひお

（ひお：ひお虫ともいう。カゲロウ目モンカゲロウなど。幼虫は水生）


香油には心ひかれなかった姫宮だが、唐渡りの錦はたいそうお気に召したらしい。

糸丸が掃除をする縁先に、錦の小さな小裂（こぎれ）や、糸くずが落ちている日が続いた。

「これは、何をなさっているんですか」

ゆかりの君に聞いてみると、ゆかりの君もにこやかに答える。

「小さな袋を作って、そこに香のかけらを入れて、口を閉じる。そうすると、その袋を入れた袖まで、ほのかに香るようになる。香袋というのだ」

「へえ」

姫宮の居間の近くの掃除が終わったら、その周りの庭。

塀際の掃除をする頃には、夏の日は高く照りつけている。

「猩々飛びやれ、飛びやれ猩々」

塀の向こうから、子どもたちの囃子歌（はやしうた）が聞こえる。

夏はたけなわを迎えていた。

だが、都では落ち着かない日々が続いている。

疫病は広がる一方だし、地震も何度か起きた。

それでも、都の賑わいは変わらない。どこからこれほど集まるのかと不思議になるくらい、人が多いのだ。

今都がにぎやかなのには、特別な理由がある。近頃、京の町は、あちらでもこちらでも、槌音が響いているのだ。去年焼けた内裏や、初夏に焼けた左大臣ご子息の屋敷をはじめ、大きなお屋敷が焼けることが度重なり、建て直しをしなければならないからだ。人手が入用な都には、近在の荘で食い詰めた者までが集まってきているらしい。

ゆかりの君によると、その中でも内裏の再建は急がなければならないらしい。陽明門の向こうには、荷車に載せられた材木が、毎日運びこまれている。

帝が、今の仮の住まいがお嫌いで、早く内裏に戻りたいとせっつくためだそうだ。

秋津にまた出会ったのは、その作事場だった。ようやくできあがった殿舎にお出かけになった一宮から呼ばれた帰りに、まだ棟上げもすんでいない御殿のそばを通りかかったとき、あのむっつりした横顔を見つけたのだ。

細い両腕で、材木を運んでいる。糸丸は声をかけそびれ、しばらくその姿を見守っていた。

秋津が何度か往復したあと、一番長い材木をかついで立ち上がろうとしたときだ。すぐ後ろを土を入れた箕を持った男が通り過ぎ、秋津の材木のはしにぶつかった。

はずみで秋津がよろける。

糸丸は、思わず、その材木を持ち上げていた。

急に肩の荷が軽くなったことに驚いた秋津が、見上げる。糸丸は笑ってみせた。ほかにどんな顔をしたらいいのか、わからなかったのだ。

何を話せばいいのかも、同じようにわからない。一番聞いてみたいのはこの前の火事のときに感じた不安のことだが、そんなこと、どう聞けばいいのか。

するとと思いがけないことに、秋津も笑った。急に幼く見えた。

「またお前か」

「また会ったよな」

同時に言ったのも同じようなことで、今度は二人そろってふきだした。

「とにかく、これを運んじまわないと」

二人で気をそろえて、足をそろえて運ぶ。秋津のほうが小さいから、前だ。

しばらく離れたところで、鉋(かんな)を使っている男たちがいる。

「おう、小童が一人増えたぞ」

「どこから来た」

気安く声をかけてきたのは、どこのお屋敷の厩(うまや)にもいそうな、尋常な水干烏帽子姿の男たちだった。

だが、そいつらの肩を押しやってずいと前に出てきた、もう一人の男は違った。烏帽子もかぶらない頭は、ぼさぼさの髪を後ろで一つにまとめただけだ。髭が濃い。衣もぼろぼろだ。そして、先端が二股に分かれた、奇妙な棒を持っていた。

「ほう、こいつはいいものを着ているな」

頭から足の先まで眺め回された糸丸は、よい気持ちがしなかった。

「お前に話しているのだぞ、小僧。どこから来た」

糸丸が答えるより先に、秋津が糸丸を背中にかばうように、その男との間に割って入った。

「どこでもいい。こいつは、おれの友だちだ」

「生意気な口をたたくな、秋津。お前の友だちなら、おれらと同じ輩ということになる」

そこで、鉋を使っていた男の一人が仲裁に入ってくれた。

「まあよい。材木はそこへ置け。怠けるなよ」

「あの棒を持った男は、何だ？」

異様なものを感じて、走り去りながら糸丸が聞くと、秋津は簡単に答えた。

「母者の知り合いだ」

「あの棒は、何に使うのだ？」

「地面に突き刺して、水の道を探るんだ。どこに井戸を掘ったらいいかとか。ここは、水がしみ出しやすいから、御殿を建てないほうがいいとか。そうして、お偉方に進言する」

「本当に、そんなことがわかるのか？」

糸丸が驚くと、秋津はうっすらと笑った。

「あいつらは、そう言ってる。まあいいや、お前は近づくな」

それから、二人してなおも走って、荷車のところへ戻った。次の材をかつぐ。何度も繰り返すうちに、糸丸は息が上がってきた。肩が痛い。足も痛い。てのひらがひりひりするのは、ささくれだらけの材でこすれたからだ。

それに比べ、糸丸よりもずっと小さい秋津はけろりとした顔をしている。

糸丸がふらふらしてきた頃、冷たいものが顔に当たった。秋津も上を見上げる。

「雨だ」

秋津が心配そうな顔になる。と見る間に、雨脚は強くなっていった。

「これじゃしかたがないな」

二人で、手近の小屋に駆けこんだ。糸丸は体を休められるのにほっとして髪についたしずくをはらったが、秋津はなおも心配そうに空を見上げ、こう尋ねた。

「夕暮れまで、どのくらいあるかな」

「もうじきだと思うけど」

一宮のところを出たとき、ちょうど申の刻限だと教えられたから。

「じゃあ、大丈夫かな」

秋津がほっとした顔になったので、聞いてみた。

「時刻が、そんなに気になるのか」

「仕事の途中で雨降りになると、その日は一日ちゃんと働いたことにならないから、飯がもらえない。夕方まで働いたら、粟(あわ)の握り飯が二つ、もらえる」

秋津は無邪気な顔で言う。糸丸は言葉に詰まった。一日、こんな大変な思いをして、握り飯二つか。

雨の音が強くなってきた。秋津が口を開く。

「なあ……」

「何だ?」

「おれ、お前の名を知らない」

糸丸は笑った。そう言えば、名乗るような、普通の出会い方をしていなかったな。

「糸丸って言う。お前は、秋津だろ」

「うん。糸丸は、いいお屋敷にいるんだろ?」

「どうしてそう思うんだ?」

「だって、その身なり」

秋津は、こざっぱりとした糸丸の白い水干をじろじろと見ている。糸丸は急に恥ずかしくなって、わざと腕まくりした。

すると、秋津がまた口を開く。

「ほら、ちゃんと腕に肉がついている」

たしかに、袖の破れからのぞく秋津の腕は、とても細いが……。

つい、むっとして口を開きかけた糸丸に、秋津はたたみかけるように言った。

「それに、お前、女に気に入られそうな顔だ。なのに、どうしてこんなところで働こうとする」

糸丸は言葉に詰まった。

――何と答えよう。

糸丸にだって、よくわからないのだ。

「ただ……。ただ、お前のことが気になったからだ、秋津」

「おれなんかのことがか?」

秋津が目を丸くする。生まれてから一度も、たぶん蜻蛉にも、かまわれたことのない子どもなのだ。

それに気づいた糸丸は、やっと答えを見つけた。

「おれも、今のご主人に巡り合うまでは、誰からも気にしてもらえなかったから」

――ああ、そういうことなんだ。

口にして初めて、糸丸は自分の気持ちに気づいた。

そうだ、秋津は昔の糸丸みたいなのだ。

秋津は、まだ糸丸を見つめている。糸丸のほうがもじもじしてきた。すると秋津はもっと顔を寄せてくる。ぷんと、何かの匂いがした。わらと、草と、厠と、あと何かが混ざった甘いようなきついような匂い……。

「わかった」

糸丸がいきなり大声を出したので、秋津がびっくりして体を引いた。それにかまわず、糸丸は続ける。

「その匂いだ」

「匂い？」

秋津は幼子のような仕草で自分の腕の匂いをかいでいる。それからきょとんとした顔をした。

「何の匂いだ？」

「お前の体の、その匂いだよ。たぶん、おれの生まれた家のみんなも、同じ匂いだったんだ。もうよく覚えていなかったけど、そうだったんだ」

そして、あの蜻蛉という女も。

「ふうん」

秋津は感心したような顔で、また自分の腕と糸丸の腕を、くんくんと交互にかいでいる。それから、ふっと笑顔になった。

「わからないや」

なんだか糸丸も楽しくなって、笑い声を立てた。

笑いやんだあとも、そのまま二人は並んで、雨に白く煙る作事の場を眺めていた。すると、秋津がまたふいに言い出した。

「この前、ひおに会ったんだってな」

「ひお？」

聞き返してから、思いついた。「あの、女の子のことか？　お前に似ていた……」

「妹だ」

ああ、そうなのか。

秋津がこちらを探るように見ている。黙っているのも気づまりだったので、糸丸は言葉を探した。

「もらえるのは握り飯二つ、か。一つは、あのひおのぶんなのか」

「ん？　ああ、そうだ」

「お前たち、ずっとあの陽明門のところで暮らしているのか」

「うん。ここで仕事をもらうのにも都合がいいしな」

秋津はそう答えて、また空を見上げた。

「なあ、秋津。ひおもここで働かないのか。そうすれば、せめて、もらえる握り飯が倍になるだろう」

女でも、何かできることはないのだろうか。少しでも、楽な暮らしをするために。

だが、なぜか、秋津は急に不機嫌になった。

「ひおは、ひおで、働いている」

「どんな？」

「知りたいのか」

秋津の声が険しいのに、糸丸はどきどきしてきた。さっきまで機嫌よく話をしていたのに、変な奴だ。

「ひおは、あの門の陰で仕事をしているのさ。母者のいないときとかに」

「え……」

「男の相手をして」

糸丸は息が苦しくなった。あの白い衣の陰の白い顔と、赤い唇が目に浮かんだ。

――蜻蛉を、買いに来たのだろう？

あの高い、かすれた声も。

「おい、その、相手をするって……」

「聞かなくたってわかってるくせに」

秋津の目が、さらに鋭くなる。「おれたちみたいな子どもに、ほかにどうしろって言うんだ。誰だって生きていかなくちゃならない」

糸丸は、また言葉に詰まった。直視できなかったひおの、白い顔。いつしかその顔が、もっと高貴な衣をまとった姿になった。いつも御殿の奥にひっそりと静まっている姿……。

そのとき、思い浮かんだことが、そのまま言葉になった。

「秋津、お前も、本当にひおのことが大事なんだな」

「え？」

初めて、秋津が動揺した顔を見せた。

「妹のひおのこと、守りたいから、そうやってけんか腰になるんだろ。誰にでも」

しばらくぽかんとしていた秋津が、やがて、笑い出した。糸丸も一緒になって笑おうとしたが、やめた。今度の秋津の笑い声は、楽しそうな響きではないことに気づいたからだ。

「馬鹿だな、お前」

秋津がいきなり立ち上がった。

「帰れ。早く、お前のお屋敷に」

そして、そのまま雨の中を走って行ってしまった。

「おい、秋津」

秋津は、雨の中をやってくる男にぶつかりそうになったが、そのままの勢いで横をすり抜けていく。髭面の、むさくるしい大男だ。大男は首をかしげて秋津を見送った後、軒下にいる糸丸に気づいた。

「あいつが、なんぞ、無礼をしもうしたか」

見上げるような大男なのに、糸丸にぺこぺこする。

「何もわからん子どもなもので、どうぞこらえてつかわされ」

言葉が変だ。都の者ではないらしい。糸丸は、つい勢いをそがれて口ごもった。

「……よい。おれは、何もされていないから」

秋津は、もう見えなくなっていた。

「……変な奴。勝手にしろ」

糸丸は、腹立ちまぎれにそうつぶやいた。

「いや、まことに申し訳もなく」

大男のほうが、まだぺこぺことしている。

「お前は、秋津の父者なのか」

「いやいや」

大男はあわてたように手を振る。「わしは、都の者ではござらん。ただ、あの子ども、飢えているのが哀れで、この作事場に連れてきたのだ」

「そんなことをして、作事の役人に叱られないのか」

ここは、帝のお住まいを建てる場所なのだ。身分の正しくない者を入れることはできないだろう。

糸丸はそう思ったのだが、大男は苦笑しながらまた手を振った。

「いやいや、若のお考えになるよりも、もっと、作事というものは人手がかかるものだて。したがって、人足どもは近在から駆り集める。また、雨の水はけやら土盛りのことは、この土地をよく知る者がよいからと、特別の者が知恵を出している。おまけに今は、上のお方がお急ぎだそうで、とにかく手が多ければ多いほどよいと、守の殿が仰せなのじゃ」

「守の殿？」

「わしらを都に連れてきた、国で一番えらいお方じゃ。源氏の棟梁じゃ」

「じゃあ、頼光という武士か」

男はあわてて糸丸の口をふさごうとした。

「これ、めったにその名を口にしてはならん。守の殿に失礼じゃ。たいそうえらい方なのじや」

鄙の男にとってはそうなのだろう。だが、この都には帝も大貴族もいる。竹三条邸のゆかりの君だって、頼光ごときは呼び捨てにしているのに。

だが、この大男にそんなことを言ってもしかたがない。

「今の秋津という子どもには、怪しい連れの女がいるだろう」

糸丸は話を変えようとして、そう言ってみた。

「ああ、蜻蛉のことで。まこと、占の女と言っても、みやびな名よの」

「あの女の占いは当たるのか」

「たいそうな評判で。ご大家にも出入りしているとか。それでも、女と子どもだけの暮らしは、あやういものじゃ。そう思って、この場に連れてきて、門に住むのも見逃してもらっているのじゃが」

「あの秋津たちのことを、そんなに気にかけてやっているのか」

「わしには、縁もゆかりもない者たちじゃが、捨てておけぬでな」

そこで大男はため息をついた。「まことは、国にあのような男の子がいたのじゃ」

「国には、帰らぬのか」

「戻れぬよ。守の殿が、お許しにならぬ。国許の、わしらの荘は、お言いつけ通りの材をさしだせなんだからの。足りない分は、こうしてわしが働いて償（つぐな）うしかないのじゃ」

「犬比古（いぬひこ）、何を怠けておる」

作事のほうから、鋭い声が聞こえると、犬比古はあわてて目をうろうろさせた。

「こうしてはおられぬ。若は、早く帰りなされ」

急にあたりが狭くなった。さっきの棒を持っていた男と、ほかにも同じような風体の男が二人ばかりやってきたせいだ。そのうちの一人が、犬比古の肩をこづいた。

「おい、また例のものを拾って来いとご命令だぞ。あんなおぞましい役目は、わしらもごめんじゃ。ほれ、犬比古、早く、わしらのもとの寝ぐらへでも行って来い。どうせ、あのあたりにはいくらでもごろごろ流れついているじゃろ」

「ただな、手頃なものを選べよ。大きすぎるのは重くて閉口じゃ」

何やら鋭い目つきの男たちがどっと笑う。

「さ、早く帰りなされ」

犬比古は糸丸をその男たちからかばうようにして追い立てた。

おとなしく言われたとおりにしながらも、糸丸は犬比古に尋ねてみた。

「あの、おれ、また来てもいいか？　ここへ」

犬比古は不思議そうな顔をした。

「ご大家の若が、こんなところに何の用じゃ」

「お前らに、会いたい」

犬比古は一瞬驚いたようだが、すぐに人のよさそうな顔をほころばせた。

「よいとも」

町の者たちが、寄るとさわると不平を並べる夏だった。いつもの痘瘡。赤痢。おまけに、不気味なことに、雨も降らないのに突然、都中の川が氾濫したことさえあった。

だが、糸丸にとっては楽しい夏だった。作事場に行けるのは、何日かおき、それもほんの一刻ほどだが、そこには糸丸の友だちがいるのだ。

犬比古は、いつでも歓迎してくれる。秋津はあいかわらずぶっきらぼうだったが、糸丸を追い返したりはしない。

作事場に集められたほかの者たちとは、いつも二人は離れていた。半人前の子どもと、言葉に妙な訛りのある国男は、どちらも軽く扱われているのだ。おかげで、その二人のところに出入りする糸丸も、そんな男たちからは離れていられて気が楽だった。

彼らのひどい暮らしには胸が詰まったが、二人とも、その日を過ごせるだけで十分なのか、不平も言わず、黙々と働いている。糸丸も、不慣れながらもそれを手伝ったりした。

「おかしな若じゃ」

犬比古はそう言って笑ったものだ。「ご大家に抱えられている若が、こんなむさくるしいところに」

「だって、何かが造られていくというのは面白いから」

それは、糸丸の本音だった。

優雅で静かな竹三条邸。何も起こらない。

実は、その優雅で静かな暮らしに飽きていたのだと、糸丸は今になって気づいたのだ。その竹三条邸に比べると、この作事場は、来るたびに何かが変わっている。この間は骨組みしかなかった殿舎が、今日は壁を塗られて建物らしくなっている。その次に来たときには、屋根が葺かれ、がっちりとした御殿ができあがりつつある。

こんなに心躍る場所も、この世にはあるのだ。しかもそれを作っているのは、糸丸と同じ人間なのだ。

糸丸は、初めて抱くあこがれで、その作事に携わる男たちを見つめた。ただ、最初につきまとわれた烏帽子もかぶらない男と、その仲間だけは別だ。そいつらはあいかわらず犬比古にぞんざいな口をきくが、同郷というわけでもなさそうだ。どこから来たのか知らないが、今は作事の場所で寝泊まりをし、煮炊きも器用にしている。糸丸はどうしても好きになれないので、できるだけ遠ざかるようにしていた。

それで、別にかまわない。糸丸は犬比古と秋津が好き、それだけなのだから。

ただ、心残りと言えば一つ……。

ひおに、会えていないことだ。たった一度会っただけなのに、なぜか心にかかって忘れられない、あの少女に。

秋津たちが寝ぐらにしている陽明門は、すぐそこだ。秋津が帰るときに一緒に行けば、そこにあの少女がいるかもしれないのだが。

だが……。糸丸は、作事場に来ることを竹三条邸には内緒にしているから、暗くなる前に帰らなければいけない。

「早く帰りなされ」

犬比古にもそう言って、追い返されてしまう。

「さあ、この餅をやるから」

糸丸は犬比古がようやく手にできたなけなしの駄賃をもらうつもりなどないのだが、犬比古は受け取れと言って聞かないのだ。

「子どもは、腹をすかしていてはならんからな」

糸丸はもう何年も、ひもじくてつらかったことなどないのに。だが、それを犬比古に言うのもためらわれて、結局受け取ってしまう。

言えないというなら、ひおのこともだ。気にしていると秋津に知られるのもなんだか恥ずかしいから、口に出せないでいるのだ。

でも……。

本当は、聞きたい。ひおが、女の子が、男の相手をするとはどういうことなのかも。

わかっているつもりで、でも、本当は、糸丸は何も知らないのだから。

糸丸は夢を見る。ひめごとというのはどんなことなのか、それをひおに聞いている夢だ。だが、いつのまにかひおの白い顔はおぼろになってしまう……。

やがて秋が来た。

その日の竹三条邸には人が多かった。庭を調えさせているのだ。

にするくらいはできるでしょう」

「源氏物語に出てくるような、秋の御殿を造ることは無理でも、姉宮様のために庭を秋の風情にするくらいはできるでしょう」

一宮の奥方がそう言って、近くの作事場にいた男たちを、食事を出すという約束で何日か雇って、竹三条邸に遣わしてきたのだそうだ。

たくさんの人声が聞こえるというのはいいものだ。たとえ、下賤の者でも。それに、今夜は七夕だ。

糸丸も何となく浮き浮きして、座敷にいる姫宮に声をかけた。夏が終わったとは言ってもまだ蒸し暑いので、姫宮も縁に近い庇の間まで出てきているのだ。糸丸との間には、御簾が一枚あるだけだ。

「姫宮様、今年の七夕は、きれいに飾りをしましょう。おれ、竹を見繕ってきます」

このお屋敷は竹三条というくらいで、北側にきれいな竹藪があるのだ。

姫宮様の部屋にはきれいな飾り物がたくさんある。あれをお供えしたら、見事だろう。

「七夕の祝いなど、わたくしには無用と思うけれど」

「ええと、それは……」

糸丸は、返事に困った。そうだ、姫宮は普通の女人とはちがう。

「それはたしかに、姫宮様は、自分では織物とかしないから、そうかもしれないけど……」

御簾の向こうの声音が、意外そうな響きにかわった。

「糸丸、それはどういうこと？　七夕のお願い事は、手仕事のことだというの？」

「ええ、そうなんでしょう？」

糸丸の生まれた家では、七夕の祝いなんて、する余裕もなかったはずだし、実際に何も覚えていない。でも、町を流れ歩いていたときとかに聞いた女たちの願い事は、どうぞ手習いや縫物機織り（はたお）が上達しますように、ということだった。翌朝、飾った笹に蜘蛛（くも）が糸をかけていたら、願いがかなうしるしだとか、その蜘蛛の糸に露が置かれていたら、さらに吉兆だとか……。

珍しく、澄んだ笑い声が響いた。

「違うわ、糸丸。七夕は、めったに会えない男女が、どうぞ巡り合えますようにと天の星に祈る日よ」

「ええと……」

糸丸は、なおさら返事に困った。「男女」だの「巡り合い」だの、どんな顔をして聞けばいいのかわからず、どぎまぎしてしまう。

ふっと、あのひおという少女の白い顔が浮かんできてしまったことも、腹立たしかった。

「姫宮様、糸丸が言うのも間違ってはいないのです」

助け舟を出してくれたのは、ゆかりの君だった。

「下々の者は、星など眺めませんから、七月七日の祝いを天上のお祭りとは考えないのです。自分の手わざの上達を願うだけなのです」

「まあ。そうだったの」

「あ、あの、おれ、竹を取ってきます」

まだ顔がほてっているようで、糸丸はそそくさと庭に向かった。

南の庭では、何人かの男たちが、しきりに遣水を掘ったり、庭を調えたりしている。

「今年も暑かったの」

「日照りで、ろくに米の実らなかった国も多いとか。これでは、冬がこわいぞ」

「これも、世の中が乱れているせいじゃ」

竹を選んでいる糸丸の耳に、遣水の注ぎ口をさらっている彼らの会話が聞こえた。

「夏ごとの疫病だけでも人死にが多いというのに、今年はさらに腹を下して死ぬ恐ろしい病まで、西から来ているそうじゃ」

「京の街路にも鴨川にも、死体があふれている。そこからまた、病がうつる。逃げ場がないのう」

「それもこれも、治めているお方が悪いのじゃないか」

「なんでも、貴い方のお住まいにまで、死人が捨てられたとかいうじゃないか」

「死体など、都のどこにでも転がっている。それもつまりは帝のせいじゃろ」

「しっ。めったなことを口にするものではない」

「なあに、平気さ」

最後に割りこんできた声に、糸丸ははっとした。

今の、笑い混じりの声。あいつだ。秋津たちが働いている内裏の作事場で、棒を得意げに振り回していた男だ。ここにいる男たちは、あいつの仲間なのか。

その声が、なおも続ける。

「それどころか、帝の御所に人の首を転がした者がいても、左大臣は詮議をしない」

「本当か」

「そうさ。心配などいらぬ」

「それでますます、帝は今の御所に嫌気がさしているというわけか」

「さよう。尻をたたかれるのはわしらよ」

そんな声を背中に、糸丸は竹藪の奥深くへ入り、一本の竹を選んで、切り取った。そして、わざと別の方角から表のほうに戻ってきたときだ。

縁の下に、何か光るものがあるのが目についた。腹ばいになって精一杯手を伸ばすと、ようやく届く。引き寄せてみると、それは錦を縫った小さな袋だった。光っていたのは織り込まれていた銀糸だ。模様に見覚えがある。この間、糸丸が一宮のお屋敷からもらってきたのと同じなのだ。綴じ口は開いている。

きっと、姫宮が縫いかけていたのが、落ちたのだろう。

糸丸は竹をかついで縁近くに寄ると、姫宮の居間に声をかけた。

「姫宮様、いらっしゃいますか。あの、錦の袋を拾ったんですけど」

御簾の下から拾った袋を中へ滑りこませると、すぐに姫宮の返事があった。

「それは、縫いそこなったのよ。縫い目が曲がったの。もういらないわ、捨ててちょうだい」

「え、でも、こんなにきれいなのに」

「いらないと言ったら、いらないの」

「……はい」

糸丸はあたりを見回し、誰もいないのをたしかめると、どきどきしながら、その袋を袖口にしまいこんだ。

なんだか嬉しくなって小走りに奥庭へ戻ると、男たちはなおもにぎやかに無駄話をしながら、今度は前栽を刈りこんでいるところだった。

ゆかりの君が、そんな男たちをじっと見つめている。

「糸丸、あの男たちは、どこから連れてこられたのか、知っているか?」

糸丸はうつむいた。知っている。だが、それを言うわけにはいかない。どこで顔を見たのか、白状はできないのだ。作事の場所なんかに入りびたっていることも、秋津と何度も会っていることも。

「……たぶん、どこかの作事の場所からだと思います。このお屋敷に一番近いなら、内裏かな」

言えるのは、せいぜいこのくらいだ。

「今日の仕事が終わったら、早々に出て行かせたい。ああ、よい、わたしが直々(じきじき)に話をする」

「あの、何かお気に入らないことでも……?」

「高倉第からの折角のはからいだが、どうもあの男たちの目つきが気に食わない」

十日の約束で雇われたという男たちは、最初の日に仕事を辞めさせられてはとずいぶん文句を言ったが、ゆかりの君は後に引かなかった。結局、五日分の米を渡すことで折り合いがつき、男たちは退散していった。

最後まで不満そうな顔で、ぶつぶつと言っていたが。

竹三条邸から出たときに、一人がこんなことを言っているのが聞こえた。

「あああ、また猩々でも飛ばないかのう」

「作事場で歌ってみるかの」

男たちがいなくなるのを見届けていたゆかりの君が、眉をひそめる。

「糸丸、今の言葉はどういうことだと思う？」

「さあ、わかりません」

これは、嘘じゃない。猩々とは、赤い色をした化け物だったはずだが、もちろん、あの男たちだって見たことなんてないだろうに。

ゆかりの君は、いつまでも男たちの背中をにらんでいた。


つつましく七夕を祝った数日後。姫宮の具合が悪いとかで、ゆかりの君は御簾の内にこもりきりで、姫宮の看病をしていた。

糸丸も気が気ではなく、縁先をうろうろしていたのだが、

「糸丸。お前がそこにいると、かえって落ち着かない。少し、外に行っておいで」

ゆかりの君に追い出されてしまった。

「で、でも、姫宮様は、どんな様子で……」

「女人には、人に言えない具合のときもある」

ゆかりの君がぴしゃりと言う。

「お前も、早く大きくなることだ。そうすれば見当がつく。さあ、姫宮の近くに来るな。厨で、何か食べ物でももらって、外で遊んでおいで」

「……ちぇ」

糸丸は言われたとおりにしながら、舌打ちした。ゆかりの君の言っていることは、筋が通らない。糸丸に大きくなれと言ったり、子ども扱いしたり。

「いいんだ、おれは大人になんか、ならないから」

さあ、どこへ行こう。竹三条邸は人づきあいの少ない屋敷だから、糸丸は気軽な友だちをあちこちに持っていたりはしないのだ。

結局、思い浮かんだのは、やっぱり秋津の顔だった。

「飛びやれ、飛びやれ」

洞院大路から入ったあたりで、小さな子どもたちが木の枝や棒を持って、赤いとんぼを追いかけている。

陽明門脇の、門の影が長い。もう秋なのだ。

秋津は、所在なげに門の下にすわっていた。

「一人なのか」

糸丸が近寄ってたずねると、今日はすなおに答えた。

「うん。母者は、一条戻り橋で占をしている」

糸丸は隣にすわりこむと、懐に手を入れて、厨女がゆでてくれた栗を取り出した。

「食わないか」

目を輝かせる秋津と二人して、一緒に栗をほおばる。

「うまいや」

秋津が無邪気な顔で笑う。「おれ、この秋になって初めて食べた」

「おれもだ。甘いな」

「うん。……ええと、お前」

秋津が口ごもる。

「何だ？」

「いいお屋敷に仕えているんだろ」

「うん。竹三条邸っていうんだ。そんなににぎやかなところじゃないけど、おれのことをかわいがってくれる女の人がいるから。お仕えしているのは、姫宮様で、わがままな人じゃないし」

「ふうん」

「いい姫様なんだぜ、いろんなことを知っていて」

糸丸は話しているうちに、聞いてみる気になった。

「おい、今日もあの子はいないのか」

「誰のことだ」

「ほら……。ひおだよ。栗を分けてやるぞ」

また、剣突を食わされるかと思ったが、秋津はあっさりと首を振っただけだった。

「ああ、そうか。うん、いない」

「今日はすなおだな」

糸丸が思わずそう言うと、秋津は苦笑した。

「こういう日もある」

二人とも、栗を食べ終わった。だが、秋津は大事そうに栗の渋皮をしゃぶっている。まだ、ひもじいのだろう。それを見ているうちに、糸丸は秋津にもっと腹一杯、食わせてやりたくなった。

「そうだ、厨女が、あとで黍餅を作ると言っていたな」

「黍餅？　なんだ、それは」

「食べたことないのか」

糸丸は立ち上がった。「待ってろ。竹三条邸から持ってきてやるから。ひおの分も」

そうだ、その頃には、ひおも姿を見せるかもしれない。

竹三条邸に走り戻った糸丸は、井戸端の厨女に近寄ったとたん、鼻をひくひくさせた。洗い物をしていた厨女が、怪訝そうな顔で糸丸を見上げる。

「なあに？」

「いや、いい匂いがしませんか」

「そう？　ああ、これのせいでしょう」

厨女が指さした先には、以前、糸丸が中身をこぼした香油の瓶が置いてあった。

「どうしたんです、これ？」

厨女は苦笑して、次の洗い物を取り上げた。

「今日は姫宮様、生臭い匂いをことのほかお嫌がりになる日でね。だから、これを出してみたの。洗濯物が乾いたとき、一緒にしておくと匂いがまぎれるのよ」

「へえ、そうか、空になっても役に立つんですね」

笑いかけた糸丸は、突然顔をこわばらせた。

「どうしたの、糸丸」

「いえ、何でも……」

それきり、糸丸は絶句した。

この匂い。前にも、かいだことがある。とても珍しい匂いなのだ。

糸丸は頭が混乱して、ろくに返事もしないまま、逃げるように井戸端を後にした。

黍餅も、秋津との約束も、すっかり忘れていた。


どうしよう。

誰に相談したらいいのだろう。

今は、秋津に会いたくない。どんな顔をすればいいのか、わからない。

思い余って、ゆかりの君のところへ行くと、ゆかりの君も、何やら思案中だった。

「この間、庭仕事に来た男たちを、糸丸は覚えているか?」

糸丸は、また口ごもってしまう。どう返事をしよう。

「ええと、もう一度見れば、わかると思いますけれど」

「あの男たちが気になる」

「どうしてですか?」

「さっき、あのときに見かけた男の一人がこの屋敷の外を歩いていたような気がする」

糸丸も緊張した。ここは、女と子どもだけの屋敷だから、用心に越したことはないのだ。

「あのとき、すんなりと帰さないほうがよかったかもしれない」

ゆかりの君の、珍しく不安そうな顔を見ているうちに、糸丸はいいことを思いついた。

「あの、一度、輔殿のところの小仲殿に、来てもらいますか」

ゆかりの君は目を細めて糸丸を見る。

「どうして、わたしの考えていることがわかる?」

「だって、ゆかりの君は、小仲殿と古い知り合いなんでしょう?」

そういうことは、何となくわかるものだ。ゆかりの君は苦笑した。

「そうだな。向こうでも、何か町の噂を聞きこんでいるかもしれない。呼んで来てくれるか」

「この間、竹三条邸に寄こした男たちについては、おれもよくは知らないんだ。一宮の奥方が手配させたから」

来てくれた小仲殿は、ゆかりの君と糸丸に向かって、そう切り出した。「だが、おそらく河原者だ」

河原者。糸丸は得心した。そうか、あいつらが噂に聞く河原者か。定まった家もなく、人のいやがる仕事をして命をつなぐ。一方で遊芸や天地の相を観ることや、不思議な才も持っていると言う。

ゆかりの君がうなずいた。

「わたしも、そうではないかと思っていた。もしもどこかで見かけることがあったら、できるだけ様子を探ってほしい」

「わかった」

小仲殿は、短く請け合った。「ゆかりがそう言うなら、注意するに越したことはないからな」

この二人の話を聞いていると、まるで二人とも武士みたいだと、糸丸はいつも感心する。隙がないのだ。何が起きても、大切なものは自分で守れる頼もしさを持っている。

「それから、小仲、もう一つ。猩々が飛ぶというのは、どういうことか、聞いたことがあるか？」

小仲殿は首をひねる。

「ない。だが、なんとなく、嫌な感じだな。猩々というのは、獣のような姿の、化け物のことじゃなかったか」

まがまがしいのは、その色だ。血のような赤い色をしているという。

「いかにも、炎に似つかわしい化け物だな」

ゆかりの君も、吐き捨てるようにそう言う。

すべてをなめつくし、焼きつくす炎。そのさまを、猩々が暴れ狂っていると、誰かがたとえたのだろうか。

二人の話をおとなしく聞いていた糸丸だったが、そこで黙っていられなくなって口を出した。

「だけど、なんで、火なんかつけるんです？　そんなことをして、どんな得があるんです？」

前からずっとわからなかった。火なんかつけて、この間みたいな武者たちにつかまるかもしれないのに。どうしてそんな危ないことをする奴がいるんだろう。

小仲殿が真面目な顔で糸丸に向き直った。

「火事なんて怖いことが続けば、みんなが考える。こんな恐ろしいことがなかった昔はよかったと」

そのあと、ゆかりの君が続けた。

「そう。昔はよかった、それに比べて今はひどいと考えるようになる」

「昔……」

「帝が、御代替わりをする前はよかった、ということだ」

糸丸は、目を見開いた。

「じゃあ、火事は今の帝のせいだって言うんですか？　だって、帝が火をつけているわけじゃあ、ないでしょう？」

小仲殿が笑った。

「そう、糸丸の言うとおりだ。だが、世間にはそうは考えない奴がたくさんいるということだ」

そこで小仲殿は立ち上がる。

「とにかく、気をつけよう。糸丸、何かあったら、すぐに相談に来い」

小仲殿を見送るために竹三条邸の外に出ながら、糸丸はためらった。秋津のことを、どう言えばいいのだろう。ここまで隠してきてしまったことを、今さら。

だが、糸丸は気がついてしまったのだ。厨女が取っておいた、空の香瓶の匂いをかいだときに。

火つけの犯人に出くわしたとき、なぜとっさに秋津のことが思い浮かんだのか、そのわけに。

あの匂いのせいだ。秋津にこぼされた、一宮から預かった香油。茵にしみこんだ香油。とても珍しい、高価な、唐渡りの香油。

あのときぶつかった人影から、同じ匂いがしたのだ。

一度気づいてしまうと、さらに思いは悪い方向へ行ってしまう。

あのとき追っ手の武者たちは、「筵のようなものに火をつけて屋根に投げ上げて」と言っていた。

あの香油のしみこんだ茵なら、ぴったりあてはまってしまうではないか。そして、あんな珍しい香油が、どこにでもあるとは思えない。だから……。

気がつくと、小仲殿がそんな糸丸をじっと見ていた。

「どうした、糸丸」

「あの……」

「言いたいことがあるなら、何でも言ってみろ」

糸丸は心を決めた。

「はい。はっきりしたら、すぐにお話しします。でも、おれのことじゃなくて、友だちのことだから、まず、そいつにもう一度たしかめてからにしたいんです」

友だち。そう、秋津は友だちなのだから。


翌朝、糸丸は内裏の作事の場所に急いだ。秋津がいないか。でなければ、この間竹三条邸に来た男たちの一団が、いないか。

だが、陽明門に駆けつけた糸丸は呆然とした。

門はきれいに掃除され、その向こうには、白砂が敷き詰められた庭と、白壁丹塗りの柱の御殿が立ち並んでいる。

内裏の造作は、終わっていたのだ。

門の外側から、糸丸がぽかんとして眺めていると、後ろを通りかかったどこかの男が教えてくれた。

「すごいものよのう。今までとは比べ物にならぬ数の人手を集めて、最後のしあげを五日ほどで終わらせてしまったぞ」

「そんなにあっというまに……」

「なんでも帝が、自分の後を決めるなら、まず新しい正式の内裏に入ってからのことだと言ったのだそうだ。駆り集められた男たちは大喜びだったというぞ。急ぐならば、素姓などにかまっていられぬからの。どんな奴でも働かされていた。御殿ができてからも、床板を敷くとか、調度を運びこむとか、仕事はいくらでもあったのさ」

「あ、あの、おじさんも働いていたのか」

「ああ。だが、きつい仕事ばかりで、すぐに逃げ出した。ここでこき使われるくらいなら、そうして働いている男たちに糟湯酒(かすゆざけ)でも売るほうが、よほど楽ができたからの」

男はにやりと笑ってみせた。

木の香もすがすがしい殿舎は、見事な眺めだった。壁は白く、柱は丹塗り。青銅の瓦が華やかな色合いだ。日の入りが早くなり、夕風が冷たい。秋もたけなわである。

「あ、あの、じゃあ、ここにいた男たちは……? 住み着いていた者も、いたはずなんだ」

「そんなむさくるしい奴ら、できあがったら用はない。その日の内に追い出されたぞ」

糸丸は懸命に考えた。秋津や蜻蛉やひおも、もう、門の内側なんかに住んでいられなくなったのだ。じゃあ、犬比古はどうだろう?

「造作の役目だった受領の家の者たちは、どうなったんだろう」

「知るかよ。そんな、言葉もわからないような他国者のことなど」

立ち去りかける男に、糸丸は追いすがった。

「な、なあ、じゃあ、あと一つだけ。猩々って、聞いたことないか?」

「猩々? 知らんな」

だめだ。

糸丸はがっくりと肩を落とした。

もう、捜しようがない。

四　秋津

（秋津：トンボの古語）

じっとしていられずに、糸丸は折りを作っては都を歩き回った。陽明門にも、何度も足を運んだ。だが、立派に建てられた内裏の周辺にはえらそうな衛士が多勢いて、入れる雰囲気ではなかった。

じゃあ、犬比古は見つからないだろうか。

そこでやっと、糸丸は思い出した。

犬比古は守の殿——源頼光——に仕えているようなことを言っていたと。

頼光の家なら、都の者は誰でも知っている。一条に、それはたいそうな屋敷を構えて、ことあるごとに貴族のお歴々を招いて宴をしているからだ。

糸丸が精一杯の支度をしていったせいか、門の侍は丁重な扱いをしてくれた。その日はたまたま、またどこぞの貴族のお偉方が来ていたらしい。そのお供の中に、うまくまぎれこむことができたのだ。

だが……。屋敷内の勝手は、貴族の館とはずいぶん違う。庭をうろうろしていると、武具をつけた見張りにたちまち見つかってしまった。

「この童、怪しい奴だ」

裏のほうへ回ったとたん、糸丸は、警護の男たちに取り囲まれてしまったのだ。

「何をしておる」

「あ、あの、犬比古という人を捜していて……」

「犬比古？　知らぬ。下賤の者まで、いちいち、名など覚えておらぬわ」

こづかれ、追い立てられても、何とか無事でいられたのは、その日招かれていた貴族の名を、どうにか思い出すことができたからだ。

「貴族の殿様の下っ端か。わが家の者ならきつく折檻（せっかん）するところだが、後々（あとあと）、なんぞ厄介な言いがかりをつけられても面倒だ。早く、主のもとへ帰れ」

なかば蹴られるように門の外へ出された糸丸は、はずみで両手をついてしまった。どっと笑い声がした後、侍たちは背を向けて去ってゆく。

とぼとぼと北の対から外へ向かおうとしたときだ。誰か、台盤所（だいばんどころ）から出てくる。

蜻蛉だ。そのまま、なんと内裏へ向かう。糸丸は、吸い寄せられるようにそのあとについていった。

蜻蛉は、内裏塀際を、何かをたしかめるように見回しながら歩いている。

こっそりと姿を隠したつもりだったのに、すぐに見つかってしまった。蜻蛉はなれなれしげに声をかけてくる。

「おや、そこの若は、お出入りの君か。用もないのにこんなかしこきあたりをうろついていると、検非違使にでも捕らえられるぞ」

糸丸はむっとして言い返した。

「お前こそ、内裏などへ近づいてもよいのか」

蜻蛉はからからと笑った。

「わたしは人の数にも入らない者。だからこそ、おとがめなしにどこへでも入れる。高貴なお方にも、悩みはつきないものよ。だからこそ、この蜻蛉は頼りにされている」

「あの……」

糸丸は思い切って言った。「あの、秋津とひおはどうしている」

蜻蛉の目が用心深くなった。

「秋津のことなど、どうして気にかける。お気に召したなら、一条戻り橋に来てたもれ。わしらはそこにいる。お相手するぞ」

蜻蛉が近づいてくる。糸丸は後ずさりしたが、勇気を奮い起こした。そうだ、秋津が無法なことをしているなら、きっと、誰か大人がやらせているにちがいないのだ。

「……あの子たちに、無体なことをさせるな」

「こざかしいことを」

蜻蛉が、かっと目を見開いた。「生きてゆくためには、ぜひもないこと。そなたのようなご大家ののろまに、何がわかる」

「わかる。おれだって……」

それ以上は言えなかった。蜻蛉が、石を投げつけたのだ。

そのまま、見かけによらぬすばしこさで、迫ってくる。糸丸は、くるりと振り向いて逃げ出した。背中に、蜻蛉の声が突きささる。

「お前は、滅びのしるしの童じゃ。二度と秋津に近づくな」

走って走って、ようやく蜻蛉が追ってこないと足をゆるめた、そのときだ。糸丸は目の端に、何か動くものをとらえた。

秋津か、と思ったとたん、その姿を見失う。どこに行った？

「秋津」

思わず声を上げた糸丸は、暗がりから伸びてきた手に、強い力で腕をつかまれた。秋津がすごい顔でにらみつけている。

「……何だよ。どうして、おれにつきまとう」

「秋津、お前に話があるんだ」

「何だと？」

「あの、お前……」

糸丸は思い切って、口に出した。「この前、三条で火事があったときに、近くにいたよな？

そうして、何か筵みたいなものに火をつけてお屋敷を燃やしたって……。あのときおれが会った人影は、珍しい香油の匂いがした。お前に殴られたときこぼれたのと同じ……」

「馬鹿。余計なことを考えやがって」

秋津は、糸丸を突き飛ばした。突き飛ばされた糸丸は、尻餅をついたままで叫んだ。

「秋津、火をつけたのは、やっぱりお前なのか？」

秋津は走り去ってゆく。

蜻蛉の脅しも忘れ、糸丸は夢中で秋津の後を追った。だが、ぬかるみに足を取られ、また見失う。

起き上がったときには、秋津の姿はどこにもなかった。

体の力が抜けた。秋津たちを心配していたことが、何もかも馬鹿らしくなってきた。

「……おれ、何をやっているんだ」

もう、秋津たちのことは放っておこう。

戻らなければ。姫宮のところに戻るのだ。

しばらくたってから、糸丸は何かが足りないことに気づいた。ええと、いつも懐に入っていたはずのものが……。

姫宮の縫った、香袋だ。

糸丸は泣きそうになりながら、後戻りしてぬかるみの中を探し回った。何度も何度も。だが、どこにもない。

とぼとぼと夜道を歩いていると、涙がこぼれた。

内裏が火を吹いたのは、糸丸がようやく竹三条邸にたどりついた直後だった。

「また、火事じゃ」

「内裏だぞ」

「これで内裏が焼けるのは、何度目じゃ」

「あきれたの、内裏が完成してから、まだ二月にもならぬというのに」

「やれやれ、何と運に見放された帝であることか」

竹三条邸の前の往来を、たくさんの人が行きかい、そんなことを声高に叫び合っている。いくら貴族の屋敷が焼けるのに慣れたとはいえ、内裏となれば別だ。尋常ではない出来事に、誰もが酔ったような顔をしている。

夜だというのに、誰も大路から帰ろうとしない。物見高さに火事場に近づこうとする者、逃げ惑う者、あわよくばめぼしいものをかすめ取ろうと狙う者……。

「どこへ行く、糸丸」

飛び出そうとしたところで、糸丸はゆかりの君に止められた。

「あ、あの……」

「火事のことか？　何を心配している？」

「知り合いが。いや、友だちが、内裏にいるんです」

ゆかりの君が眉を吊り上げた。

「今、外に出るのは危ない。それに、内裏に行ってどうなる。そんなことはさせられない」

「で、でも……」

　ゆかりの君は、鋭い舌打ちをした。

「しかたのない。そこの大路までだぞ」

「は、はい」

　だが、内裏に近づこうとすると、物見高い人々が集まってくる。こんなにたくさんの人の中から、秋津を見つけられるはずがない。

　糸丸は懸命に考えようとした。

　もしも……、もしも秋津が本当に火をつけたとしても、そのあとはさっさと逃げ出すはずだ。無事だったとしたら、秋津はどこに逃げるだろう？

　――もしかしたら。

　糸丸は、竹三条邸に走り戻った。糸丸がこの屋敷に仕えていることは、前に話したはずだ。もしかしたら、糸丸を頼ってきてくれるかもしれない。

　そして、半刻もたった頃。

　小さな人影が近づいてきた。右足を引きずっている。

「秋津！」

　糸丸が走り寄ると、秋津はがっくりと膝を折った。すすや煙の匂い。だが、まぎれもなく、あの香油の匂いもする。

――やっぱり。

それでも、糸丸は何よりもまず、秋津のことが心配だった。

「どうした？　どこか、けがをしているのか？」

秋津はうなだれたまま、のろのろと首を振る。

「ただ、お前に返すものがあるから、来ただけだ」

さしだされた秋津の手の中から出てきたのは、錦でできた香袋だった。

「盗ったんじゃないぞ。落ちていたから、拾ったんだ。頼光の屋敷で。お前に渡そうと思って」

「もういいよ、わかったから。……そんなことより、秋津」

糸丸は懸命に気を静めて、尋ねた。「あの火事は、お前がしくんだのか」

しばらくたってから、秋津はようやく顔を上げた。すすだらけの顔に、幾筋もの涙の痕がついている。

そして、ゆっくりと一つ、うなずいた。

「ひおは？」

「もういない」

「蜻蛉は？」

「死んだ。おれのせいだ」

「何だって？」

秋津は、歯を食いしばって泣き出した。

「おれは助かった。この袋をお前に届けてやるのを母者に許してもらったから、まだ燃え広がらないうちに一度、内裏から離れたんだ。けど、なんだか胸騒ぎがするから、戻ってみたら、母者は……」

糸丸は、その肩を抱きながら、懸命に考えた。

どうする? 秋津に、何がしてやれる?

「……秋津、とにかく、おれのところへ来い。かくまってやる」

だが、秋津は涙をこぶしでぬぐって、かぶりを振った。

「いいよ。お前に一目会えたから、もういいんだ」

「いいもんか」

糸丸が秋津の腕を取って助け起こそうとすると、その手が乱暴にふりほどかれた。

「余計なことをするな! おれなんかといちゃいけないんだ!」

秋津は、内裏の方角へ走り出した。

「待て! どこへ行く!」

糸丸は、我を忘れて後を追った。ゆかりの君の言いつけも忘れていた。

だが……。秋津の小さな姿は消えてしまっていた。

内裏は、まだ紅蓮(ぐれん)の炎を上げていた。いくつもの殿舎。つい何刻か前、蜻蛉と言い争った場所は、もう見る影もない。糸丸が秋津と材を運んだあの場所は、どこだろう。二人で肩を寄せ合って雨宿りした場所は、どこにある？

すべてが炎の下で、見分けもつかない。夜の闇は冷たく、胴震いがしてくるのに、炎にあぶられる顔だけがやけに熱い。

あたりは、糸丸のように様子を見に来た者たちで、一時は身動きもとれないありさまだった。

「帝は、冠もかぶらないお姿で、抱えられて逃げ出したとか」

安全な場所で火事見物をする町衆からは、のんきなつぶやきも聞こえる。

「またも、猩々とんぼが飛んでおる。豪儀なことよ」

糸丸ははっとして、声の主を見定めようとした。だが、闇の中の群衆は見分けがつかない。

顔のない、影のような、無数の町衆。

誰もが、一瞬だけ炎に照らし出されたかと思うと、次の瞬間はまた闇に消えてゆく。

あとからあとから、数限りもなく。

糸丸はぞくりとした。

見知った顔にようやく出会ったのは、すでに夜明けが近い頃だった。

「おい、糸丸、大丈夫か」

いきなり、後ろから肩をつかまれ、

「秋津か？」

振り向いて見出したのは、秋津ではなく、だが、よく知った顔だった。

「……小仲殿」

自分でも情けないと思うけれど、つい、声が震えてしまう。

「どうした？　おい、まさか、姫宮様に、何かあったんじゃないだろうな」

「いいえ、姫宮様はご無事です。あ、ゆかりの君も」

そう付け足すと、小仲殿はくすぐったそうな顔になった。

「わざわざ、ゆかりのことまで話してくれるのか」

「だって、小仲殿は、ゆかりの君と仲がいいから」

「おれが、いつ、そんなことを言った」

「言ってくれたわけじゃないけど……」

でも、そういうことは自然にわかるものではないか。

小仲殿は苦笑した。

「まあ、無事なら、いい。それより、なんだ、そんなつらそうな顔をして。大事な人を亡くしたような顔だぞ」

そうだった。糸丸は、もうこらえきれずに、小仲殿の袖にすがった。

「小仲殿、聞いてくれますか」

糸丸が洗いざらい打ち明けたあと、夜が明けきるまで、小仲殿も一緒に秋津を捜してくれた。

だが、どこにもいない。

今、二人は、足裏から伝わる熱さをこらえながら、内裏の焼け跡に立っているところだ。木材の焦げる匂いが、寒々とした朝の空気にたちこめている。あちこちで、こっそりと倒れた柱を起こしたり、土を掘ったりする者がいた。何かめぼしいものはないかとあさっているのだ。早々と獲物にありついたのか、荷車に大きなすすだらけの櫃(ひつ)などを積んで意気揚々と引き揚げる者たちもいる。

「さあ、糸丸、もう気がすんだだろう。お前の友だちの秋津は、本当に火つけに関わっていたのかもしれない。だが、とにかくここにはいないよ。無事ならば、とっくにどこか遠くに逃げているだろうし、そうでないなら……」

糸丸はただ、ずっと首を振っていた。小仲殿に逆らおうなんて思ったわけではなく、ただ、首を振るのを自分でも止められないのだ。

「帰れ。竹三条邸まで、送っていってやる」

「大丈夫です。一人で帰れます」

「そうか」

小仲殿は、しいて糸丸についてこようとはしなかった。それが、とてもありがたかった。

とぼとぼと帰りかけて、小南第の近くまで来たときだ。

糸丸はとうとう見知った背中を見つけた。

「犬比古!」

急いでつかまえないと。そうしないと、あの背中も、今にも、どこかへ行ってしまうのではないか。

おびえた糸丸はもつれそうな足を叱りつけ、全力で走って、大きな背中にしがみついた。

「犬比古！」

「おお」

犬比古は言葉にならないうなり声を上げて、糸丸を抱きしめてくれた。犬比古の体からも、煙の匂いがした。

「……若」

「犬比古、秋津は？」

犬比古は、悲しそうに首を振る。

「いくら捜しても、見つけられんのですじゃ。ただ……」

「ただ？」

犬比古は無言で、もう一度焼け落ちた内裏へ糸丸を連れていった。門があった場所のようだ。だとしたら、秋津と二人で栗の実を食べた所だ。今は見る影もなくすすぼけた白い壁がくずれて、焼け残っている。

犬比古の指さす先を見て、糸丸は思わず目をそむけた。

秋津の言ったとおりだった。蜻蛉が、体を丸めてころがっている。死んでいるのは疑いようがなかった。目を見開いたままの顔に灰がかかっているが、火をかぶった様子はない。そして、あの香油の強い匂いがした。秋津に会ったのだろうか。

「斬られておりますじゃ」

「斬られ？　誰に？」

犬比古は目をそらした。

「……守の殿に。致し方ないことですじゃ」

「そんなことがあるものか」

何があろうと、そんなにたやすく人を殺してよいわけがない。だが、犬比古は頑固に首を振る。

「秋津のことも、もうお忘れくだされ」

犬比古は、糸丸を背負って竹三条邸まで連れていってくれた。

「犬比古は、どうする？」

「守の殿のところに、戻らなくては」

「だが、戻りたくはないのだろう」

「もう、わしはどうしたらいいのか……」

犬比古は首を縮めて、しゃがみこむ。まるで、誰からも自分の姿を見えなくしてしまいたいかのようだ。

糸丸は、とっさに決心した。

「来い。おれに、あてがある」

第四章　若　菜　長和四（一〇一五）年十一月―十二月

猫は、まだよく人にもなつかぬにや、綱いと長くつきたりけるを、（中略）逃げむとひこじろふほどに、御簾のそばいとあらはに引き上げられたるをとみに引きなほす人もなし。（中略）几帳（きちやう）の際（きは）すこし入りたるほどに、袿姿（うちきすがた）にて立ちたまへる人あり。

（源氏物語　『若菜上』）

道長は、内裏出火の報を、小南第で受けた。

まず何よりも気になるのは、内裏の御所にいる孫の東宮のことだ。

「東宮は、ご無事か」

「は。抜かりなく、お連れ出しいたしました。さいわい、恐ろしい思いもなさらずに」

「そうか。ならば、問題はないな」

「は」

「それで、どれほどに燃え広がっておるのか」

「すでに清涼殿は焼け落ちました。なおも燃え広がり、今はもう手のつけようがないほどで」

「そうか。まったく、内裏に遷幸(せんこう)なされてから二月とたっていないというのに、早くも燃え落ちてしまうとは」

「まことに、なんとも惜しいことでございます」

「それで、帝はいかがなされておられる」

「お一人では立居もままならぬようで、おそばの者がお抱えして、枇杷殿に難を逃れました。

娍子皇后もご一緒です」

そこで、頼光は声を潜めた。「巷では、妍子中宮のご運の強さをほめそやす声がしきりでございます。参内をお急ぎにならぬ奥ゆかしさのおかげで、この火難を逃れたのは、まことに喜ばしいと」

「ふむ」

わざわざ喜ぶほどのことではない。道長は聞き流すと、部屋の外へ出た。近くで聞き耳を立てていたのであろう女房たちが、あわてて平伏するのに、言いつける。

「支度をせよ。すぐに、東宮のところへお見舞いに上がる」

内裏焼亡に際して、代わりとなる里内裏は、またも枇杷殿と定められた。東宮のご無事をたしかめ、あれこれと雑事をすませたあと、道長は、久しぶりに土御門邸の彰子御所を訪れた。このところ体の具合が悪く、足も痛めて歩行が困難だったため、土御門邸の南側に建てた小南第から、ほとんど出ずじまいだったのだ。

「東宮は、お健やかであったな。このたびは、内裏焼亡にもかかわらず、ご無事でまことに喜ばしい」

「はい。あの子の御所のあたりは火の手が上がったときに最も遠い場所であったようで、おびえもせず、何も知らぬうちに外へ出られたようですね。もともと、ほとんどなじみのなかった新造の内裏でしたから、焼失したと聞かされても、悲しむことも惜しむこともございませんでした。何よりでございます」

寡婦とはいえ、まだ三十歳には間のある彰子は、女盛りで美しい。道長も、安心して彰子の御簾の前でくつろいだ。

暖かい室内には、遠巻きに女房たちがつつましく控え、調度はきちんと整えられているのに、堅苦しい雰囲気もない。

ものに憚るように主人が小さくなっている妍子の御所や、ごてごてと飾り立てた威子の居間よりも、格段に居心地がよいのだ。

「こちらの御所は、よいな」

「と、おっしゃいますと」

「いや」

姉妹を比べるようなことは、言わないほうがよかろう。

「そなたには、皇子が二人もおわす。しかも、二宮は東宮。そなたこそが、今の世の、一の幸い人だろうな」

「おそれいります」

「まこと、ここに来ると気が安らぐ」

道長の口調は、つい、愚痴めいてくる。

「まったく、なぜに妍子中宮には、皇子が生まれなかったものか。妍子に男御子さえおわせば、このような苦労はしなくてすんだものを」

「まあ」

彰子は、扇を口に当てた。「そんな欲の深いことをおっしゃって。それに、中宮にしろ、帝にしろ、まだまだお若いではございませんか」

「ま、それはそうだが」

「わたくしなどより、父上こそが、日の本一の幸い人ではございませんか。今や、並ぶ者なき左大臣様。帝からは、再三、関白になれとの仰せがございましたのでしょう」

「よく知っておるな」

「わたくしのような、時勢にはずれた者にでも、お便りをくださる方はおいでですから」

聞き捨てならない。

「そなたに便りするのは、どこの誰か。やはり、あの、うるさ型の実資大納言あたりか」

「いろいろなお方が。そんなことよりも、父上、どうして関白職をお勧めくださるのに、お受けにはならないのですか」

「愚かなことを言うな」

関白になど、なれるものではない。

関白とは、帝を補佐するだけではない。いざとなれば帝を代行して、官奏(かんそう)を受け取り、陣座(じんのざ)の議題を決定することもできる。国をわが意のままにできる最高の地位と人は言うだろう。

だが、それは違う。最高ではないのだ。

帝がいるのだから。

そして関白が政を実質的につかさどっていれば、その帝は、政務に煩わされることがない。帝に譲位を迫ることができにくくなってしまうではないか。そう、道長が関白——万機をつかさどる地位——になってしまえば、帝は宣命をお読みになることもせずにすみ、なおも位にとどまり続けるだろう。文書(もんじょ)をお読みになることさえできない帝なのに。何しろ、今上帝のお目は……。

「帝のお目は、あいかわらずはかばかしくないと聞いておりますが」

胸の内を見透かされたのかと、道長はぎくりとして娘を見た。だが、彰子は優雅に扇を使っているばかりだ。

「ですから帝は、政をおんみずからなさるのが、おつらいのでしょう。それは、父上もよくおわかりのはず」

わかっている。だからこそ、関白職を受けないのではないか。

帝でいるのがおつらいなら、さっさと位を降りていただきたい。あとがつかえているのだ。今の帝の在位を長引かせるような手助けが、できるものか。ここまで追いこんでも、なおしぶとく位にしがみついている帝だが、あと幾月かそうして在位を長引かせたところで、いったい何になるというのだ。

賢いように見えても、やはり女だ。この彰子も、道長の深慮には気づかないらしい。

「帝は、ご自分の御子たちを、たいそう愛しておいでだそうですね」

彰子が話題を変えた。

「ことに、第一皇子である敦明親王には、昨年男御子がお生まれになっております。おめでたいこと」

「何の、めでたいことがあるものか」

つい、道長は声を荒らげてしまってから、はっとあたりを見回す。目の届く範囲には誰もいないが、油断はできない。表面上は、道長も今上帝の孫の誕生を、喜ぶしかない。

しかし、これがめでたいなどと、彰子は本当に考えているのか。

このまま帝が位にしがみついていたら、いつまでたっても東宮は帝になれず、その弟たる三宮を東宮として立てることもできない。

そうしてぐずぐずしているうちに、帝の皇子たちも成長し、孫さえ生まれる。早くしなくては、次の東宮位はそちらに奪われてしまうではないか。

「ああ、妍子に皇子さえ生まれていればよかったものを」

つい、また愚痴が出てしまう。

「おととし生まれた内親王さえ、男であってくれれば」

そうすれば、こんな苦労はしなくてよいものを。

わが血を受け継ぐ帝の男御子がいたなら、今上との関係も、ここまで冷えることはなかったろう。道長の孫である皇子をさしおいて敦明親王を東宮につけることは、帝としても憚られるだろうから、次期東宮はさしさわりのないところで先帝三宮にと、すんなりとご決断できただろう。

「まったく、妍子が男を産んでさえいれば。どうしてそれができないものかのう。彰子、そなたはちゃんと、二人も皇子を産んでいるのに、妍子が産めたのは皇女一人とは」

あのときはよかった。彰子が一年余りの短い期間に次々に二人の皇子を産んでくれたときには。なんとすばらしい娘かと、道長は感極まり、つい涙ぐんでしまったものだ。同時に、自分の身の果報、天に選ばれたことに。すべてはうまくゆくと思えた、あの、天が晴れ上がるような満ち足りた思いを、今は味わうべくもない。

「なぜ、こうもうまくゆかぬものか」

「妍子とて、男御子を望む気持ちは父上に劣らぬものと存じますが」

「わかっておる。それはわかっておるのだが」

だから、近頃、道長はなるべく、妍子と顔を合わせるのを避けている。それが父としての、せめてもの思いやりだろう。言葉を控えるつもりでも、妍子と話していると、必ず生まれなかった皇子の話になってしまう。そうして、妍子がめそめそと泣いてしまうのだ。

「そこへゆくと、彰子、そなたは恵まれておる。欠けるもののない幸運だな。やはり、そういう星のもとに生まれついているのか」

「父上はそうお思いなのですね。そう、おっしゃるとおり、わたくしは、ただの女には過ぎた幸いをもらっていると人からうらやまれております」

彰子は小さく息を吐いて、続けた。「それでも、耐えられぬと思う嘆きがないではないのですけれど……。でも、それがわたくしの祈りなのでしょうね」

道長は、気圧されて、どういうことかと聞きただすのをやめた。何となく、自分に面白くない答えが返ってくるような気がしたのだ。

ふと庭を見やる彰子の横顔には、威厳があった。やはり、東宮の母君ともなれば、格が違う。御簾の陰で泣いてばかりいる妍子や、簡単な儀式次第を覚えるのにさえ四苦八苦している威子にも、この落ち着きぶりを見習ってほしいものだ。

それから彰子は、少女の頃に戻ったような笑顔になって、また別のことを言い出した。

「そうですわ、父君、気散じになるかもしれないものがございますの」

彰子が、隣室に声をかけると、音もなく女房が現れた。

「あの文箱を、父上にお持ちしてちょうだい」

うやうやしく持ってこられたのは草子だった。

「式部の源氏物語の、新しい巻ですわ」

彰子がそう説明するのに、運んできた女房も誇らしそうに言葉を添えた。

「近頃は、これが読みたさに彰子様のもとへの出仕を望む若い女もいるとか」

道長は、少々斜に構えて、その達筆の草子をながめた。どうしても、以前に読んだ『玉葛』の連作を思い出してしまう。あの苦々しい終わり方はどうだ。結局、若く美しく賢い玉葛は、つまらない男の妻になってしまったではないか。

そして、現実の瑠璃姫も……。

道長は、ますます苦虫をかみつぶしたような顔になって思い出す。

噂では、つまらぬ男の妻になって、大和の土臭い荘にいるとか。もう、話も合うまい。

「わたくしも、玉葛の君の身の上につきましては、ずいぶんと心ゆかない思いがしましたの」

彰子が、つぶやくように言う。「けれどそれも、式部の新しい物語を読むまでのことでした」

「どういうことだ？」

彰子が、誘うようにほほ笑む。

「どうぞ、その新しい巻をお読みくださいませ。式部が玉葛に定めた宿命に、ああそうであったのかと、得心がゆくことと存じます」

半信半疑ながら、道長はその草子を手に取った。題簽は『若菜』とあった。

翌日。道長は、足を引きずりながら、とある局に向かった。土御門邸の東の渡殿の、端の部屋だ。

「読んだぞ」

道長はぶしつけに切り出したが、出迎えた式部は、微笑を消さない。

「それは、ありがとう存じます」

「たいそう面白かった」

「ありがとう存じます」

式部は、言葉を繰り返して頭を下げる。

「これはまこと、読んでいて楽しい物語だな」

最近読んだ、玉葛の最後の巻は面白くなかった。光源氏も玉葛も、自分のしたいことを許されない状況に追いこまれる。誰が悪いわけでもないのに、うまくゆかぬことばかり。

道長の毎日には、同じようなことばかりが起きているのだから、こういうときこそ、物語の中でだけくらいは、何もかもがうまくいっているという、満足感にひたりたいのに。

そこへゆくと、『若菜』巻は違う。

光源氏の兄で、すでに位を降りた朱雀院は病気がちで、母のいない娘の女三宮の行く末を気にかけている。皇女は独身を貫くのが理想とわかってはいても、さて現実に、身を守るすべのない女三宮が自分の死後は落ちぶれてゆくかもしれぬと想像すると、それだけで身を切られる思いなのだ。

そこで、朱雀院は光源氏を婿にしようとする。光源氏もその懇望を無にできず、また、女三宮が紫の上と同じく亡き藤壺の姪と思えば好き心を呼びさまされ……。

すでに結婚して二十年近くたつ紫の上は、嫉妬も不安も押し殺して快諾する。自分より身分の高い妻を迎えたいと光源氏が願ってしまったら、理想的な女であることを期待されている紫の上には、ほかに道はないのだ。仰々しい儀式ののちに六条院に迎えられた女三宮は未熟だが、波風を立てるような女でもない。

こうして、光源氏は二人目の正妻を手に入れるのだ。

なるほど。道長はそこまで読み進めて、彰子の言葉に合点した。ここまで高貴な女三宮を妻にする男なら、玉葛ごときを相手にしないのは当たり前だ。

だからこそ、式部は、玉葛をずっと劣った男と添わせたのか。それでこそ、光源氏の無類の素晴らしさが、輝くというものだ。

まだまだ、若い者には負けない光源氏。女三宮に横恋慕する若造も登場するが、光源氏の資質には見劣りする。幼稚な女三宮は、貴婦人にはあるまじきことに、飼い猫の紐が御簾にからまった拍子に、自分の姿をその若造に見られ、いたずらに恋心をかき立ててしまうのだ。『若菜』巻は、若造が、「女三宮に恋い焦がれるなど、何と身の程知らず」と、おつきの女房にたしなめられたところで終わっていた。

「ありがとうございます」

式部は、またほほ笑んだ。

だが、式部の局を後にすれば、また難題が待っている。

世情不安をこれ以上あおらぬため、道長はそのあたりの女房をつかまえると、頼もしい源頼光を呼びにやらせた。いざというときには、武運に長じたこの頼光が、誰よりも使える男なのだ。

「頼光、内裏焼失の件はいかがなっておる」

「こたびのことは、すでにご心配はいりませぬ」

「そのくらいはわかっておる。だが、なおも心せよ。検非違使などに気を許してはならぬ」

道長には、ほかに考えるべきことが山ほどあるのだ。

ここまで追いこまれれば、帝にもお考えがあってしかるべきだろう。

もはや、帝の治世を誰一人望んでいないのは、明らかなのだ。

十二月。

三宮の読書始の儀式を、道長は盛大に執り行った。童が貴族として必須の漢文を学ぶ、大切な節目の儀式である。

半月前に焼失した内裏のことなど、気にかける必要はない。どうせ、すぐに受領どもが再建する。あの頼光にまかせておけば、不安はない。

読書始が無事にすみ、三宮が御所にお帰りになると、道長は自室に公卿の頼定を呼んで、労をねぎらった。

「頼定卿も、今日はご苦労であった」

頼定が、読書始の講師を務めてくれたのだ。生臭い政の争いにはかかわろうとしない男だが、こうした学問のことでは頼りになる。

それに、頼定の浮世離れした顔を見ていると、道長は気が休まる。

「このような、宮たちの成長の祝い事はよいな。それに、頼定卿のように学問に精進している御仁に講師を務めていただけたのは、嬉しいことである」

「おそれいります」

頼定はむやみに遠慮することもなく、道長の杯を受けた。すでに祝宴は終わり、この道長の居間にいるのは、道長と頼定の二人だけだ。

「わたくしは、権力の争いからはずれておりますからな。このようなことで、左大臣様のお役に立てるならば、何よりに存じます」

それから頼定は唐突にこう切り出した。

「ところで帝は、御子たちのことをたいそうお気にかけておられます」

道長は沈黙したまま、頼定を見る。

この、茫洋とした面持ちの公卿は、何を言い出すつもりか。

「堀河院にお住まいの敦明様にさえ栄華の道が開けるのであれば、ご自分の身は捨てても悔いはない、と仰せだとか」

「それは、帝がそうおっしゃっているのか」

「と、聞いております。右大臣殿から」

「そう、その御仁のことだ」

道長は苦虫をかみつぶしたような顔になる。

「敦明親王は、よりにもよって、右大臣の二の姫を妻にされた。昨年には、その延子姫に皇子さえ生まれている」

帝の第一皇子の敦明を東宮にすれば、あの無能で顔を見るのも嫌な右大臣にも、外戚となる道が開けてしまうではないか。頼定のぼんやりとした笑みは変わらない。表情の読めない顔のままだ。

「さて、先のことは誰にもわからぬもの。頼定のような凡愚の者は、まず、眼前に迫った事態を安寧にすることを心がけますが」

道長は、じっと頼定を見る。

先のことは、神ならぬ身の人間には、わからない。

そんな気弱なことを考えるのは、凡人だけだ。

そう、道長ならば、未来を切り開くことができる。この頼定や、右大臣などとはちがうのだ。

「……よし」

一度は、帝に譲るか。

譲ると見せかけて、あとはまた策を考えればいい。

「頼定卿、卿と話しておると、心が休まるぞ」

「もったいないお言葉で」

頼定は、また笑った。

十二月の下旬。病身の帝は、譲位を決意された。さっそく、新帝への即位の段取りが決められる。

新しい東宮には、帝の第一皇子である敦明親王が立てられた。

現東宮、明ければ九歳。

新東宮、二十三歳である。

年が明けたら、忙しくなる。

だが、道長は久しぶりに高揚していた。帝の譲位は、すでに決定した。そのあとにひかえているのは、道長の孫である東宮のご即位である。道長の、宿願の果たされる日が近づいている。

だが、まだ油断はできない。帝は信用のおけない、大変に気が変わりやすいお方だ。今年相次いだ天変地異とご自身の病気のせいで弱気になったところへ、道長が再三再四、譲位をほのめかしたからこそ、ようやくその気になっただけだ。

年が明けて気が改まり、体調がよくなったりしたら、また前言を翻すかもしれない。まだまだ、譲位のことは何も決まってはいないのだ。

好事、魔多し、という。こういうときこそ用心が肝要だ。

特に、宮中で何がささやかれているか、巷の噂はどんな風向きか、知っておいて損はない。

だから、道長は彰子皇太后の御所へ向かう。

帝の御所では、道長は煙たがられている。道長が帝に退位を迫ったことを、誰一人表立って非難したりはしないが、これで職を失うことになる帝の側近たちが、道長に好感を持つはずはないのだ。だから、道長の前では、誰も本心を話さない。

噂を集めるには、彰子の御所が最適なのだ。

娘によっても、こうも違うかと感心させられるが、彰子の御所にはさまざまな噂が集まっているのだ。よほど事情に通じた、有能な女房たちを抱えているのだろう。

ひとしきり衛門、中将といった女たちのおしゃべりに耳を傾けてから、道長は渡殿を東へ向かった。

――この女の局は、いつも、端にあるな。

女そのものも、そうした居場所によく似ている。騒がしく噂話に興じる女房の集団の中で、いつも一番隅で、自分からは言葉を発することもほとんどなく、ただ、黙ってにこやかに聞いている。

そして、自分の中でそれらの話を寝かせておいては、とんでもないものを作り出す……。

式部。

その語る源氏物語は、多かれ少なかれ、道長に影響している。

面白い女だ。出仕したときにすでに若くはなかった式部を抱いたのは、ほんの一、二度だったろう。だが、この局で過ごす時間は、ほかにはないものだ。以前には同じように思いもよらない世界を垣間見せてくれる女がもう一人いたのだが、そちらは、道長の家司と結婚して、任国へ下ってしまったのだ。

あの和泉は、どうしているか。いや、あの女のことだ、きっとどこへ行っても、あの明るい目で暮らしているだろう。

式部の局には、誰もいなかった。また彰子のところへでも行っているのかもしれない。式部の助言は、彰子にとっても得がたいものだろうから。

赤々と炭が熾（おこ）っている。その横の文机に一束の紙が置いてあった。

道長はその題箋（だいせん）に目を引かれた。今まで見たことのないものだったからだ。

『雲隠』。

これは、まだ誰も読んだことのない、新しい巻なのだ。

しばらくのち。

道長は、うっとりとして『雲隠』を手にしていた。そこに書かれていたのは、光源氏の、美しい往生の場面だった。

——これこそ、王者にふさわしい死の姿だ。

そのまま、道長は眠りこんでしまったらしい。

こわい夢にはっと顔を上げると、目の前で、式部がにこやかに炭をついでいた。

「おお、これは、わしは眠ってしまったのか」

「お疲れなのでございましょう」

それから、式部は困ったような顔で笑うと、『雲隠』巻を取り上げた。「また、わたくしのいないところでお読みになったのですか」

「何か、苦情があるのか」

道長はむっとした。「そなたが源氏物語を書けているのは、わしのおかげではないのか」

墨も紙も筆も、式部が手に入れるのにどれだけ助力してやっていることか。いや、そんな些末なことだけではない。源氏物語の筋立てに、どれほど道長の恋が、生涯が、役立っていることか。

「苦情など、とんでもないことでございます」

式部は殊勝に頭を下げて言った。

「左大臣様には、世の中のことをいろいろ教えていただきましたし」

「そうだろう」

よくわかっているではないか。

だが、そのあとで式部は、道長の肺腑をえぐるようなことを言い出したのだ。

道長は憤懣(ふんまん)と恐怖で混乱しながら、式部の局を飛び出した。

寒さのせいでまた痛みがぶり返した足を、引きずりながら。

第五章　急

長和四(一〇一五)年十二月―寛仁元(一〇一七)年八月

ただいささかまどろむともなき夢に、この手馴らし猫のいとらうたげにうちなきて来たるを……

（源氏物語『若菜下』）

道長大殿が転がるように局を出ていった後、香子はゆっくりと炭櫃の中の残骸を火箸で突き崩した。

——今、わたしは何をしてしまったのだろう。

大殿にあんなことを言うなんて、ついさっきまでは、考えてもいなかった。自分のしたことに一番驚いているのは、香子かもしれない。

一刻ほど前、『若菜』巻の重苦しい心のすれちがいを書くのにも疲れたときのことだ。ふと、気晴らしに、何年か後の光源氏の死のありさまを書いてみたらどうかと思いついた。誰もが安らぐ死のありさまを。

すでに、眠るようにはかなくなってゆく紫の上の最期も同じように書いてみている。その出来には満足していた。紫の上の死を悲惨なものにしてしまえば、その後の光源氏の悲嘆が美的でなくなる。そう、紫の上は美しく死ななければならない。それでこそ、残された光源氏が身も世もなく恋い焦がれる姿に、誰もが納得できるのだ。もっとも、その紫の上の死と光源氏の晩年についての数巻を真っ先に読んだ道長大殿は、光源氏の腑抜けぶりにご不満のようだったので、まだ写本もさせていないけれど。

――では、今度は、道長大殿の気に入るように、光源氏の美しい死を書いたらどうだろう。大殿が自分を光源氏に擬しているのは知っているから。

だが、そうして書き始めたものを読み返しているうちに、香子は、誰にともなくむらむらと腹が立ってきたのだ。阿弥陀仏（あみだぶつ）にすがり、恐れもなく苦痛もなく、眠るように死んでいくなんて。そんな安らかな死を迎えられる者が、この世に、いったいどれほどいることか。

そんなときに彰子皇太后に呼ばれ、しばらく局を空けて帰ってきてみると、草稿を手に道長大殿が満足げに眠っていたというわけだ。その老いた寝顔を見ているうちに、香子はここまで書き続けてきた源氏物語のことで、初めての衝動に駆られた。

――この草稿、なくしてしまいたい。

大殿が目を覚ましたのはそのときだった。

――ふむ、たいそうよくできていたぞ。

えらそうに言い放つ大殿の声を聞いたとたん、香子は『雲隠』巻の最初の一枚を炭櫃に落としていた。

――おい、何をする。なぜ焼いてしまうのだ。

――源氏の君の最期を、これほど安楽なものに定めてしまってはならないのです。

呆然とした大殿の顔を見るのは、何と小気味よかったことか。

そして香子はとうとう言ってしまった。

――左大臣様は以前にも、わたくしの物語をほしいままになさいましたことがございましたね。

そう、まだ源氏物語など世の人があまり知らなかった頃。物語の発端部分――香子が『かかやく日の宮』と名づけた、心血を注いだ第二巻――を、道長大殿は香子になどおかまいなしに、葬り去ったことがあるのだ。

その大殿の所業を知りながら、香子は誰にもおくびにも出さず、もちろん、大殿を一言も責めもせずに、甘んじて受け入れた。世俗の力で、大殿にかなうわけがない。

その一方で、香子はずっと自分に言い聞かせてきた。

――すでに起きてしまったことは、しかたない。でも、これから、抗う(あらが)ことならできるはず。わたしの物語が世に受け入れられ、物語そのものの持つ力で生き残っていけるほどのものになるなら。そうなれば、きっと権力者さえ、恐れずにすむはず。

そしてついに、今。

香子は、初めて、過去の所業のことで大殿を責めた。

責められた大殿の、驚愕に満ちた顔。

あの顔を見ただけでも、焼いた価値はあった。

――あの物語をいま一度書いてわしにまいらせよ。

――いいえ、もうそれはできません。

ああ、大殿の願いをすげなく拒むのも、何と気持ちのよかったこと。

——わたくしの書く物語はわたくしのもの、あなた様でもお手は出せない。

言ってから、知った。

香子はずっと、この言葉を言いたかったのだ。道長という、この世の権力者に。

結局、宮仕えに応じたのは、いつか、こうしてしっぺ返しを食わせられるかと期待していたからだけかもしれない。

だから、今、香子には何の悔いもない。

炭の上にはもう、わずかな灰しか残っていなかった。

『雲隠』の役目は終わったのだ。

それにしても、火とは、何と強いものであることか。今までたしかにここにあったものを、あっというまに滅ぼしてしまう。とても小さな炎でさえ、権力者の大殿を、あれほど追いこむことができるのだ。

「式部の君、皇太后様がお呼びでございます」

「はい、すぐに参ります」

「父上が、大層おびえていらしたの」

「まあ、そうでございますか。お怒りになっていた、の間違いではございませんか」

「たしかに、怒ってもいらしたけれどね」

扇がぱちりと鳴った。

「それで、式部、あなたともあろう人が、何をしたの？ あんなに動顛なさった父上を見たのは、何年ぶりだったかしら」

「ただ、左大臣様が今一番お読みになりたいであろうものを書いて、お見せしただけでございます。それから……」

「それから？」

「それから、それを焼き捨てました」

「あらあら」

「左大臣様に、どのようにお叱りを受けても、かまわないつもりでおりました」

「そんないたずらをしかけた理由は、教えてもらえるのかしら」

「理由など……。しいて申せば、皆様のお読みになりたいものばかりを書くのに飽いた、ということでしょうか」

「それだけ？」

「はい」

しばらく沈黙が続く。

「では、わたくしが言いましょうか。式部、あなた、この御所を去りたいのではない？ だから、自分から、父上のご機嫌を損じて、御所にいられなくなるように、しむけたのではない？」

「彰子様、わたくしのしでかしたことについては、申し開きのできぬものと考えております」

「それではわたくしの問いへの答えになっていないわ」

強い語調に自分でも驚いたかのように、一度間があった。それから少し穏やかになった同じ声が続く。

「いつか、わたくし、あなたに言ったわよね。ずっと、わたくしのそばにいて、と。そうしたら、あなたは答えてくれたわ。わたくしが入り用と言う限り、そばにおりますと」

答えは短かった。

「はい、そのとおりでございます」

そのあとの沈黙は長かった。

だが、ついに、長いため息が聞こえた。

「こうなったからには、しかたのないことね、式部」

そして衣擦れの音。

彰子皇太后は座を立って行った。

香子は、ずっと平伏したままで、その姿を見なかった。

最後の一言を言わないでいてくれたのは、思いやりだろう。

――式部、もうあなたはいらない。

彰子皇太后は決して認めないだろうが、もう香子に用はないのだ。いてほしくないはずだ。まだまだ手を取り合って栄華の道をともに歩んでいかなければいけない父親に、いらぬ反抗をする女房になど。

それに……。

このあと、彰子皇太后の栄華はますます極められるだろう。ご自分の産んだ上の皇子が帝に。そして、下の皇子も、やがては同じ地位に。二人の皇子の輝かしい前途を妨げる者を、皇太后は押しのけていくだろう。そして、そんな自分の姿を醒めた目で見続ける人間も、もう必要としないはずだ。

ますます栄華の光は強くなる。皇太后の支配する場所では、影は存在することを許されないだろう。

だが、香子は影を書きたいのだ。

『若菜』巻はまだ途中だが、自分でも内容が暗くなってきているのがわかる。大殿は絶対にお気に召さないだろう。ひょっとすると、皇太后も。

彰子皇太后と道長大殿の栄華を書く者は、きっとほかにいる。

宮仕えを辞める潮時なのだ。

明けて、長和五年。

堤邸の一室で、香子はのんびりとした日を送っていた。

こんなにだらけられるのかと思うほど、何もせずに眠りをむさぼり、手入れの行き届かない深山(みやま)のような庭をながめて暮らした。

そんな怠惰な暮らしが許されたのは、いつもながらにかいがいしい阿手木が家の内全般を取り仕切っている上に、賢子もすっかり成長したからだ。

いよいよ、賢子は皇太后御所に出仕する準備を始めている。ただ、香子は母親として、まだ条件をつけていた。

「もう少し待って、世の中が落ち着いたらね」

「落ち着くって、どういうこと？　母上」

「まあ、見ていなさい」

このままですむはずがないのだから。

元日の小朝拝という儀式に、帝はお出ましにもならなかった。それだけお体の具合が悪いのだと心配する官人もいたそうだが、香子にはむしろ、帝位に未練がなくなったせいに思えた。それまでは、読めもしない宣命を必ず持ってこさせるとか、朝議を開くと言い張っては間際になって体調のせいで見合わせるとか、公卿や殿上人を振り回していた帝だったのに、つきものが落ちたように体裁にこだわらなくなっている。

小朝拝などそこそこにすませた貴族たちは、翌二日の、東宮主催の大饗に詰めかけた。大饗とは、大臣や宮たちが公卿をもてなす新年の祝宴だが、とりわけ、東宮は、早ければ月の内に即位される方である。

母である彰子皇太后よりも、祖父道長大殿がその準備に心を砕いているありさまが目に見えるようだった。細部にまで意を尽くしたがるご性格そのままに、客の数から席次、引き出物にまで気を配ったことだろう。

そして一月下旬。帝は正式に譲位された。ついに、彰子皇太后のお産みになった二宮の即位である。新しく東宮に立てられたのは、先帝の第一皇子、敦明親王だった。

「つまらないこと。彰子様のお産みになった三宮じゃないのね」

賢子がそうぼやくのにも、香子は笑っただけで、答えなかった。

――このままですむはずがない。大殿側が、必ずしかけるはず。

だが、そのしかけは世の人には見えないだろう。それも、いつもの大殿のやり口だ。じっと待つこと。

そのやり口は、じわじわと功を奏しているようだ。

敦明東宮御所となっている堀河院が、ひどい寂れようだということは、すぐに伝わってきた。堀河院は、道長大殿が大嫌いな顕光右大臣の屋敷だが、なにしろ、また内裏が焼けてしまったので、ほかに適当な御所がないのである。

その東宮御所に、誰もご機嫌伺いに出向こうとしないのは、大殿が、敦明親王が東宮でいることに賛成していないからだ。

その証拠に、東宮の守り刀である壺切の太刀という宝物は、いまだに敦明東宮のもとへ渡っていない。

また、東宮御所である以上、帯刀という護衛の者も選任して配するべきだが、その認定さえ進まない。位を降りた三条院が内々催促しているにもかかわらず、帯刀のいない状態が半年以上続いた。

大殿が帯刀をつけるなと誰に命令したわけでもない。ただ、帯刀の件はいかがとお伺いを立てられたときに、大殿は返事をしないだけだ。それだけで、誰もが顔色をうかがい、左大臣殿が不承知だと勝手に先走り、火中の栗を拾うのは御免と関わり合わなくなる。

東宮御所は見捨てられたのも同然だ。

そして、東宮御所がどんなに寂寞(せきばく)としていても、世間は困らない。大殿側は新帝さえ守り立てていければよく、貴族たちもその大殿の周囲さえ取り巻いていればよいのだから。

「ただ、妍子様は、三条院とやっとむつまじくおなりになれたようですよ」

阿手木がそんな噂も聞きこんできてくれた。

「ようやく、皇子の産まれないことも気にならなくなったのかしら。よかったこと」

香子は、妍子のために喜んだ。

帝の后でないなら、もう、皇子を産むことを世間中から期待されることもない。皇子を産めないと非難されたり、運のない女性とあざけられたりすることもない。

妍子中宮が、后になる以前から源氏物語の熱烈な愛読者であったことを香子は知っている。境遇はどうであれ、安らかに過ごされることを祈りたい。

——紫の上は、幸せなのかしら?

たしか、そんなことも妍子中宮に尋ねられた覚えがある。そして、香子はこう答えた。

——それは、読む人それぞれに異なる考えをお持ちになっていて、よろしいのではないでしょうか。中宮様は、中宮様ご自身のお心を大切になされば。

出過ぎた言い方かもしれなかったが、今でも、それよりもよい答えは思いつかない。何が幸せか、決められるのは自分しかいないのだ。

——ご自分なりの幸せを、妍子様もやっとお見つけになったのかもしれない。

その夏も疫病はひどく、旱害にも悩まされた。ただそんな中でも、おめでたいこともある。敦康（あつやす）一宮に第一王女が誕生した。こちらも落ち着いてお暮らしのようで、何よりだ。

だが、そのささやかな慶事は、大事件に破られた。

今度は、数々の御所になってきた土御門邸が、焼失したのだ。今までの貴族屋敷の火災とは、わけが違う。飛ぶ鳥を落とす勢いの道長大殿の本宅が焼け落ちてしまったのだ。

都中の貴族が、大げさではなく動顛して見舞いに駆けつける。もちろん、堤邸でも例外ではない。義清が使者を務めてくれた。

「けれど、すぐに元通りになるわ」

賢子が気安く言う。

「だって、諸国の受領たちからの貢物がすごいもの。焼け落ちた翌朝には、伊予国守など、すぐに建て直してみせますと胸をたたいて請け合ったそうよ。さすが、道長様のご威勢だわ」

「たしかに、こちらの姫様がおっしゃる通り、たいした羽振りですよ」

報告に来てくれた義清も、笑いながらそう受けた。

「見舞いに駆けつけてきた源頼光は、このようなお屋敷の一つくらい、あっというまに自分が建ててみせると公言していました」

「まあ。本当に、受領ってお金持ちなのね」

感激しながら賢子が席を立ったのを見送ってから、阿手木が声を潜めていった。

「再建に力を入れるのももちろんですが、頼光などは、つけ火の詮議にもやっきになっているそうです」

「そう。やはり、これも放火なのね」

「誰も火の不始末をしでかしたわけでもないのですって。ただ、隣の空き家が、夜中にいきなり燃え出したのだそうですから」

「犯人を見つけたいでしょうね。もう金輪際、こんなことをさせないために」

天変地異は、帝徳を揺るがす、人知を超えた摂理。そう考えれば、日照りも蝗（いなご）の害も地震も火事も、今の世の乱れの責めはすべて、突き詰めれば帝にあるということになってしまう。帝徳の薄さを言い立てて先帝を譲位に追いこんだ道長大殿としては、いまいましい事態にちがいない。帝が替わられたら、嘘のように世が鎮まった。そんな筋書きこそを、望んでいたはずだから。

「けれど、意外に今上の不徳を言い立てる者は少ないのです」

数日後には、阿手木はそんなことも聞きこんできた。

「まあ、なぜ？」

「この、世の乱れは、いよいよ末世が近づいてきたせいだから、しかたがないというのです」

末世。しばらく前から、恐ろしそうにささやかれている、仏の教えだ。いわく、もうすぐ——あと四十年ほどで——、この世は仏の教えが滅び、乱れる末法の世となると。

「ですから、人の心が荒れるのも天が乱れるのも当然、世が衰退に向かうのは、誰も止めることはできないと」

「たしかに、そう言われているわね」

答えながらも、香子は苦笑した。「けれど、ずいぶんとご都合のいい理屈だこと。先帝のときには帝徳の少なさが声高に言われ、帝が替わられたとたんに末世を言い立てるなんて」

今の世の僧侶は、それだけ世に迎合しているということだろう。去年、まだ位についていた三条院が病気であっても、大殿の顔色をうかがって祈禱のために内裏に赴くことを嫌がる僧が続出していたほどだ。大殿家に都合のいいように、末世だからしかたがないと理論づけることなど、恥もなくやってのけるのだろう。

「それはそうですけれど、今上はまだ九歳かそこらですもの。徳の篤さを求めても無理だと、みな、あきらめてもいるのでしょう」

結局、そういうことだ。道長大殿に逆らえはしないのだから、末世のせいにしておけばよい。そして、誰もがそれ以上つきつめて考えるのをやめてしまうのだ。

今、大殿がひたすら待っているのは、帝のご成長だろう。早くご成人されてきさきを迎え、男御子が生まれるのを待つ。そうすれば、いずれは大殿のひ孫が帝位につく日さえ……。

そうして、帝を成長させる時の流れは、同時に東宮を老いさせていく。何しろ東宮は、帝より十四歳もお年上なのだから。

それまでは世の乱れも天の不順も、すべて、首をすくめてやり過ごすつもりなのだろう。たただ、同時に、火つけの犯人への詮議も厳しく行われているはずだ。放火など、ないに越したことはないのだから。

――それにしても。

阿手木と義清も別室へ去って一人になると、香子の思念は、また別のほうへ向かう。このところ暇で、ゆるゆると源氏物語を書き進めることと、その写本を作っている阿手木や賢子の監督をするくらいしか、仕事がないのだ。考えごとの時間なら、余るほど、ある。

いったい、火つけをする者は、何が目当てなのだろう?

下々の暮らしは苦しい。毎日を生きていくだけで精一杯だろう。その一方で、生まれてから一度も汗を流さず、苦しい思いもせずに生きている貴族がいる。いかめしい塀に守られた豪奢な御殿は、その貴族の象徴だ。

わが身の惨めさにやりきれなくなるとき、つい、火をつけてその御殿を滅ぼしてしまおうと考える者がいても、不思議ではないかもしれない。

香子はいつもの癖で、その人物になりきってみようとした。

今日もつらい一日だった。わずかの食べ物は手に入ったけれど、これでは足りない。家には、腹を空かせた妻子が待っているというのに。そんな帰り道、貴族の屋敷からは、何が楽しいのか、どっと笑い声が上がる。楽の音も聞こえる。ついむらむらと、塀を乗り越え、懐の火打石を取り出して、小さな火を起こす。そして、人気のない座敷にでも投げこんで……。

そこで香子は首を振った。

だが、それからどうする。そこまでの心の動きは、よくわかる。

つかまってしまえば、言い逃れはできないのだ。大きな屋敷ほど、広いとはいっても人目も多い。逃げるところを
つけ火の犯人は、まず命がない。

そこまでの危険を冒すほど、つけ火に価値があるのだろうか？　燃え上がる御殿、あわてふためく貴族連中に溜飲を下げるだけにしては、身の危険が大きすぎないだろうか。

そもそも、貴族の屋敷に、下賤の者が臆せずに入りこめるだろうか？


『雲隠』を焼いて、一年目の冬が巡ってきた。

一年で一番日が短い日。阿手木が日暮れどき、そわそわしている。

「どうしたの？」

「ああ、御主。小仲がまだ戻らないのです。高倉第の、義清のところに使いを命じたのですが、それはもう二刻も前のことだというのに」

女二人というのは、こういうときに心細い。堤邸のほかの家人に、様子を見にそのあたりまで行かせたら、堤邸が不用心になってしまう。それとも待つべきか。放っておいたら、自分で小仲を捜しに行きかねない阿手木を外へ出すのも物騒だし、と言って香子や阿手木がそろって出て行ったら、今度は留守番の賢子のことが気がかりだ。

日がとっぷりと暮れて、その心細さがさらに増してきた頃。

一頭の早馬が、堤邸に到着した。

安堵の声を上げた阿手木が、続いて声音を変えた。

「まあ、義清」

香子も出て行く。身軽く馬から飛び降りた義清が、後ろに乗せてきた小仲を下ろしてやっているところだった。

「小仲！　どうしたの？」

義清が笑って見せる。

「ちょっと足をくじいたようなので、おれが送ってきた。何、そんなに心配することはない」

「足を？　いったいどうしたって言うの？　まあいいわ、とにかく見せなさい、小仲」

あれこれと世話を焼かれるのに慣れていない小仲が恐縮して身を縮めるのにもかまわず、阿手木は母鳥のようにぱたぱたとその体をたしかめている。それから、ようやく安心したように、夫を振り向いた。

「何が起きたの？　義清」

義清が表情を引き締めた。

「少し話がある。お方様も、一緒に聞いていただけますか」

「おれ、ちょっとあやしい人間を見かけたんです。高倉第の近くで」

香子の居間に通された小仲は、そんなふうに話し始めた。

「高倉第の奥方様が竹三条邸に入れていた男たちのことで、何かあったら調べてほしいと竹三条のゆかりに頼まれていたということもあったし」

「その男たちの顔に見覚えがあったの？」

香子の問いに、小仲は首を振る。

「ただ、その男、鼻歌を歌っていたんです。猩々、飛びやれと。その妙な歌のことは、ゆかりから聞いていたものですから」

「それで？」

「その男は高倉第の周りをたしかめているようでした。そのままどこかへ帰っていくから、あとをつけて……」

そこで小仲は顔をしかめた。

「でも、途中で、おれは見つかって逃げ出したんです。そのときに足をひねって。どうにかつかまらずに、高倉第までたどりつきましたけど」

義清が厳しい顔になる。

「これだけ都が物騒になっている時節です。小仲のほかにも何人か、こちらの屋敷にも人手を増やします。おれは高倉第を守ります」

「よろしくね、義清」

「おれからもお願いいたします、輔殿」

頭を下げた小仲が、そこで改まった表情になった。「実は、ほかにもお方様たちに聞いていただきたいことがあるんです。貴族の屋敷に火をつけて回る奴らのこと。特に、去年の内裏の火事のことで」

「そんなことは今まで言わなかったではないか、小仲」

驚く義清に、小仲は頭を下げた。

「申し訳ありませんでした。実は、竹三条邸の糸丸が、その犯人を知っているって言うんです。ただ、そいつは……もう、それ以来行方知れずだと」

糸丸が知り合った少年とその不可思議な言動のことを、香子たちは息を呑んで聞き入っていた。

「御主……、今の話、どう思われます？」

「どうにもこうにも、たしかにありそうにも思えるけれど、それだけでは何もわからないし、手の打ちようもないわね。わたしたちにできることは自分の身を守る、それしかなさそうだわ」

「そうですね、お方様」

いつものとおり、義清は冷静だった。

「小仲。この屋敷を頼む。竹三条邸はどうだ？」

「たしか、糸丸が知り合いの男を護衛に加えたと言っていました」

義清はうなずいた。

「それでももう少し手を増やしたほうがよいかもしれない。ゆかりに相談しよう」

ところが、そんな相談をしていた、その次の夜。高倉第に早々と賊が押し入ったことが、義清からの使いによってもたらされた。

「至急、高倉第にお越しくださいませんかと、輔殿からのお言伝です」

「御主、あたしも行きます」

当然のようについてくる阿手木とともに、寄こされた車に乗りこむ。

「やはり、来たか」

阿手木の気性を知り抜いている義清は、苦笑しただけで、二人を厩の一角へ案内した。

「むさくるしいところで恐縮ですが、お方様」

そこには縛られた男が一人。年の頃は三十ばかり、烏帽子もかぶらず、粗末な水干に、裸足。京の市でいくらでも見かけるような風体だ。ただ今は、あちらこちら泥で汚れている。

「この男は……?」

義清の顔が厳しくなる。

「よりにもよって、高倉第に火をかけようとしていました」

「義清がつかまえたの?」

「はい。小仲の見こみは正しかったようです。この男は当屋敷の奥方様が集めさせた者たちの一人でした。ですが、近くにいたほかの奴らは、取り逃してしまいました。それで、おれではたいしたことが聞き出せませんから、お方様のお知恵を借りればもっと何かわかるかと思い……」

義清が顎をつかんで男の顔を持ち上げる。男は口ごもりながらも命乞いをした。

「ご勘弁くだせえまし。こうすれば、冬の間、食っていけると言われたんで……」

義清は、なおも問い詰める。

「高貴な方々が逃げ惑うのを見て、よい気味だと悦に入っておったのではないか?」

「とんでもねえです、そんなだいそれた……。ただ、言われたとおりに火をつければよいと。そうすればわしも、この冬、食いものにありつけると……」

香子は、鋭く問いただした。

「食いものにありつけるとは、どういうこと?」

男は、泥に汚れた顔をうつむけた。

「それしか言われませんでした。へい、わしは、ただ、言いつけられただけでごぜえます。何も知りませんです、何も……」

それ以上、男は筋の通ったことも言えず、涙を流して這いつくばるばかりだった。言葉を変えて聞き出そうとしていた義清も、最後にはあきらめたように立ち上がる。

「しかたがないな。こいつはもう、検非違使に引き渡します」

引きずられるようにその場を去る男から顔をそむけていた阿手木が、香子を見て、驚いたような声を上げる。

「どうなさいました、御主」

「え？」

「お顔が、真っ青……」

香子は、どうにか笑ってみせた。

「何でもないの」

男の言葉を反芻するうちに、香子は一つの理由を見つけてしまった。しいたげられている者たちが、なぜ火つけをするのかという、理由を。

——今、わたしは、火つけをする者の本心を、かいまみたのだろうか。ああ、だけど、それではつらすぎる。

香子は口を両手で覆った。心配する阿手木を制して、立ち上がる。

「風邪を引いたみたい。たいして義清の役にも立てなかったわね、帰りましょう」

帰りの車の中でも、香子はじっと黙っていた。阿手木を安心させてやるゆとりもなかった。

——もし、わたしの考えどおりとすれば……。

その真実はとんでもなく悲しく、そして憤ろしい。香子はその憤りのやり場を、もてあましていた。

自分の無力さに鬱々としたまま冬が終わった。そして改元しての寛仁元年。

そろそろ、都の情勢が切迫してきた。

三条院の病が重くなったのだ。譲位してから、一年余り。

「世の重しとなるお方だ。祈禱を手厚く」

さすがの道長摂政——孫の即位のあと、とうとう摂政に就任したのだ——もそう言って、表面上は三条院を案じているという。だが、気候が暑くなるにつれ、病は重篤になるばかりだと世間が騒ぎ出した。

じりじりと盛りに向かう夏、都は何かが起きるのを待つように、息を殺していた。

「都中が息づまるような雰囲気ですよ」

義清は、いろいろな情報をもたらしてくれる。道長大殿も、祈禱や見舞いを熱心に行いながら、じっと見守っているという。

——そう、ここまで待ったのだもの。今、道長大殿が動くことはない。

「一宮様には、お変わりはないですか」

別の日、香子は、また都の噂を伝えに来てくれた義清に聞いてみた。

「お気楽にしておいでですよ」

義清は、笑った。

「すでに世の趨勢(すうせい)には関わりがなくなっているから何の憂いもないと、言っておいでです」

阿手木が痛ましそうに眉をひそめたが、義清はかえってそんな妻を励ましている。

「三条院を見てみるがいい。帝になっても、道長大殿にいびり倒されただけだろう」

「いやだわ、そこまで身も蓋もない言い方をしなくても」

阿手木も、つられたように笑う。こちらの笑みのほうが苦い。

「そんなことはご本人が一番ご承知だぞ、阿手木。だからこそ、三条院は息子である東宮にすべての望みをかけて、譲位に応じたのではないか」

「その望みはかなうと思う？」

香子がずばりと聞くと、義清は難しい顔になった。

「さて……、どうでしょうか」

「ね、三条院にもしものことがおありだったら、何が変わるの？」

同席していた賢子に聞かれ、香子はしばらくためらってから、答えた。

「東宮様は、後ろ盾をなくされたことになるわね。さぞ、お力を落とされるでしょうね」

父君たる三条院がいなくなったら、敦明東宮はどうするか。今でも、かなり寂しいお暮らしだと聞く。誰も、東宮を重んじない。何しろ、帝より十四歳年長の東宮だ。

――そもそも、あの東宮に、ご即位の見こみはあるのか？

そんな、あからさまな不信の目が向けられている。

――東宮の守り刀であるはずの壺切の太刀も、いまだ、摂政殿がしっかりと抱えこんでいて、あの東宮御所にはお渡ししていない。

世間に無視された東宮御所――堀河院――で、東宮は無能と嘲られている顕光大臣の息女を妃に、二人の御子と、ひっそりと暮らしている。

世間の注目はひそかに堀河院に集まっているくせに、誰もが直視しようとはしない。

そんな重苦しい、不自然な日々が続き、ついに。

三条院が崩御された。

寛仁元年、五月九日。

危篤の報を受けた道長前摂政――つい先頃、摂政の位をたった二か月ほどで嫡子頼通に譲っていたのだ――は、三条院までは駆けつけたものの、臨終の御前に伺候することはなく、死穢を避けて三条院を後にすると、葬送に関するすべてを取り仕切った。

娍子皇后、妍子中宮。道長大殿との政治抗争の末、異例の二后を持った帝であったが、葬送に際して土殿にこもるという、正式の后としての務めを果たしたのは、妍子中宮だった。

三条院が死してのちの、妍子中宮の立派な態度は、周囲の尊敬と涙を誘ったという。


先帝の喪に、都中が静まり返っている秋のさなか。

堤邸の中に、一台の車が引き入れられた。

まもなく、顔を輝かせた阿手木が、香子の居間に走りこんできた。

「御主！　どなたがおいでになったと思います？」

そして香子の返事も待たずにまくしたてる。

「すぐに、お連れいたしますね。きっとお丈夫になられたのでしょうね、車でおいでになったというのに、見違えるほどお元気で、ちゃんとご自分の足で歩いて縁に降りられたのですよ」

そのあとから、快活な笑い声が響いた。

「いやだわ、阿手木、それではわたしは一人では歩くこともできない赤子のようではないの」

「まあ」

香子も思わず立ち上がった。「なんて嬉しいこと。何年ぶりでしょう、瑠璃姫」

すっかり女盛りとなった瑠璃姫が、匂うように美しい顔をほころばせて、そこにいた。

「はい。お久しゅうございます」

「懐かしいこと」

「ええ、本当に、瑠璃姫」

阿手木も交え、さっきからそんな会話ばかりが繰り返されていた。

数年前に、道長大殿の屋敷から自由になるのを、香子や阿手木が手助けした瑠璃姫。それから幸せな結婚をして、都を離れたはずだ。

「たしか、大和の国に行かれたのですよね」

「ええ。夫は、和泉の君のご縁で、小さな荘の代官をしています。すっかり田舎人ですわ」

「都では、どちらにご滞在ですの」

阿手木がそう聞いたのをきっかけに、それまでにこやかだった瑠璃姫の表情が引き締まった。

「堀河院におります」

「まあ、そうですか」

堀河院は顕光大臣の屋敷だ。

「今回の都の情勢を聞き、いてもたってもいられずに、急いで上京いたしまして、また元子様におすがりいたしました。それで、式部の君に折り入ってご相談したいことがあるのです。敦明様のことですが」

「東宮様の？」

聞き返したのは、阿手木だ。それから、納得顔になる。

「ああ、敦明様は、瑠璃姫の……」

「従兄です。今は、何かお考えがあるのか、父君が亡くなられた後、ろくに誰も住んでいなかった三条院にお移りですが」

瑠璃姫の平らな口調に、そこで熱がこもった。

「このままでは、敦明様は、東宮位返上に追いこまれてしまいます」

「東宮位返上？」

阿手木は驚いて叫んだ。「そんな、自分から位をさしだす東宮なんて、今までいらしたことがありませんのに……」

「けれど、たしかに今の東宮様にはろくなお味方がいない。だから、東宮位を返上せざるをえなくなると、瑠璃姫はお考えなのですね」

香子がそう言うと、瑠璃姫はうなずいた。

「このままでは、わたしのおじい様の血統が絶たれてしまいます。わたしは父上の記憶もございませんが、だからこそ、自分が王族の裔だということを誇りにしてまいりました。そんなわたしには、いずれ敦明親王が帝になるということが、とても大きな光だったのです。それに、敦明親王の妃、堀河院の延子様もとてもよいお方です。延子様と、姉上の元子様には、たいそう助けていただいたご恩もあります。だから、今の窮状をどうにかお助けできないかと思って……。どうかお知恵を貸してくださいませんか。これは、大和においでの和泉の君のご助言でもあるのです」

しばらく唇をかんで考えていた香子は、やがて顔を上げた。

「小仲」

「はい」

すぐ外に控えていた小仲が、すばやく返事をした。

「竹三条邸に行って、糸丸を呼んできてくれるかしら」

小仲も、厳しい顔になる。

「はい」

小仲を見送って、香子は瑠璃姫と阿手木に向き直る。

「実は、わたしにもお話ししたいことがあります。もしかすると、瑠璃姫の伯父君の……三条院の譲位のいきさつに、陰謀が働いていたかもしれない」

瑠璃姫が膝を乗り出す。

「どんなことです?」

香子は、二人を交互に見ながら口を開いた。

「あの内裏の火災は、あまりに時期が合いすぎていたでしょう。先帝の三条院は、政は内裏でこそ行われるべきと、強い信念をお持ちだった。だから、焼失していた内裏の造営を急がせていた」

「はい」

「そしてようやく新造なった内裏に移られた。けれども、そのときには、道長前摂政との間に、埋めようのない溝ができていた」

瑠璃姫が顔をしかめて尋ねる。

「溝って……。何がいけなかったのでしょう」

「言われていた理由は、妍子中宮に男御子が生まれなかったことだけれど。でも、そのくらいのことは、歴代の帝にもおありだったわ。そもそも一条院と道長前摂政の両方の血を受けた皇子が生まれたのだって、一条院が即位してから二十年以上もたってからよ。そんなことで政が左右されるなんて、そもそもそれが間違いでしょう」

香子は嘆息して、続けた。

「でも、一条院との時代ばかり道長大殿は懐かしんでいた。新しい帝との折り合いがうまくいかないと、前の時代はよかったと思ってしまう。その道長大殿の思いが伝わると、三条院はますます意固地になり、お互いの溝を深めてしまった。皇子が生まれなかったことなんて、後づけの理由よ。なのに、一番わかりやすい理由に思えたから、世の人まで、皆、それ以上考えるのをやめてしまった」

「お気の毒だったのは、妍子中宮ですよね」

阿手木は同情するように言った。「どんなに悩まれたことか」

「ええ。ともかく、新造内裏が完成したときには、大殿はそこでの政治を望まなくなっていた。そして、重要なのは、そんな大殿の思いを、貴族たちが皆、敏感に感じ取っていたこと」

「みんな、三条院ではなく、大殿の顔色ばかりをうかがっていたから……」

「そう。早く、譲位していただきたいと大殿が思っていることを、誰もが知っていた。そしてみんな、同じようなことを考え始めたの。そんなふうに大殿に思われている三条院の治世なら、きっと乱れるはず、天が三条院の政を認めていないという証左として、と。では、一歩進めて、世を乱したかったら、どうすればいい？　天変地異、民の嘆き、そんな凶事で三条院が追い詰められていくためには」

「だから、火事が頻発するようになった……？」

香子はうなずいた。

「特に、三条院があれほど望みをかけていた新造内裏が焼けてしまえば、いよいよ三条院はよりどころを失うでしょうね。大殿はそれを期待していらしたのではないかしら。それも、三条院が内裏に移られてから、早ければ早いほどよい。天に認められていないと言い立てやすくなる」

瑠璃姫がさらに膝を乗り出す。

「わかるような気がします。とても、だいそれた所業ですけれど。でも、香子様、さっき、道長大殿はあらかじめ内裏焼亡のことを期待していたとおっしゃいましたよね？　それは、大殿が命じて火をつけさせたということですか？」

阿手木が答えた。

「必ずしも、大殿は『火をかけよ』なんて命じる必要はないのですよ。『帝徳があれば、火事のような不祥事は起こるはずがない』とだけ、繰り返していらっしゃればいいのです。それだけで、『帝徳がないことを世に示して大殿に喜んでいただきたければ、火をかければよい』と考えつく輩がいるから」

「そんなことがうまくいくのですか……」

「大殿は、今までもそうやって、『このようになればよいのだが』とつぶやくだけで、世の中を自分の好きなほうに動かしてきました」

阿手木がそう断言すると、瑠璃姫はあきれた顔になり、香子は苦笑した。

「そう、以前のことはともかく、今回の火事のことを、大殿はうすうす予測されていたとは思うの」

「なぜです？」

「妍子中宮を、新造内裏には参内させなかったから」

聴き手から、驚きの声が上がる。だが、それは、どこかで納得した響きのある声だった。

「そう、そうでしたね……」

「自分の意を汲んだ誰かが、いつか内裏に火をかけるかもしれない。だから、妍子中宮については、いろいろと理由をつけて、参内を先延ばしにしていた。大事なお孫の東宮については、内裏にいらっしゃるべき方だから、身辺警護を厳重にして、三条院御所から離れたところに御所を設けて、いざというときは真っ先に逃がした。中宮のほうは、内裏にいる限り、三条院のおそばにいないわけにはいかない。でなければ、寵が薄いのだという、面白くない評判が立ってしまうから」

「そして、本当に内裏は焼けてしまった……」

「追い詰められた三条院は、それにとどめをさされて、口先だけでごまかそうとしていた譲位のことを、本当に実行されるしかなくなった。それで、実際に火をつけた者との関わりだけど……」

そこで香子は言葉を切って、庭を見た。

「小仲が戻ってきたようね」

小仲は縁先に二つの人影を伴って戻ってきた。夕暮れの中、その影の一つは大きく、一つは小さい。

「瑠璃姫、この童は糸丸と言います。竹三条邸の、一条院の姫宮にお仕えしています。そしてその後ろにいるのが、同じく竹三条邸で新しく召しかかえた警護の侍で、犬比古といいます」

「竹三条のお屋敷は大丈夫だったかしら」

「ええ」

小仲が苦笑した。「先ほど、三条院に敦明親王がお忍びでおいでだと、そちらの瑠璃姫が言っておいでしたね。それを聞いていなければ驚くところでしたが、今、あのあたりは武者でいっぱいですよ。三条院を頼光一派が取り囲んでいるんです。奴らの狙いはともかく、あれなら安心でしょう」

瑠璃姫の顔が険しくなる。

「それは敦明親王を閉じこめているということですか？」

香子は、瑠璃姫をなだめるように答えた。

「いえ、三条院に、遜位のご決意を鈍らせるような邪魔者が入りこむのを防ぐためでしょう。敦明親王に、親王は孤立無援だと思い知らせて遜位を迫るために。ひどいやり口ですが大丈夫、親王は誰よりも安全に守られるはずです」

瑠璃姫が皮肉そうな笑みを浮かべた。

「遜位するまではご無事でいていただかなくては困る、ということですか」

小仲はそこまで聞くと、糸丸に向き直り、励ますようにその肩をたたいた。それに勇気づけられたのか、糸丸が口を開いた。

「何もかも、お話しします」

糸丸の話を聞くにつれ、瑠璃姫の顔がこわばっていく。

「では……、では、内裏が焼けたのは、その童のせいだと？」

「はっきりした証拠があることじゃありませんけど……。そんな、だいそれた……」

糸丸は口ごもる。糸丸の言ったことをじっくりとかみしめていた香子は、そこで口を開いた。

「だいそれているからこそ、大殿の意を受けた誰かがやってのければ、さらに大殿のお覚えはめでたくなるでしょうね。もちろん本当に火をつけたのは、その誰かの、そのまた手先。わたしもそこまでは考えていました」

そこで、香子は蒼白な顔の糸丸を見やった。

「糸丸。あなたは、その火つけの犯人が、作事の場所で知り合った秋津という男の子ではないかと疑ったのね」

「はい」

糸丸がそう答えて、つらそうに身じろぎした。

「でも、それは違うわ」

香子が言うのに、糸丸は顔をゆがめて反論する。

「だって、最初におれが疑った火事のとき。陽明門に秋津はいなかった……」

「思い出してみて。あなたは蜻蛉という女を、三条の近くですでに見ていたのでしょう? だったら、蜻蛉も陽明門にいたはずがない。それなのにその少女は蜻蛉が客を取っていると言ったんでしょう」

「ああ……、そうでした」

「つまり、その少女は嘘をついたことになるわね」

「だからやっぱり、秋津が言っていたように、客を取っていたのは、ひお自身……？」

「あり得ない話ではないわね」

子どもであっても、身を売るしか生きるすべがないならば。

「でも、じゃあ、どうして、あのひおはそんな嘘をついたんです？　そこに蜻蛉がいないことを隠すためですか」

「そうではなく、その少女は、客を取っているのは蜻蛉だと思わせたかったの。でないと、疑われるでしょう。自分が客を取っていたことを」

「どうして、それがわかってはいけなかったんです？」

「糸丸に、自分のことをそんなふうに思ってもらいたくなかったのよ。客を取るような人間だとはね」

「おれに？　だって、あのとき、おれはひおに会ったのは初めてで……」

「途中まで、糸丸が間違って思いこんでいることを気づかなかったのよ。つまり、以前に糸丸には会ったことがあるから、自分の正体を見破られたと思いこんでいたのよ。だから、わざわざ蜻蛉を持ち出したのよ」

「どういうことです？　おれは頭が悪いけど……」

そこで糸丸は言葉を切った。「まさか！　おれが会ったあの少女、あのひおが本当は秋津だったと言うんですか？」

「ええ、そう」

実は、糸丸が会った少女は、秋津という少年の変装だったのではないか。そう考えると、すっきりするのだ。

男を取っていたのは、少年の秋津自身だと。驚くほどのことではない、童を抱く男など、いくらでもいる。女装の童という、めったにない姿を喜ぶ男もいるだろう。

「ひおというのも、たしか蜻蛉に似た虫のはずよ。とっさに女の子を作り出さなければならなくなったとき、だからその名が浮かんだのでしょう」

「でも、どうしてそんなことがわかるんです？」

「そのあと糸丸が秋津に会ったとき、その少女の名をひおと教えられたんでしょう？　どうして秋津は、その少女と糸丸が会ったことを知っていたの？」

「それは、ひおが話して……」

「ひおは、糸丸のことなど、知らないはず。それなのに、自分が会ったのは糸丸だと、秋津に話すことができたのはなぜ？　糸丸は名乗りもしなかったのに。だから、秋津とひおは同じ人間だと思ったの」

そこまでを説明してから、香子は苦笑して犬比古を見た。

「もっとも、そんなことは、そこにいる人に聞いてみれば、すぐにわかったはずよ。蜻蛉と秋津が二人で住んでいたのか、もう一人いたのか。ただ、糸丸はそんなことを聞く必要を感じなかった。そしてもちろん、あなたも、二人暮らしの彼らのことを、わざわざ説明しようなんて考えなかった。犬比古と言ったわね、そうじゃない？」

その場にいる全員に見つめられ、どぎまぎしながらも、犬比古がうなずく。

「はい、秋津と蛸蛉は二人だけで住んでおりましたじゃ」

糸丸は大きく息をついて肩を落とした。

「おれがもっと早くに聞いてみればよかっただけなのか。そんなこと、思いつきもしなかった」

それからはっとして、体を起こした。

「そうか、じゃあ、おれは、火が出たとき、ひおを、いや、秋津を見ていたことになるんですね？」

「ええ。火が出たのとは別の場所でね」

香子は、糸丸の顔に喜色が広がっていくのを見守った。それから、言葉を続けた。

「さて、次に、内裏が焼けたときのことだけど。糸丸。あなたがあの日に、内裏の近くで会ったとき、秋津はその特別な香油の匂いをさせていなかったのではない？」

「ええと……」

糸丸が混乱した顔になるのを、香子は助けるように言った。

「なぜそう思うかというとね、最後にあなたが秋津に会ったときには、その匂いがぷんぷんしていたと、あなたがしきりに言っていたから。それほど強い匂いが、久しぶりに会った秋津に最初からついていたなら、そのときのほうが絶対に覚えやすかったのではないかしら」

糸丸の顔が晴れた。

「そう、そうでした！　おれ、鼻だけはいいから、おっしゃるとおり、匂ったんなら絶対に覚えていると思います。あの日、一度目に会ったときは香油の匂いがしなくて、二度目にはしていた……」

そこで糸丸は自信なげな口調に戻った。「だけどそれ、どういうことなんですか？」

「そして、蜻蛉。同じように考えれば、その日糸丸が一度目に会ったときには、蜻蛉も香油の匂いをさせていなかったことになる。そして次に会った秋津も。そのあとで会った秋津からは匂いがして、そして最後、死体で見つけた蜻蛉からも同じ匂いがしていた」

糸丸が、自分の記憶をたしかめるように、何度もうなずく。

「そう、そのとおりです」

「それで、御主、そのことから何がわかるのですか？」

しびれを切らしたように、阿手木が問いかける。

「最初に糸丸が見た火つけは、香油をしみこませた茵を使ったもの。それはたしかだと考えていいわね？　焼かれた家の武者たちが見ていたようだから。でも、おととし内裏を焼いたときまで、同じその茵が残っていたとは考えにくい。だったら、その日、なぜ、その香油の匂いがしたの？」

「おれ、考え違いをしたのかな……」

糸丸がなおさら自信なさそうな顔になったが、小仲がきっぱりと否定した。

「そんなことはあるまい。人は、そういうことはたしかに覚えているものだ」

「でも、とても珍しい、唐渡りの香油なんでしょう？　そんなもの、誰が手に入れられるっていうんです？」

阿手木が瑠璃姫と香子を交互に見ながらそう尋ねた。

「とても珍しいけれど、手に入れられる人はいるわね」

小仲がはっとしたように叫んだ。

「まさか！　お方様、まさか、一宮をお疑いではないでしょうね」

香子はなだめるように片手を上げた。

「そんなことを思ってはいないわ。ただね、その香油のことで、糸丸が一宮様から聞いた言葉は手掛かりになったの」

「どんな言葉です？」

「その香油は、白粉を溶くのに使うほか、目にも薬効があるということ」

一同がはっとした顔になった。

「目に効く……」

「そんな香油を、珍重する方。とても高価な香油でも、手に入れられる方。ずっと眼病でお悩みだった方」

「三条院ですか……」

あのとき、内裏にお住まいだった、内裏の主。道長大殿に圧迫され、わらにもすがる思いで怪しげなまじないや占を、手当たり次第に試していた方。

「そうだ、高貴なお方にも悩みはつきないもの、そんなことを蜻蛉は言っていた……」

糸丸がつぶやくように言う。「でも、最初に会ったとき、蜻蛉はまだ香油の匂いをさせていなかったんです」

「きっと、糸丸を追い払った後、内裏へ行って、三条院のために占をしたのではないかしら。そのときに香油の匂いが移った。さらに、亡骸に触れた糸丸にも同じ匂いが」

香油の匂いが自分の体にもしみつくほどの占とはどういうものか、まあ、そこはくわしく説明しなくてもいいだろう。

「蜻蛉はずっと、内裏にいた……」

小仲がゆっくりと言うのに、香子はうなずいてみせた。

「火をつけたのは、蜻蛉なのでしょう。二回とも。いいえ、おそらくは、もっとたくさんの火つけを」

占をする女。貴族の屋敷にも内裏にさえ、出入りのできてしまう女。小柄で、見かけによらず敏捷(びんしょう)な女。

火つけをするには、格好の存在だったのだ。

太い泣き声が聞こえてきた。うなり声のようだった。

「犬比古。どうした？」

糸丸が、驚いて横の大男の顔をのぞきこむ。

犬比古は、大きな手で顔を覆ったまま口を開いた。

「そうですじゃ。あの女が、たくさんの火をつけたのですじゃ。わしもそれを知ったのは、内裏が焼けるすぐ前ですが……」

「お前はそのことを、知っていたのか？」

顔色を変えた糸丸が詰め寄ると、犬比古は顔を隠したまま、何度もうなずく。

「今まで、糸丸がそのことを知らなかったとは思わなかったのですじゃ……」

「だって、犬比古、犬比古だって、秋津は逃げてよかったと言っていたじゃないか。だからおれはてっきり、火つけの犯人の秋津を逃がそうと、おれと同じことを考えているのだと思ってたのに」

「違う、わしが秋津を逃がしたのは、姿を見られれば、母者の蜻蛉と同じように斬られると思ったからだ。まさか、糸丸が秋津を疑っていようとは、思わなんだのだ」

香子がそこで口を挟んだ。

「それで、犬比古。蜻蛉を斬ったのは、糸丸の言ったとおりの人物で、間違いない？」

「はい、守の殿ですじゃ」

犬比古がうめくように言う。

「頼光ね」

「はい。是非もないことと、今まで思っておりました。あの女。火をつけおったのだから」

香子は深くうなずいた。ようやく、一連の流れが見えてきた。

「頼光は、内裏を焼いた。そうして時の帝を追いこんで、退位させた。そして、口封じに蜻蛉を殺した。そういうことなんだわ」

犬比古が口をぱくぱくさせた。

「……口封じ？」

「内裏放火は、ほかの放火とはわけがちがう。頼光がしくんだこと、大殿方も、隠し通したいことだったのよ。だから、それまでもいろいろな火つけをしていた蜻蛉を利用したんだわ」

女房たちの噂話からするに、道長大殿は内裏放火について、ずっと気にしていた。検非違使に気を許すな、とも。それは、放火犯をつかまえろということではない。検非違使に真相を気取られるなということなのだ。

そんなことを香子が話すうちに、犬比古にも呑みこめてきたらしい。呆然としていた顔がやがて朱に染まり、それから思いついたように声を上げた。怒りというよりどころを見つけて、それにすがっているかのようだった。

「だとしても！　だとしても、火をつけたあの女は、許してはならんのです。わしらがどんな思いであの内裏を建てていたか」

糸丸が声高に叫んだ。

「あの、内裏への放火はほかのものとはわけがちがう、それはわかりました。だけど、どうして都のあちこちでもこんなに放火が起きるようになったんです？　何の得になるんです？」

阿手木も詰め寄る。

「そうですよ、御主！　貴族様や帝と縁のない者たちが、どうして危険を冒してまで火つけをするんですか？　そんなことをしたって火事場の焼け残りをあさるくらいしか得にならないのに、割に合わなすぎますよ。どのくらいの火事になるかなんて、誰にもわからないんだし」

「それが、得になるのよ」

香子はつらそうに言った。「焼け落ちた邸宅は、また再建される。魔法のように、材木がふんだんに現れて。そして再建には、多くの人手がどうしても必要だわ。そのとき駆り出されるのは、京の都の、一番ひどい暮らしをしている者たち」

「ええ、御主が今おっしゃったのは、高倉第に火をつけようとした男のような、あんな者たちのことですよね？　焼いたら、ああいう者たちは、また作事に駆り出されて、つらい目を見ることになるじゃないですか」

「つらい目だと思う？」

「はい」

阿手木は大きくうなずく。糸丸も言った。

「秋津たちだって、ひどい場所で、最低の食事で働かされていました」

「そう思うのは、糸丸が恵まれているからなのよ」

それなりに世間を見ている阿手木たちはともかく、糸丸だけは、どう言っても傷つけてしまうだろう。だから、香子はあえて突き放した言い方をした。

「ひどい住みかでもないよりはまし。最低の食事でも、飢えるよりまし。そう思う者にとっては、邸宅が焼けるのは天の恵みなのよ。そのおかげで、生活の糧を手に入れられる。幾月も、うまくすれば、一年以上も」

「天の恵み？　あの暮らしがですか？」

「そう。だからこそ、つらい冬を乗り切るために、『食いものにありつけるようになるために』、つけ火をしたの。屋敷にも内裏にも出入りできる辻占の女を使って」

蜻蛉。とんぼ。猩々。

小仲がはっと気づいたらしい。

「飛びやれ、猩々……。そうか、猩々というのは、赤とんぼの符牒か」

「そして、もちろん、蜻蛉という名から思いついた符牒ね。赤とんぼのように、赤い火の粉が飛ぶ……」

犬比古が、またうめくように言った。

「あの女。何度かあちこちのお屋敷を燃やしたあとで、自分が火つけをしたと、自慢しておりましたじゃ。賀茂の河原や橋の下で暮らしていた頃の仲間が自分に頼みに来る、そいつらと違って、自分なら、占をすると言えば、入れない屋敷はないからと。簡単なことだと」

香子が残りを補ってやる。

「それを頼光一派に悟られた。頼光は、格好の捨て駒が見つかったと喜んで、蜻蛉に、内裏に火をつけさせた」

「ほら、やっぱりあの女が一番悪いのじゃ」

ようやく手を下ろした犬比古の大きな顔は、涙だらけになっていた。

「都の奴らは、誰も知らんのですじゃ。わしらが、どんな思いで材を都まで運んできたことか。無体な守の殿や郡司の命令でも、聞かんわけにはいかない。いついつまでにこれだけの材木をさしだせと命じられたら、従うほかないのです。わしの息子は、小さな体で荷車を引いて、期日に間に合わないからと材木を積みすぎて、ぬかるみの轍に足を取られて車が横倒しに……」

声が割れて、聞き取りにくくなる。

「あの子は、ばらばらに落ちてきた材木の下敷きになりましたじゃ。腰をつぶされて。わしは死に物狂いで材木を押さえようとしましたが、まにあわなんだ。あの子は、雨風も通るような山の中の小屋で、一晩中苦しんで、それでもわしは何もしてやれなんだ。明け方、ようやく静かになって、少しは眠れたようじゃと、わしもうとうとして……。じゃが、次にわしが目を覚ましたときは、もう冷たくなっていた。わしは、あの子の血のついた材木を都へ運んできました。あれは、どこの殿舎に使われたのか。それも、みんなみんな、あの女が焼いてしもうた」

今度は糸丸が顔を覆った。

「そんなことがあったのか……」

「都の奴らは、大嫌いじゃ。ああ、また御殿が焼けた、今度は内裏じゃ、この作事は大きいぞ。これでしばらく飯の心配をせずにすむ、そんなふうに大喜びしている奴ら。都の者が食う米を、どんな思いでわしらは育てて、そうして取り上げられるか。山の木を切り倒して遠い道を運んでくるのが、どれほどつらいか。そういうことを、都の奴らは何も知ろうとせん。ただ、届けられたものをのうのうと使いくさって……。わしは火事になって喜んでいる奴らを殴り倒してやった。そうしたらば、内裏の火つけだけはお前のお仕えする守の殿に命じられたのじゃと言われて、でも、蜻蛉を成敗したのも守の殿で、もう、何が何だかわからず……」

糸丸が犬比古の肩に顔をすりつけた。

「だから、おれの屋敷に来て落ち着いたんだな、犬比古は」

「何もむずかしいことは考えんで、ただ、このお屋敷を守っておればよい。そうして、この糸丸と一緒に生きてゆきたいと思っておりました」

これ以上、つらいことを言わせるのは酷か。

だが、香子は思い直した。すべてを吐き出させたほうがいい。

「犬比古。まだ何か、話してくれていないことがあるのではない？」

「……わしは、守の殿の言いつけだからと、死人を投げこむように命令されたこともありますじゃ」

「そうやって内裏や宮たちの御所へいろいろと死体を投げこんだのね？」

時には手足のもげた死体や。頭だけのものや。

糸丸が驚いて犬比古の肩をつかんだ。

「お前は、そんなひどいこともさせられていたのか？」

犬比古はうなだれた。

「……わしはどこへ行ってもあざけられるような、東の夷（えびす）じゃから。どんな腰抜けでも、死人を見つけて運ぶくらいはできるじゃろう、あの河原者たちにそう言われました。それに、人の死体など、都の大路にも河原にも積みあがっておりますし」

まだ泣きじゃくっている犬比古と糸丸を、ほかの者は声もなく見つめていた。

つらい暮らしの者たちが、それぞれ、自分が生きるために、同じようにつらい者たちを食い物にしていく。

これが、やがて来るという末世の姿か。

その上に居すわって、わが世の春を謳歌している前摂政。

――宮仕えを辞めて、本当によかった。

香子の中にくすぶっていた怒りが、また炎を上げはじめていた。

ひとしきり泣いたあとで犬比古は顔を上げた。

「そうだ、今夜は、甲冑に身を固めた奴ら、守の殿の家来たちが、竹三条邸の近所の屋敷を囲んでおりました」

「それは、すぐ近くの三条院にいる敦明親王に、諫言するような者が誰も近づかないようにするためよ。あとは、前摂政のこわさを思い知らせるため。東宮位返上を強要するため。でも、少なくとも、東宮様に危険はないわ」

そこまで言ってから、香子ははっとした。

「……待って。蜻蛉が殺されてから、蜻蛉を抱きこんで火つけを命じていた河原者たちは、どうしたかしら」

瑠璃姫が、首をかしげて答えた。

「自分で火をつけるのでは……？」

だが、蜻蛉と違い、男たちがやすやすと貴族の邸内に入れてもらえるわけではない。現に、この間の高倉第を狙ったときも、失敗した。

「あの男たちこそ、知っていたはずよ。表向きは、作事場の頼光の下働きでもあったのだから。きっと何か自分たちの得になることがないかどうか、いつも目を光らせていたでしょう。だから、気づいていた。自分たちが命じた以外にも、蜻蛉が火をつけていたことを。つまり、頼光一派のたくらんだ内裏放火のことを」

「はい。もちろん、都で起きた火事すべてに、蜻蛉が関わっていたわけではありませんけど……」

「ええ。でも、頼光一派も同じ穴のむじなだと思っていたら。その動きにも注意していないかしら」

あの河原者や、ほかの町の者が放火によってどんな得をするか。作事の仕事にありつくことのほかには。もっと手っ取り早い、目先の利益は、

「火事場荒し……」

煙をかぶり、焦げたような調度でも、そんな者たちにとっては宝であることに変わりはない。

「だって、御主、頼光一派は、三条のお屋敷に今日は火をつけようなんてしないでしょう」

「そのことを、あの男たちは知らない。つまり今日も、頼光一派が三条院に火をかけるかもしれないと思ってはいないかしら」

「でも、何事も起きないでしょう。頼光一派も、今日は警護に徹するはずですもの。それに、そんな河原者たちなんて、見つけられたら、それこそ頼光に蹴散らされて……」

「蹴散らされて、どうする？」

「どうするとは？」

「近くの屋敷に、逃げこまない？」

糸丸が、はじかれたように顔を上げた。

「三条院の近所の屋敷と言えば、竹三条邸！　うちのお屋敷じゃないか」

「すぐに戻って」

香子もあわてて立ち上がる。

ここに糸丸も犬比古も呼んでしまったとなれば、今、竹三条邸にいるのは、

「ゆかりの君と姫宮様だけなんです！」

糸丸が、今度こそ棒立ちになった。

「でも、竹三条邸とは限らないだろう」

「いいえ、小仲殿」

糸丸が叫ぶように言う。「そんな奴らは、知っている屋敷に、まず目をつけるでしょう。そして、あいつら、庭を造るのに竹三条邸に入ったことがあるじゃないですか！」

「糸丸、すぐにお屋敷に戻りなさい」

阿手木が凜とした声で命令した。「あたしは、助勢を手配するから」

「おれも行きます」

小仲が飛び出していく。

「ほかにも竹三条邸がどんなに手薄な場所か、知っている者がいるわ」

香子は叫ぶようにそう言った。「あの子が」

糸丸の動きが止まった。

「お方様、あの子とは……」

――しまった。

香子が何も言わないうちに、糸丸は答えを見つけていた。

「秋津ですね。あいつ、もし生きていたとしたら……」

もう、頼光一派のもとにはいられない。糸丸に香袋を返して、秋津は逃げ去った。行く場所は、自分を受け入れてくれる男たちのところではないのか。

そこでしか、生きられないから。

「秋津も、竹三条邸のことを知っている。おれが、べらべらとしゃべったから」

「自分を責めるのはやめろ、糸丸」

馬のひづめの音とともに、そんなきっぱりとした声が聞こえた。

「さあ、行くぞ、糸丸」

早くも庭先に回ってきた一頭の馬。その背には小仲が乗っていた。身軽く飛びおりて糸丸の腕を引っ張った小仲は、そのまま馬の背に押しやり、残る者たちを見回した。

「堤様は、ここでお待ちください。おれは糸丸と行きます」

阿手木が厳しい顔でうなずきながらも、釘をさす。

「小仲！　無茶をしてはだめよ！　あたし、すぐに義清に知らせを出すから、義清が行くまで、先走らずに待っているのよ！」

小仲は、糸丸の後ろで手綱をあやつりながら、さびしそうに笑った。

「はい、わかっています、堤様」


二人で、竹三条邸まで馬を急がせる。

すぐ向こうの三条院の周りには、なるほど武具に身を固めた一団がいるが、こちらには寄ってこない。

そして。

竹三条邸の前に、誰か倒れている！

真っ先にそれに気づいた糸丸は、落ちるように馬から降りた。

「しっかりしろ！」

ころがっていたのは、縛られた秋津だった。しばらく見ないうちに背丈だけは伸びていたが、糸丸が見間違えるはずがない。

「ああ、糸丸」

秋津は泥だらけの顔で、糸丸に訴えた。唇が切れて、血が一筋、あごにつたっている。

「あいつら、このお屋敷に入っていった」

「待ってろ、今、助けてやる」

糸丸が縄をほどく間も、秋津はしゃべりつづける。

「おれ、屋敷内に急を知らせようとしたんだ。ここだけは、襲ってほしくなかったから。そうしたら」

いきなり、殴り倒された。そして邪魔のできないように縛られてしまった。

――お前は、馬鹿か。今まで手をつけないでいたが、ここには、きっとお宝がある。そして、屋敷を守っているのは女みたいな、なよなよした若侍ではないか。あとは御簾の奥に閉じこもっている娘が一人だけ。

――いい折りだ。こんな、手薄な屋敷を放っておけるか。

「秋津、いい、わかってるから、何も言うな。お前、けがをしてるんじゃないか」

だが、急いで全身を見てやったが、打ち身よりひどい傷はなさそうだ。

「ここにいろ、秋津」

この屋敷のことなら、糸丸は誰よりもよく知っている。塀を乗り越え、裏手から、南へ向かった。見張りの者もいない。それほどの人数ではなさそうだ。

姫宮の座敷は静まり返っている。だが、泥の足跡が奥まで続いていた。

「待て、糸丸、今、後詰がくるから……」

追いついてきた小仲殿の声も、よく聞こえなかった。

——早くしないと姫宮様が。

頭に血の上った糸丸は、籬の竹を引き抜くと、そのまま屋敷に上がった。姫宮の居間まで、あと座敷一つ。そこで、勢いよく走ってきた糸丸の足が止まった。

目の前に、刀をさげた男がいた。見覚えがあるような気もするが、今はそんなことはどうでもいい。

見るなり、糸丸は体がすくんでしまった。

たいして大きな男ではなかったが、太刀を使い慣れていた。構える余裕も与えられないうちに糸丸の竹ははじかれ、あっけなくころがった。同時に、右肩に鋭い痛みが走る。

斬られたのだ。

だが、尻はついたものの、糸丸はひるまずに、その男をにらみつけた。

——目をそらしちゃいけない。

こわくはなかった。痛みも感じなくなった。だが、右手は動かない。

にらみあったまま、ゆっくりと左手で後ろをさぐると、何か冷たくて固いものが手に当たった。相手に悟られないように慎重になでさすってみて、見当がついた。

姫宮の香炉だ。それを背中に回した手でつかみ、息を整える。そして次の瞬間、思い切り投げつけた。細かな灰がばらまかれ、一瞬目のくらんだ賊の腰のあたりに、糸丸は飛びかかっていった。勢いに任せて馬乗りになり、ころがっている香炉で頭を打ちつけてやる。よほどあたりどころがよかったのか、その男は白目をむいたまま動かなくなった。

ほっと息をついたとき、悲鳴が聞こえた。

ほかにも賊がいる！

「姫宮様」

体をひねると、激痛に息が止まりそうになった。顔がゆがむ。走ろうと思うのに、体が言うことを聞かない。

でも、行かなければ。じりじりと左の腕と両の膝を動かすと、どうにか前に進めた。

ようやく姫宮の座敷にたどりついた糸丸が見たのは、血をしたたらせた刀をひっさげたゆかりの君の姿だった。そこに倒れているのは……。大丈夫だ、姫宮ではない。

──じゃあ、姫宮はどこだ？

御簾が破れ、その陰に姫宮の衣が見える。ちゃんと動いている。姫宮は、あそこに無事なのだ。

「姫宮様。よかった……」

そこで糸丸は気を失った。

初めにわかったのは、自分が柔らかいところに横たえられていることだった。そっと目を開けてみると、頭がぐるぐると回る。

それから、思い出した。竹三条邸に押し入った賊に立ち向かったことを。

体が重い。動かすこともできない。何とか頭だけを持ち上げて、耳を澄ましてみた。静かだ。もう、敵は退治できたんだろうか。

ぼそぼそと声が聞こえる。

その声を聞いて、糸丸は大きく安堵の息をついた。あれは、ゆかりの君の声だ。さっき、若武者のように血刀(ちがたな)をさげていた姿を思い出した。

――よかった。ゆかりの君が、あんなに落ち着いた声をしているなら、もう心配なことは、何もないんだ。

「手引きをしたと賊が言っていた童は……?」

「逃げました」

答えた声は、輔殿のようだった。輔殿も、姫宮についてくれているのか。

仰向けに横になったまま、二人の声を聞いていると、涙が出てきた。安心のためか、ふがいない自分への情けなさのせいか。自分でも、よくわからなかった。

「どこへ行ってしまったのかは、わからないのですか?」

「はい。以前と同じように、姿を消してしまったわけですな」

「糸丸が、また心配するか」

「是非もないこと。あの秋津という子どもは、母親の死後、無法者の一味に引き取られてしまったんでしょう。ほかに生きようもなかったのか。犬比古にも、もう合わせる顔がないと思っていたのかもしれない」

秋津は、また逃げたのか。

――ああ、よかった。

糸丸は、また眠りの中に落ちていった。

そして、姫宮がほほ笑みながら自分をのぞきこんでいる夢を見た。

「糸丸。早くよくなるように」

――はい、姫宮様。

糸丸は夢うつつでつぶやく。

――ねえ、姫宮様、火事にはならなかったんですよね？　おかしいな。姫宮様のお顔にも、すすがついているみたいですよ。

姫宮が大きく息を呑むのが聞こえた。それがあまりにせつなそうで、糸丸ははっと目を覚ました。

「……姫宮様？」

自分の目が信じられなかった。まだ夢を見ているのかと思った。だが、夢じゃない。半身を起こしたとたん、襲ってきた痛みが何よりの証拠だ。そして、糸丸の顔のすぐそばには、小さな顔が、灯の中に浮かび上がっている。長い黒髪が、その顔をなかばおおっている。

「姫宮様、なんですね？」

今まで、姫宮の姿をじかに見たことはない。だが、間違えようがない。だって、この姿を、御簾越しに、糸丸は何度もおぼろげに見てきたではないか。そしてその面影を、大事に、いつも心に思い描いていたではないか。

「姫宮様、どうして、おれなんかのところに……」

「お前、熱にうなされて、わたくしを呼んでいたの」

ほら、何よりもこの声だ。間違えっこない。

それから、ようやく糸丸は思い出して、うろたえた。傷の痛みどころではない。

高貴な姫宮の姿を、糸丸ごときが見てはならないのだ。

「すみません……」

あわてて顔をそむける糸丸の頰を、姫宮の冷たい手がおさえた。そして姫宮は糸丸の顔を自分に向けさせたまま、もう片方の手でゆっくりと黒髪をかき上げた。

糸丸は動くこともできず、何も言えずに、ただ姫宮の顔を見ていた。

「……ね、糸丸。わたくしには、白粉なんか無用でしょう?」

姫宮の右の頰には、大きな赤黒い痣(あざ)があった。

糸丸は深くうなだれて、自分の頰にまだあてられている姫宮の手に、自分の手を添える。そっと。触れたら溶けてしまう雪に触れるように。そして、目を自分の膝に落としたままで、ささやいた。

「姫宮様、こわかったでしょう。でも、これからもずっと、おれは姫宮様のそばにいますから。

ずっと」

次に目を開けたときは、あたりは白んでいた。

「糸丸、気がついた？」

首を回してみると、すぐそばで、堤様がほほ笑んでいた。ほかには誰もいない。

「傷が痛むでしょう？　でも、もう心配することは何もないから、安心して傷を治しなさい」

糸丸はしばらく黙っていた。それから、そっと尋ねた。

「秋津は……？」

堤様は残念そうに首を振った。

「この屋敷を救おうとしたことは、みんな承知しているわ。だから、それらしい子はいないかと、みんなでずいぶん捜したんだけど、どうしても見つからなかったの」

「そうですか」

「でも、大丈夫。きっと逃げのびたのよ」

「そうですね」

秋津のことは、もう忘れよう。糸丸には、ほかにすることがある。

糸丸は堤様を見上げた。

「堤様。輔殿に、お口添えくださいますか。おれ、元服します。それから、太刀のさばき方も教えてもらいたいんです」

そう、糸丸には、しなければならないことがたくさんある。

姫宮を守るために。


同じ頃。

敦明親王は、道長前摂政の娘と結婚して東宮や皇后に準じた格式の扱いを生涯受けることを条件に、東宮位を返上した。

瑠璃姫が、ようやく敦明親王に対面できたのは、頼光一派が三条院の囲みを解いたあとで、もうどうしようもないところまで事態が進んだあとだった。

「どうぞ、お考え直しを」

それでも取りすがらんばかりに言葉を重ねる瑠璃姫を、敦明親王はどなりつけた。

「わたしに、どうしろというのだ？　これ以上一人で意地を張れと？　摂政も貴族連中も、誰もに見放されて、何一つ政も行えない、名ばかりの帝になれというのか？　くだらない。それよりも、前摂政の意向に従えばよい。そうすれば、一生の安楽な暮らしと、最高の扱いが約束されるのだ。一条院の、一宮のように」

「でも、それでは、東宮様の即位を待ちこがれている、堀河院の延子様やお子たちはどうなるのです？　堀河院の大臣様も」

敦明親王は唇をゆがめた。

「延子は悪い女ではない。だが、あれには、始末に負えない父親がついている。わたしに向かっては前摂政の悪口を並べ立てるが、いざ自分で政を行おうとすると、腑抜け同然。あんな舅なら、いてくれぬほうがよほどましだ。わたしは堀河院とは、もう縁を切りたい。別の道を探らねばならぬ」

夜がすっかり明けた頃、瑠璃姫は気の抜けた顔で、車に揺られていた。敦明親王とは、あんな人間だったのか。帝にならずにすんで、幸いだったのかもしれない。

もう、そのことはよい。できるだけのことをしようとしたけれど、瑠璃姫にできることは、もう何もない。

だが……。

ほかにも気にかかることがある。瑠璃姫はさっき、三条院に入るときに、引き揚げる途中の武者たちに顔を見られたのだ。誰か一人くらい、瑠璃姫の顔を見知っている者がいなかっただろうか。どこかから話が伝わったら、また、前摂政に見つかるかもしれない。

――すぐに都を離れたほうがよさそうだわ。

道端で気を失っている子どもを見つけたのは、そのときだった。

第六章　若菜　下

寛仁元(一〇一七)年八月―寛仁三(一〇一九)年二月

のたまふやうに、ものはかなき身には過ぎにたるよそのおぼえはあらめど、心にたへぬもの嘆かしさのみうち添ふや、さはみづからの祈りなりける

（源氏物語『若菜下』）

寛仁元年、八月四日。道長は、自邸で書見をしていた。

ここまできて、もう小細工は必要ない。

「父上、この物語はいかがでしょう」

先日、そんな口上とともに、彰子が女房に届けさせてきたのは、式部の書いた源氏物語の『若菜』巻だった。

だが、道長の持っているものより、その草子が厚い。丁を繰ってゆくと、あの、若造が歌でたしなめられたあとに、さらに話が足されているではないか。

「これは、どうしたことだ」

「御所を退かれた式部の君が、少しずつ物語を送られるのだそうですよ」

使いの女房はわがことのように得意そうに、そう答えた。

女三宮と、紫の上。二人の正妻を並べての、光源氏の満ち足りた生活は、そのまま続いていた。

「前摂政様、この女楽(おんながく)の場面は、いつ読み返してもすてきでございましょう」

紫の上、女三宮、明石の上、明石姫君。光源氏を取り巻く最高の女四人が、合奏をする、みやびの極みといった場面だ。

そういえば、光源氏は『若菜』まで、最高の貴婦人を手に入れていなかったのだ。

紫の上は女の美質をすべてそろえた女人と言っても、生まれがもう一つ劣る。そして、女三宮こそが最高、だが、性質はやや見劣りする。

二人の女性がどちらも若干欠けるところあり、という描きぶりが心憎い。現実の世界もそんなものだ。道長の二人の妻にしたところで、どうしても欠点は目につく。

その女楽の終わったあと、光源氏は紫の上としみじみと語る。

――わたしは栄華を極めたとは言いながら、若い頃には人一倍の苦労もした。それに比べ、紫の上、あなたこそが恵まれた生涯を送ってきた人だ。そして、それはすべて、わたしがあなたを、生涯愛し続けたおかげ。

その光源氏の述懐に、道長は深くうなずいた。

まったく、そのとおりだ。道長も家の子や二人の妻や、何人もの姫たちを、それぞれよいところに縁づけ、守り通した。われながら、よくやったものとほめてやりたい。

物語の中では、紫の上はこう答えている。

――おっしゃる通り、わたくしはつまらない身ですのに、世の人からは幸い人と評判を取っております。それでも嘆きが重なるのは、きっと、それこそがわたくしの祈りだからなのでしょう。

道長は、首をかしげた。この言葉を、前から知っていたような気がする。はて、どこで聞いたのか。

そんなことをぼんやりと考えながらも、つい、思いは別のところに行ってしまう。

能信は、まだ戻らないのだろうか。

息子の一人の能信があわただしく駆けつけてきたのは、昨夜遅くだった。

「先ほど、敦明東宮御所より、使いが参りました。折り入って相談したいことがあるため参上するようにと」

「そうか」

ついに、来たか。

内心で快哉（かいさい）を叫びながらも、道長は顔色を変えないように努めてそう答えるだけにとどめておいた。

「では、父上、これから、行ってまいります。父上は、このままお待ちください」

「うむ」

それから一昼夜たつ。

道長は待つしかない。

そして、八月五日。

能信がようやく知らせを寄こした。

「急ぎ、お越しください。敦明東宮が、遜位をお望みでございます」

「うむ。お待たせしてはいかんな」

道長は厳粛な顔で立ち上がった。はずみで、『若菜』巻は膝の上から茵へ滑り落ちたが、それどころではなかった。

部屋を一歩出ると、家司以下、屋敷の者が平伏して居並んでいる。くわしくは知らされていなくても、何か察しているのかもしれない。その前を、道長は縁に寄せられた車へと向かった。

いよいよ、三宮が東宮になるときが来た。

道長は、栄華の極みへ向かうのだ。

*

翌寛仁二年、十月。

道長は、新造の土御門邸で、ゆったりと客たちの挨拶を受けていた。

今夜こそが、道長の一世一代の晴れの日だ。

ここに栄華は極まった。

長女彰子、太皇太后にして、今上陛下と東宮の母君。

次の妍子、皇太后。

そして三番目の威子が今日、中宮に冊立された。甥にして九歳年下の今上陛下の后だが、なに、年の差など、あと数年もたてば目立たなくなる。

一つの家から、太皇太后、皇太后、中宮が並び立つなど、日の本の歴史にも例がない。祝宴に先立って、道長はそれぞれの娘の御座所を回ってみる。

——まるで、源氏物語の『若菜』巻のようだな。

そう思ったのは、つい最近、光源氏が自邸で最高の女たちの合奏を楽しむというくだりを読みなおしていたからだ。

だが、道長はすでに、光源氏以上である。

妻の一人倫子の腹から娘が四人。そのうちの三人が彰子、妍子、威子であり、残る嬉子は、現東宮の妃にという心づもりである。

もう一人の妻、明子の腹の娘たちにも、目配りは怠りない。寛子(かんし)は小一条院——位を返上した前東宮——の妃として、何不自由ない暮らしをさせている。

長女、彰子皇太后。いつにかわらぬ落ち着きぶりで、すでに女傑の風格がある。このあとも、帝と東宮の母として、国家に重きをなしていくことだろう。

そして、何よりも期待しているのが、今回中宮となった威子である。これから、この威子が帝の皇子を産めるかどうかに、道長の将来はかかっているのだ。

その威子の御座所をのぞいて、道長はかすかに眉をひそめた。

相変わらず、香をくゆらせすぎている。

「香とは、あるかなしかにほのかに香っているのが奥ゆかしいのであって、部屋が煙るほど焚いてしまっては、効果が台無しと申しますが」

娘ではあっても、中宮となれば、言葉遣いはていねいにしなければならない。だが、そこまで気を遣ってやった道長の折角の忠告にも、威子はそっぽを向いている。

――娘たちの中で、この威子が、一番情が強いな。

道長は、つくづくと威子を見た。

――それに、化粧も濃い。衣装も、色がけばけばしすぎる。一番派手な出だし衣をしているのも、いつも決まって威子の女房だ。

だが、これもしかたがないのかもしれない。威子としても、若づくりをしてでも、年若い帝とつりあっていかなくてはならないのだから。それに、ものは考えようだ。これほど派手好きで強気の女であるほうが、九歳も年下の帝を導くには、適任かもしれない。

道長は、最後に妍子の御座所へ向かった。国母として重きをなす彰子や、将来の夢を託している威子と比べてしまうと、すでに寡婦となり、皇子も産んでいない妍子のことは、つい後回しにしてしまう。

妍子の御簾の内は、一番人が少なかった。三条院の喪が明けたとはいえ、妍子はいまだに派手な色目のものを着ていない。横にすわる幼い姫宮までが地味な色なのは、いたわしいが。

「おやおや、何をなされておる、もうすぐ祝宴が始まるというのに」

御簾の内に入るなり思わず声を高くしてしまったのは、妍子と姫宮が、二人して書見の真っ最中だったからだ。

「何を読んでおられるのだ、こんなときに」

父の叱責にも、妍子は動じることなく答える。

「はい、源氏物語の『若菜』の巻を二人して読んでおりました。もとは父上のお屋敷に仕えていたという女房を最近召し抱えたのですが、思いのほか源氏物語にくわしい女で、楽しみが増えました」

「何も、今でなくてもよろしかろうに。おまけに、高貴な女人は女房に読ませてそれを聞くほうが優雅に見えると言いますのに、姫宮までが、それ、そのようにお手ずから草子を広げて」

苦い顔をする道長にも、妍子はかまわない。「その女房、年のせいで目がかすむものですから」

その横で、姫宮が、真面目な顔をして尋ねた。

「じじさま、どうして、源氏物語の中で、『若菜』だけが、上と下に分かれておりますの」

「おや、上と下があるのですか。じじも、それは存じませんでしたが」

不機嫌であっても、姫宮には丁重な言葉遣いを崩すわけにはいかない。

姫宮はさらに生真面目な顔でうなずく。

「はい。それで、上と下では、物語がまるで違うのです。上では光源氏が幸せそうで、下では、その幸せが一つひとつ、奪われていくのです」

「おやおや、そうでしたか」

そこまで源氏物語を理解しているとは、賢い姫宮ではないか。

道長は思い出した。崩御の少し前、三条院が所領地の御券(ごけん)——権利の証書——をお手ずからこの姫宮に遺されたことがあった。見かけは古ぼけた紙切れ一枚。それを姫宮はちゃんと手に握って帰ってきた。

——父上が、大事になさいとおっしゃったのだもの。

あのときも、何としっかりした方かと感心したものだ。

だが、今は、姫宮の頭のよさよりも、御簾の外の様子が気になる。そろそろ、来客がそろう頃だ。

「もう、その物語はおしまいなされ。よろしいな」

妍子は何も言わずに、道長が御簾を払って出ていくのを見守っていた。姫宮が奥の誰かに声をかける。

「右近、ご本を大事にしまっておいてね」


その夜の祝宴は、長く続いた。

酒が回った頃、気分が高揚してきた道長は、上座にすわらせた実資右大臣に話しかけた。

「実は、歌を一首、詠みましてな」

「はあ」

右大臣は、いつもの謹厳実直な面構えを崩さない。

道長は咳払いした。

どうせなら、もっとおだててくれる公達に話しかければよかったか。

だが、実資の真面目くさった顔を見ていると、つい言ってやりたくなったのだ。

——どうだ、わしの栄華は。そなたのように娘に恵まれぬ者には、とうていなしえなかったことだ。

そんなことは、口が裂けても言えないが。

「それでは前摂政殿、是非ともその歌を伺いたいもので」

「はあ」

いざ催促されると、道長も歌を披露しにくくなってしまった。あまりに思い上がっていると、受け取られはしないだろうか。

だが、もうあとには引けない。実資とのやり取りを小耳にはさんだ周囲の者たちまでが、じっと道長の歌を待ち受けている。

「さあ、その歌、お聞かせくだされ」

あいかわらずの真面目顔で、実資が催促する。

「では……」

道長は咳払いをもう一つすると、小声でささやいた。万座の者に聞かれるのも気恥ずかしい。

ところが、道長の気配りなど察することのない実資は、表情を変えないまま、こう言い放ったのだ。

「ほほう、前摂政殿、これはすばらしいお歌であります。実資ごときでは、返歌を思いつきませぬ。そうじゃ、みなの者、ここにいる全員で前摂政殿の歌を唱和いたしましょう」

「いや、右大臣、それは……」

道長の制止も聞かず、実資は声を張り上げた。

この世をば　わが世とぞ思ふ　望月の　欠けたることも　なしと思へば

その朗々たる声を聞くと、さらに顔がほてってきた。なんというおごり高ぶった歌か。この世はわが世、とは。

だが、実資の真面目くさった音頭に合わせ、さらに二度、その歌は繰り返された。

新参女房として広間の隅につつましくすわっていた賢子は、うっとりと空を見上げた。歌通りの、美しい満月が中天にさしかかるところだった。

＊

その頃。

最近ようやく出家を果たした香子は、庵で文机に向かっていた。

──さあ、今夜はもう少し書こうか。

今書いているものは、華やぎとは程遠い。誰にも顧みられない宇治の山荘で、寒そうにしている番人。食物の心配をする老女たち。そうした者たちに囲まれ、不幸に堪える女性。

けれど、こうした者たちも、たしかにこの世に生きているのだ。

それを書かなければいけない、と思う。

そうして、この物語を読む人にとって、自分以外の人間の境遇を少しでも思いやるきっかけになれば、と。思いやりとは、人をいつくしむことではない。わが身の不幸から人の不幸へ、思いをはせることだ。人の不幸を知っても何とも思わない者もいるだろう。それでも、人の身の上をまず知らなければ、何も変わってゆかない。

――犬比古、わたしにできるのはこのくらいのことだわ。

ふいに、紙の上に白々（しらじら）とした光がさした。

香子は筆を置いて、縁に出てみた。雲が切れ、くっきりとした月が姿を現している。

――そう言えば、今夜は、威子中宮様のお祝いのはず。

集う人々はさぞ、幸福に酔いしれているだろう。だがその幸福は、いつまで続くだろうか。

東宮は、結局彰子太皇太后の皇子に定まった。みずから東宮位を返上した敦明親王は道長大殿に何不自由ない暮らしを約束され、あまつさえ、大殿の息女、寛子姫をあてがわれた。

見捨てられたのは堀河院の顕光大臣。そしてその次女の延子姫と、二人の御子。

寛子姫と敦明親王の婚儀の前夜、顕光大臣は延子姫の髪を切り、庭で呪詛（じゅそ）をささげたそうだ。

誰に？

決まっている。大臣が何より憎いのは、道長大殿だろう。

あんな無能な老人の呪詛が、効き目を持つかどうか、香子にもわからない。だが、そこまでの憎悪というものは、たとえ呪いという形で成就しなくても、必ず人の心をむしばむ。呪う人の心も、呪われる側の心も。

道長大殿は、これからどうなることか。

わずかの間にも、月は位置を変えている。

そのまるい形は、欠けはじめているようだった。

*

翌十一月。

敦康一宮は、招請を受けて五節の舞姫を内裏の豊明節会(とよあかりのせちえ)に献上した。今年の実りへの感謝と来年のさらなる豊作への祈りを神にささげる、宮中の大切な、華やかな儀式だ。その儀式を彩る舞姫をさしだすことは、貴族にとっては名誉極まりない務めだ。

一宮のしたてた舞姫は、美しさ比類なしと評判になった。

大宰府にいる隆家中納言は、せっせと衣や香を送ってくる。今でも一宮を母代りに気遣っている彰子太皇太后もすべての世話を焼いてくれた。その結果の、豪奢な舞姫装束だったのだ。

「久しぶりの参内だな」

何度も焼けては再建を繰り返した末の今内裏に、一宮が足を踏み入れたのは、これが初めてだった。

それでも、どこに足を運ぼうと、一宮は最高の待遇を受ける。今上帝は九歳下の弟。東宮は、さらにその一歳下の弟。どちらからも兄としての礼を尽くされる一宮は、下にも置かないもてなしを受けるのに何の不思議もない。

「だが、疲れた」

内裏から帰った後、一宮は床につく日が多くなった。

そして、翌十二月。

父一条院のときそのままの急なご病気よ、と周囲が狼狽するうちに、一宮はあっけなく息を引き取ってしまった。

二十年の生涯だった。

濃い鈍色の喪服に身を包んだ妻を、義清はそっと抱きしめた。

「阿手木。そう嘆くな」

「だって……」

陰になり日向になり、母親のように心を尽くしてきた一宮が薨去したのだ。自分でもびっくりするほど、阿手木は気落ちしていた。おいしい物が手に入れば一宮に届けようかと考えている自分に気づき、そのたび、もう一宮はいないのだと涙にくれてしまう。息子の岩丸を見ても、初めて会った頃の一宮のことを思い出してしまう。たいそう生意気で強情で、小さな肩をそびやかして世間に立ち向かっていた少年を……。

悲しんでばかりいてはいけないと、わかってはいるのだが。悲しいのは義清も同じなのだとも。

「それより、阿手木、相談がある」

「なあに?」

「年が明けたら、都を離れたい」

「何ですって?」

阿手木はびっくりして、夫の顔をのぞきこんだ。

「いったい、どこへ?」

聞いたときには、自分で答えを見つけていた。

「……大宰府へ、ね?」

「そうだ。一宮がこの世にいないなら、おれが都にいる理由もない」

「修子姫宮様は……」

「大丈夫さ。もちろんお悲しみだが、あのゆかりという、男勝りの女房が懸命に慰めている。一宮がいなくなって、清少納言も姫宮のところに身を寄せることが決まった。それに糸丸……、いや、義正（よしまさ）がついていれば、何の心配もいらない。犬比古以下、警護の侍もそろいはじめているようだしな」

「そうね」

「一宮は、都を離れたがっていらした。それがかなわなかったから、せめて、おれが行ってみたいんだ」

「わかったわ」

堤邸の賢子姫も立派に成人して、今は太皇太后御所にいる。阿手木が都にいなくてはいけない理由も、すでになくなっているのだ。

「そうね……、あたしも行ってみたい」

「本当に、いいのか？」

簡単に賛成した阿手木に、義清のほうが拍子抜けしたようだ。まじまじと妻の顔をのぞきこむ。

「なあに、あたしが反対すると思っていたの？」

「いや、でも、阿手木は都しか知らないだろう？　東国も西国も、阿手木にとっては異国のようなものだ。どんな人間が住んでいるのかわからない、そんなこわいところはいやだと言われるかと思った。ほら、お前は特に、この都の、一番みやびなところをよく知っている女なんだから」

「そうね。御主のおかげで」

阿手木は義清の襟のあたりに顔をうずめながら言った。

「でもね、義清。あたし、あの男の言ったことが、耳から離れないのよ、ずっと。ほら、あの犬比古の」

「……ああ」

都の奴らは、大嫌いじゃ。

都の者が食う米を、どんな思いでわしらは育てて、そうして取り上げられるか。山の木を切り倒して遠い道を運んでくるのが、どれほどつらいか。そういうことを、都の奴らは何も知ろうとせん。ただ、届けられたものをのうのうと使いくさって……。

「知らなかった人間が悪いとも限らないんだが……」

「でもね、知りたくなったの。あたしが今まで生きてこられたのは、何のおかげなのか。知るのは悪いことじゃないでしょ？」

阿手木は笑って、義清の顔を見上げる。

「だから、いろんな場所と、いろんな人間を、見たいの。まず、そこから始めないと」

＊

「そう。行っていらっしゃい。二人とも、元気でね」

庵の香子は、穏やかな微笑で二人を祝福した。短く断った髪のせいか、ひと頃よりは若返ったようにも見える。先頃、賢子の出仕が本決まりになったときに出家したのだ。

「阿手木には、長い間、言葉に尽くせないほど世話になったわ」

「いやです、御主。これが今生の別れというわけではないんですから」

阿手木は抗議しながら、こっそりと涙をぬぐった。

「それで、小仲はどうするの？」

「連れていきます。修子姫宮のところで待っていてもよいと言ったのですが、一緒に行きたいと望むもので。あの子、とにかく、義清を慕っていますから」

「そうね」

「まったく、あの子ったら、いまだに元服をいやがっているんですよ。困ってしまいます。早く、糸丸を――いえ、義正を、見習ってほしいものだわ」

「そうね」

香子は微笑して、思い出していた。

傷が癒えきらずにいた糸丸を、小仲が見舞っていたところに居合わせたときのことを。

――小仲殿、おれ、起きられるようになったら元服します。輔殿が冠親になってくださるそうです。

――そうか。それがいい。

――ずっと、大人になんてなりたくないと思っていました。童姿のまま、子どものままだったら、あの方のすぐ近くにいられる。でも、一人前の男になってしまったら、もう、声を聞くこともできなくなってしまうかもしれない。だから、いつまでも子どもでいたいって。

――………。

――でも、それじゃだめなんです。強い男にならなくちゃ、あの方を守れない。一人前になって、武術を習って。あの方を守れるのは、おれしかいないんですから。

――お前の言うとおりだ。

そのあとで、小仲は小さくつぶやいたようだ。

お前がうらやましい、と。

あのとき、香子は、小仲に一度は聞いてみたいとずっと思っていた問いを、もう口にするのはやめようと決めたのだ。

——小仲、あなたがいつまでも元服をいやがるのは、大人になってしまったら、「あの方」の近くにいられなくなるからね？　あなたが守るまでもなく、ずっと頼もしい、あなたがかなわないと思い続けている夫に守られている阿手木の近くに。

——ねえ小仲、あなたはよく、今を過ごすだけで精一杯と言うそうね。それは、明日はわかりきっているから考えるまでもないということ？　それとも、明日はなくてよいと覚悟を決めているということ？

聞いてはいけないのだ。小仲が、誰にも、答えるつもりがない問いなのだ。

「小仲のことは、小仲の自由にさせてあげるのが一番ではないかしら」

だから今も、香子は、そんな、その場しのぎの言葉しか、阿手木にかけられない。

「いやです、御主、あたしにだって、小仲の本心くらいわかっています」

憤然とした阿手木の答えに、香子はどきりとして顔を上げた。

「本心って……」

「ほら、あの子、昔に人を手にかけてしまったことがあるでしょう？　あの子にとってはやむをえない理由があったにせよ、殺めてしまいましたよね」

「……ええ」

「だから、あの子、自分には人並みの暮らしをする資格がないと思いこんでいるんです。元服して一人前の男になれば、妻を迎えなければなりませんものね。妻を迎えて、子を持って。そんな、人と同じ暮らしをしてはいけないって、今でも自分を責め続けているんです」

「そう……、そうかもしれないわね」

「いいわ、大宰府へ行って暇ができたら、今度こそ、とっくりとあの子に言い聞かせてやります」

何と返事をしたものだろう。

だが、たぶん、大宰府でも、阿手木には暇などないはずだ。遠(とお)の朝廷(みかど)と呼ばれる大宰府。そこへ下る者たちには妻子を同行しない者も多いらしいから、きっと乱雑な男所帯なのだろう。そのむさくるしさに阿手木が激怒して、小仲以下を顎で使い、大車輪に奮闘しているさまが目に見えるような気がした。

「御主？ 何がおかしいんです？」

聞かれて、香子は微笑している自分に気がついた。その微笑のまま、阿手木にやさしく話しかける。

「まだ寒いうちの旅になるわね。どうぞ、気をつけて」

*

道長の、わが世の春。

有頂天の中、道長は気づく。女たちが、新しい源氏物語の巻を読んでいる。『若菜下』と名がついている。

——わしに断りもなく、いつのまにか、『若菜』巻は本当に上と下とに分かれてしまったのか。

それにも腹が立つが、もっと不届きなのは、その内容だった。

『若菜下』では、道長が満足していた『若菜上』の世界は、すべて崩壊していた。光源氏が、自分の手の内にある幸いを一つひとつ、はぎ取られていく。最愛の妻、紫の上は病気。そしてもう一人の高貴な妻、女三宮は、光源氏が紫の上の看病に必死になっている隙に、若造に寝取られていた。

猫のせいで女三宮を見てしまった、あの若造。なんと女三宮を無理やりにわがものにしてしまい、そしてそのあと、まどろみの中でその猫の夢を見る。やがて、女三宮は身ごもる。俗信に従えば、獣の夢を見た交合は子を宿すというではないか。つまり、その若造の子なのだ……。

——けしからん。

道長は、腹を立てて『若菜下』を放り出した。

どこを向いても、腹の立つことばかりだ。

火つけも疫病も、とどまるところを知らない。

だが、道長はしいて思い直す。自分は望むものをすべて手にしていると。

——わしの栄華は、まだまだ続くにちがいない。

＊

義清とともに阿手木が大宰府に到着したのは、翌年正月の終わりだった。

「まあ、都よりも、ずいぶん春が早いのね」

風は強いが、身を切るような冷たさはない。

「それに、高台からは海がのぞめるのね。この旅を始めて、ずっと海を見てきたけど、これからはこんな海のそばに住むのね」

見慣れぬ土地に浮き立ち、これからの住居となる館中を見て回っている阿手木を微笑しながらながめていた義清だったが、しばらくすると妻を促した。

「在の官人が、挨拶に来ている。一緒に顔合わせをしよう」

広間にずらりと勢ぞろいした在庁の官人たちがそれぞれに述べる歓迎の口上には、耳慣れない訛りもあったが、阿手木は別に困らなかった。ただ、ゆったりとすわっていればよいのだ。いちいち返事をしてやる必要もない。都下りの有力家人の妻らしく、微笑していればよい。

だがそれも、広間の隅にいる、一人の女に気がつくまでのことだった。

思わず腰を浮かせた「都下りの輔殿の奥方」に、居並ぶ面々が、一瞬ざわつく。

それに気づいた阿手木はもう一度すまし顔を作ってすわりなおした。

だが、胸の動悸は鎮まらない。

こんなところで、巡り合おうとは。

「瑠璃姫」

顔合わせのあと、男たちの酒宴が始まるのを待ちかねて、阿手木は瑠璃姫のところへ駆け寄った。

「大宰府にお住まいだったのですね」

「ええ」

瑠璃姫は満面の笑みを浮かべて、さしだされた阿手木の手を握り返した。

「あたしは、大和においでだとばかり……」

「夫ともよく話しましてね、思い切ってまた戻ってきましたの。もともと、もっと海辺のほうに夫が母から受け継いだ小さな荘があるのです。それから、先日、夫は伝手(つて)を頼みこんで、大宰府の在庁官人にもしてもらいましたの。この遠の朝廷をよく知れば、少しでも都に対しての力がたくわえられるかもしれないと」

「都に対しての力？」

瑠璃姫は笑って手を小さく振った。

「あら、だいそれたことを考えているわけではないのですよ。でも、都を恐れ入って、都に平伏しているだけではない土地があってもいいのではないかしら。そんなことを、あの男に会ってからずっと考えてきましたの」

「あの男。それは……」

「犬比古」

瑠璃姫はぽつりと言った。「この世には、数えきれない犬比古がいるのだ、わたしは筑紫という鄙に育ちながら、そんなことも知らなかったのだと思ったら、何だかいても立ってもいられなくなって」

「わかります。あたしも同じ気持ちなのかもしれない」

瑠璃姫の顔に、ぱっと笑みが広がった。

「そう言っていただけると嬉しいわ。まあ、むずかしいことはともかく、阿手木がこの筑紫を気に入ってくださるといいけれど。わたしは、ここが大好きですの。都にいないほうが生き生きとしていられます。都ばかりがよいところでもありませんものね」

「瑠璃姫がいてくださるなんて、心強いわ。本当に、嬉しい」

二人の女は手を取り合ったまま、厨へ行った。ここならば、気兼ねなく、いくらでも話ができる。

「でも、阿手木、おなかがおすきでしょう」

「ええ、そう言えば」

広間ではすましていなければならなかったから、出された膳に箸をつけるどころではなかった。

「何か、持ってこさせましょう」

そう言う瑠璃姫の顔が、なぜかいたずらそうに輝いている。

「何ですか、瑠璃姫」

阿手木の問いには答えずに瑠璃姫が手をたたくと、こざっぱりとした衣の、童が現れた。

「用意しておいたものでいいわ。お食事をお持ちして」

「はい」

「かわいい顔立ちの童ね」

小走りに去る童を見送って阿手木が言う。

「ええ。都から連れてきましたの」

言いながら、瑠璃姫は笑顔でその童から握り飯の載った膳を受けとった。

「この子は、こちらへ来てから覚えたのですが、舟を操るのが上手なのですよ。そうだわ、お前が今朝捕ってきた魚が残っていないかしら。聞いておいで」

ぺこりとお辞儀をして走り出した少年をほほ笑みながら見送ったあと、阿手木は瑠璃姫に向き直った。

「なんだか、楽しそうですね、瑠璃姫」

「阿手木、あの子が戻ってきたら、名を聞いてごらんなさい」

何のことかわからないまま、ざるに載せた魚を持って駆け戻ってきた童に、阿手木は言われたとおりに問いかけてみた。

「お前の名は、何というの?」

童はかしこまって答える。

「はい、秋津と言います」

——秋津？

首をかしげた阿手木は、やがてあっと声を上げた。

「じゃあ、お前が……？」

楽しそうな瑠璃姫の笑い声が高く響いた。

おもな参考文献

『源氏物語』（新編日本古典文学全集21～23）阿部秋生（ほか）校注・訳　小学館
『大鏡』（新編日本古典文学全集34）橘健二、加藤静子校注・訳　小学館
『御堂関白記』（講談社学術文庫）倉本一宏訳　講談社
『三条天皇』倉本一宏著　ミネルヴァ書房

あとがきに名を借りた、言い訳と告白。

「森谷さん。ご執筆は計画的にね」

先輩作家さんに今年の出版予定をかくかくとご報告してそう諭されたとき、筆者は赤面してうなだれたものでした。

おっしゃるとおり。何たる無計画。

源氏物語を素材にしたミステリを書かせていただいて、本書で三作目になります。

源氏物語から、根幹となる巻の一つ、『かかやく日の宮』が消失させられたのではないかと書いた『千年の黙（しじま）　異本源氏物語』が二〇〇三年十月刊。

その後、宮仕えに出て源氏物語のほか、紫式部日記も成立していった頃の顚末を描いた二作目『白の祝宴　逸文紫式部日記』が二〇一一年三月刊。

つまり、その間、実に九十ヵ月の長きにわたって引っ張り続けていたのです。

それに対して、本書は同年十二月刊。二作目から九ヵ月後に日の目を見ることができました。

単純計算すれば、十分の一の時間ですんだのです。

これを無計画と言わずして、何と言いましょう。

言い訳はあるのですが。

一作目を書き上げた時点で、次は宇治十帖を書きたいと編集さんに相談したところ、こう助言されました。

「森谷さん、このまま最後の宇治十帖に飛んだら、間の三十帖以上がスルーされてしまいます。まず、間の物語を先に書いてください」

間の物語? そこについてはまったくのノープランでした。素材の一つの紫式部日記を消化するのにも、とにかく時間がかかりました。おまけに、一作目を「登場人物はあれから」的十数年後のエピローグで終わらせたために、二作目は一作目に内包される十数年間の話にならざるを得ず、したがって、話を展開させる一方ですでに確定されている到達点への着地を図るという、筆者としては相当ハードルの高い設定になりました。

その結果が、九十ヵ月です。

それでも。その二作目に苦闘しながら、ようやく見えてくるようになりました。筆者の書きたいのは「源氏物語メイキング」なのだ、と。

少しは学習もしました。シリーズ化を図るなら、今度こそ、その次の小説のことまで視野に入れてプロットを考えるべし、と。

すでに「これは三部作になりそう」なんて言いふらしてしまっていたことでもあります。

二作目を書きながら、三作目のことも真剣に考えました。

二作目の初校が出た段階で、すでに三作目の発端から結末まですべてストーリーができあがっていたほど、真剣に考えました。

その結果が、九ヵ月だったのです。


一作目『千年の黙』で書いたのは、『かかやく日の宮』巻消失を説明する、筆者なりのストーリーでした。

二作目『白の祝宴』では、「なぜ、面白くない紫式部日記が千年間生き残れたのか」を書きましたが、もう一つ、「なぜ清少納言は、枕草子の中で、かわいらしかったはずの幼い姫宮に触れなかったのか」という、枕草子初読以来抱いていた疑問にも自分なりの説明をつけました。

そして、本書『望月のあと』。これも、ずっと抱いていた小さな疑問が核です。
・『玉葛』巻には、「瑠璃」という女性の名が唐突に出てきます。古来、源氏物語では当時のタブーに従って女性の名が徹底的にぼかされていると説明されてきました。それに対して、この「瑠璃」はあまりにもストレートではないか。
「瑠璃」の登場に特別な意図があったとしたら。「玉葛十帖」と言われながら、優雅な九帖と愛憎劇の最終帖という構造を持つこの連作の主人公、「瑠璃」に。
・源氏物語五十四帖の中で、なぜ『若菜』巻だけが第三十四帖『若菜上』と第三十五帖『若菜下』に分かれているのか?

内容がつながっているといえばつながっていますが、そんなことを言えば、源氏物語は大長篇小説、内容はずっとつながっているのに。どうして『若菜』だけ、わざわざ?

『若菜』は、源氏物語の中で最も長大で、最も内容が濃いと言われています。『若菜』以前の源氏物語は光源氏のシンプルなサクセスストーリーだったのに、『若菜』はただの「めでたしめでたし」にとどまらない、人間の複雑な心理に最も深く踏みこんだ巻だと。

ですが、よくよく考えると、その複雑さはすべて『若菜下』で噴出してくるのですね。

『若菜上』は「人生の頂点に立った男が、たった一つ最後までかなえられなかった欲望——勲章のような妻を手に入れたい——を満足させる話」です。あ、昔のスキャンダル相手と、いわゆる「やけぼっくいに火がついた」状態にもなります。娘はついに東宮の皇子を産んでくれます。総じて、まだサクセスストーリーの延長線上にあると言えるのです。

そうして、『若菜上』で光源氏の栄華をこれでもかというほど見せられた読者が『若菜下』で出合うのは、『若菜上』でかなえた欲望のせいでしっぺ返しを食う光源氏の姿です。『若菜上』での人生の選択が『若菜下』の不幸を呼び寄せている。

玉葛十帖や『若菜』には、作者がどんでん返しをたくらんでいるようなイメージがある。

そんな妄想から生まれたのが本書です。

ここまで読んでくださって、本当にありがとうございました。楽しんでいただけたら、嬉しいのですが。

そしてもう一つ。個人的には、「紫式部の源氏物語やっちまった話」を書きたくて書いたのが本書だと、告白させていただきます。

完成させるまでに、各種資料にお世話になりました。先達に感謝申し上げるとともに、本書中の誤謬については、すべて筆者に責めがあることをお断りしておきます。筆者の思い違い矛盾等々、ご指摘いただけたら幸いです。

あの、それから最後に。

先ほど、「源氏物語メイキング」と書きました。

本書の終わりの時点で、紫式部は第四十一帖『幻』まで完成させています（特殊な巻である『雲隠』は、古来、カウントされていません）。

そして源氏物語は五十四帖。ああ、当初のプランだった宇治十帖にたどり着いてさえいない。

……あいかわらずの無計画性で、「三部作（予定）」であったにもかかわらず、現在残り十三帖分のストーリーをひねくり回していることも、そっと白状します。

二〇一一年　十一月

森谷明子

解説　「若菜」をさし出す紫式部

荻原規子

「源氏物語」作者の紫式部を謎解きの主人公とし、当時の歴史事実をなぞりながら、平安王朝を舞台にしたミステリーを書く――その思いつきを浮かべる人なら、他にもいるかもしれません。けれども、実際にこのくくりで作品を仕上げる難度の高さは、だれだろうと最初の想定を超えるだろうと思われます。

千年ほど前、一条天皇の時代に「枕草子」「源氏物語」が燦然（さんぜん）と生まれ出たこと、幾多の戦乱や政変を越えて今日まで生き残ったことは、奇跡としか言いようがありません。世界中見回しても例がなく、これほどの昔に堂々たる〝女流〟文学を成立させ、なおかつ現存させている事実を、私たちは大いに誇っていいでしょう。

この奇跡には、「枕草子」「源氏物語」に価値を認めた男性、再評価しつつ保存に努めた男性の力も大きくものを言っています。諸外国の同時代の男性にはできなかったことです。男女合わせた祖先たちの慧眼（けいがん）です。

この二大古典のおかげで、異世界かと思うほど現状と異なる平安貴族の衣食住を、その前後の時代より何倍も詳しく知ることができます。女性の散文ならではの遺産です。男性による漢文日記は生活の細部に触れません。また、女性であろうと和歌で残すことはできません。仮名文字で散文表現ができるようになった時代に、才能ある女たちが居合わせたのでした。千年の時を越えて共有できる、暮らしの実感や人間関係のあやを巧（たく）みに書き表せる人物が。

とはいえ、紫式部が生きた時代の事情に詳しくなればなるほど、彼女を主役とするミステリーを成立させるのが難しくなるでしょう。当時の中流以上の女性は、あきれるほど屋内に閉じ込められ、近親か夫以外の男性とは顔も合わせないのです。

高貴な姫君ともなれば、他人に声すら聞かせないし、実の兄弟だろうと顔を見られないよう几帳を隔てて面会します。これこそが「深窓」であり、ラプンツェルでも塔の窓から髪を垂らすことができたのに、窓辺に近づくことさえ戒（いまし）められます。

清少納言も紫式部も中宮に仕えた宮廷侍女だったので、姫君よりは男性に近づきました。祝宴の接待に出たりもします。それでも、露わに見られることには本人たちが苦痛を語っています。内裏で暮らし、歴史に立ち会った女性たちですが、行動範囲は物理的にも精神的にも狭く制限されていました。怪しい事件があっても現地調査も聞き取りもできず、容疑者の前で推理の披露などもってのほかでしょう。

もっとも、ミステリー界には安楽椅子探偵なるものが存在します。その場合重要となるのは、行動的にならざるを得ないワトソン役に独自の魅力があるかどうかです。

本シリーズ第一作『千年の黙（しじま） 異本源氏物語』は、発端を女童（めのわらわ）あてき（のちの阿手木）の日常から始めています。この上なく適切なことで、お屋敷の侍女見習いの少女であれば、咎（とが）められずに出歩くのにうってつけなのです。あてきは迷い猫がきっかけで岩丸（のちの義清）と出会い、この男女が「源氏物語」執筆中の香子の周囲でストーリーを牽引（けんいん）します。続く第二作も本作『望月のあと 覚書源氏物語『若菜』』も、成人した二人がますます存在感を増しています。

第一作冒頭のエピソードは、「枕草子」に題材をとった「上にさぶらふ御猫」でした。香子の観察力、頭の回転の速さを紹介し、猫が消えた理由を解き明かします。謎解きそのものは小手調べでしたが、最初の事件を「御猫」にしたことは、続刊を含めたシリーズ全体の主題を巧みに表現していたと、第三作まで読んで感じています。

若い一条天皇が大の猫好きで、「命婦のおとど」を猫かわいがりしたことは、「枕草子」が活写してみせる宮廷生活でも一二を争う印象深さと言えます。清少納言の筆の冴（さ）えもあり、雲上人が人間くさく可愛（かわい）らしく見えるのです。そして、この実録をふまえたように「源氏物語」も、光源氏晩年の「若菜上下」で鮮やかな猫の使い方をします。こちらも、物語中一二を争う秀逸さかもしれません。「若菜上下」を読んだ後に「枕草子」の描写に立ち返ると、混同してどちらが実録だったかわからなくなりそうです。

森谷明子氏が、最初から宮中の飼い猫という逸話に着目したように、この王朝推理絵巻シリーズは、「源氏物語」の作者が何を見聞きして、何を考えたゆえに長大な作品を書き上げたかを最大のテーマとしているようです。そしてこの謎に、時代の現実をすり合わせた形で挑戦していきます。漫然と平安王朝を素材にしたミステリーを上梓するのではなく、大著「源氏物語」の創作事情に大胆な推論をもって踏みこむ用意があるのです。そこに本当のユニークさがあり、希有な作品となっているのではないでしょうか。

†

さて、『望月のあと』は「若菜上下」執筆中の香子を描いていますが、その前にシリーズ第二作『白の祝宴　逸文紫式部日記』があります。そちらは、中宮彰子が一条天皇の第二皇子を出産した時期です。室内調度や人々の衣装を白一色にする、上流貴族の産室が舞台。『紫式部日記』が記す実録のあたりです。

ちなみに、作者あとがきにある「紫式部日記はつまらない」というご指摘には、以前から私もまったく同感でした。そうした原典を補充するかのごとく、香子たちは盗賊の襲撃や殺人といった物騒な事件に出くわすのでした。

醍醐味は読んでいただくとして、私は『白の祝宴』において、少々借り物っぽかった香子が完全に森谷氏だけの紫式部になり、歩きはじめたように見えました。ネタバレになりそうではっきり書けませんが、藤原道長と紫式部の関係を、ある部分で思い切りよく断定したからでした。

ここだけの目新しい解釈というわけではありません。研究者によって召人説は以前から提唱されています。けれども、長く里帰りした後にもう一度出仕した事情をこのように提示されたことで、香子のもつ陰影がまったく異なって見えました。第一作『千年の黙』にあった「雲隠」の帖のやりとりも、さらに深みを増して読めるようです。

第三作『望月のあと』にも同じことが言えるでしょう。ここでは藤原道長の権勢の絶頂期が描かれています。「この世をばわが世とぞ思ふ 望月の欠けたることもなしと思えば」は、道長ご満悦の和歌としてたいそう有名です。しかし、香子は栄華を冷ややかに眺め、道長に追い落とされた人々に同情的に関わっていきます。そして、満月後は夜ごとに暗さが増すばかりと示すように、光源氏の凋落が始まる「若菜上下」の帖をさし出すのでした。

第三作では、紫式部が謎解き役であることもメインとは言えず、「源氏物語」がどのように書かれたかに比重が移っているようです。〝朧月夜の尚侍〟によく似た尚侍の恋のもつれ話や、〝玉鬘〟によく似た境遇の娘を身近に配することで、香子や阿手木の日常が彩りあるものになっています。彼女たちの視界が一まわり広がり、平安京の最下層で生きる人々が目に入るのも『望月のあと』の特色です。

私も原典を読む上で、玉鬘十帖は後から「源氏物語」に組み入れられたのではと疑っていました。十帖ひとまとまりのこの部分は、他より展開が悠長で、そのくせ出来事や登場人物が後のストーリーに影響しないのです。私など、玉鬘十帖が冗長なせいで「若菜上下」の前に挫折する読者が多い気がして、密かに遺憾に思ったものでした。

「源氏物語」原典は人物名を文章に出さないので、読む者は泣かされます。登場する女性の〝朧月夜〟やら〝空蝉〟やら〝末摘花〟といった呼称は、読み手が便宜上つけているのです。男性も官職名で記すのがふつうで、出世ごとに呼び名が変わって困ります。光源氏や頭中将に実名があればどんなに読むのが楽だったか。

そんな中で「瑠璃」と個人名を出された女性は玉鬘ただ一人で、どうして晒す気になったのか気になるのでした。光源氏が息子の実名を口にした場面（玉鬘十帖「行幸」）でも「なにがしの朝臣」と伏せてあったのに。

『望月のあと』では、藤原道長が筑紫から上京した瑠璃を内密に保護していたと想定しています。そして玉鬘十帖の読者たちが、道長を光源氏になぞらえるというおもしろい趣向です。私はというと、原典に実名が載るのも不思議ながら、玉鬘の氏神を「春日の神」と明記したことにいっそう驚きました。春日明神に限定してしまえば、実在の藤原氏になぞらえたことが隠れもなくなるじゃないですか。

つまり、頭中将（玉鬘の父）はそこまでしっかり藤原氏なのですね。快活で派手好みで何かと白黒つけたがり、冗談好きだけど意固地になりやすい頭中将に、私はけっこう好意をもっています。陰湿さのある光源氏より好ましいかも。しかし、頭中将が藤原氏の人物像を写し取っているとしたら、道長ではなく中宮定子の父、藤原道隆だろうと思っています。「枕草子」からその片鱗(へんりん)がうかがえます。

そして「若菜上下」の帖です。

『望月のあと』の香子は、熱心な読者に応じる形で玉鬘十帖を書き進めながら、自分が本心から書きたいものとして「若菜」を構想しました。目に見えないところで光源氏の栄華がほころびていく帖です。

「若菜上下」の主役は朱雀院の女三の宮とも見えますが、私は紫の上だと思っています。あどけない少女として「若紫」に登場した紫の上は、光源氏最愛の妻に育ち、須磨明石の都落ち以外はいつも寄り添って暮らしてきました。けれども、物語の真の主役に立ったことは一度もなかったのでした。

光源氏の凋落は、晩年に女三の宮を妻に迎えたことで、紫の上の心がついに折れたのをきっかけに始まります。ここへ来て初めて紫の上の内面が大きく浮上するのです。新妻が期待はずれで、光源氏はかえって長年の妻のけなげさや美しさを痛感しますが、失意を隠した紫の上は、無理がたたって重病に倒れます。動転して若い妻をかえりみなくなる光源氏。そこから坂を転げ落ちるように、柏木と女三の宮の密通、妊娠、出産、若くしての出家と柏木の死へとつながっていくのでした。

私は「若菜上下」を読まなければ「源氏物語」を読んだと言えないと思うほど、この帖を高く買っています。「若菜上下」から急に文体が変わるのもはっとさせられます。人々の述懐がそれまでになく長くなり、逡巡をしつこく描写し、最初のころのように和歌に重きを置きません。詠まれる歌そのものが少ないようです。

女三の宮の人物像もみごとです。少し足りなく見えるほど子どもっぽく素直で、何一つ気働きができず、そのぶん気位ももたず、密通のいきさつは哀れなばかりです。この人の幼稚な心の苦しみも、紫の上の落胆も、光源氏の苦渋も、すべて類型を離れて彼らだけの迫力を持っており、怖いほど鋭いのでした。

人物洞察がワンランクアップしたこの感じは、文体のトーンを変えながら宇治十帖に引き継がれていきます。森谷氏だけの紫式部が――場合によっては紫式部の娘が――何を見て何を思いながら薫や匂宮や浮舟たちを描くのか、今から知りたくてわくわくします。近いうちに続刊が出ることを願ってやみません。

本書は二〇一一年、小社より刊行された作品の文庫版です。

著者紹介　神奈川県生まれ。2003年、『千年の黙　異本源氏物語』で第13回鮎川哲也賞を受賞してデビュー。卓越した人物描写とストーリーテリングで高い評価を受ける。他の著作に『白の祝宴』『れんげ野原のまんなかで』『花野に眠る』『七姫幻想』などがある。

検印
廃止

望月のあと
覚書源氏物語『若菜』

2018年6月15日　初版

著者　森谷明子

発行所　（株）東京創元社
代表者　長谷川晋一

162-0814/東京都新宿区新小川町1-5
電話　03·3268·8231-営業部
　　　03·3268·8204-編集部
URL　http://www.tsogen.co.jp
フォレスト・本間製本

乱丁・落丁本は、ご面倒ですが小社までご送付ください。送料小社負担にてお取替えいたします。

ISBN978-4-488-48205-3　C0193

人魚は
空に還る
三木笙子

三木笙子
世界記憶
コンクール

三木笙子
人形遣いの
影盗み